The Angel of Death 2

죽음의 천사

조영민 장편소설

청어

죽음의 천사 • 2권

조영민 지음

발행처 · 도서출판 청어
발행인 · 이영철
영 업 · 이동호
홍 보 · 최윤영
기 획 · 천성래 ㅣ 이용희
편 집 · 방세화 ㅣ 이서윤
디자인 · 김바라 ㅣ 서경아
제작부장 · 공병한
인 쇄 · 두리터

등 록 · 1999년 5월 3일
(제321-3210000251001999000063호)

1판 1쇄 인쇄 · 2014년 10월 20일
1판 1쇄 발행 · 2014년 10월 30일

주소 · 서울특별시 서초구 효령로55길 45-8
대표전화 · 586-0477
팩시밀리 · 586-0478

홈페이지 · www.chungeobook.com
E-mail · ppi20@hanmail.net
ISBN · 979-11-85482-59-0 (04810)
ISBN · 979-11-85482-55-2 (04810) (세트)

이 도서의 국립중앙도서관 출판시도서목록(CIP)은 서지정보유통지원시스템 홈페이지
(http://seoji.nl.go.kr)와 국가자료공동목록시스템(http://www.nl.go.kr/kolisnet)에서 이용하실 수
있습니다. (CIP제어번호: CIP2014027040)

The Angel of Death 2

죽음의 천사

작가의 말

어린 시절 친구가 많지 않았던 저는 다른 아이들이 밖에서 신나게 놀 시간에 혼자 시간을 보낼 때가 많았습니다. 아버지의 구두를 한 달 동안 닦고 나서 손에 몇천 원의 용돈이 쥐어지면 즉시 동네 서점으로 달려가서 책을 사곤 했습니다.

그때의 그 주옥같은 소설들과 과학 관련 서적들, H. G. 웰스의 『우주전쟁』, 필립 K. 딕의 『임포스터』, 칼 세이건의 『코스모스』, 스티븐 호킹의 『시간의 역사』 같은 책들은 저의 앞날에 결정적인 영향을 미쳤습니다. 쳇바퀴 같은 입시공부와 반복적인 일상의 무료함 속에서도 책을 읽을 때만은 광활한 우주와 끝없는 시간의 흐름으로 무한한 상상력을 펼칠 수 있었고, 그 꿈을 펼치기 위해서 의사가 되기를 바라시던 부모님의 뜻과는 다르게 공학을 전공하기로 결심했습니다.

하지만 어른이 되어갈수록 상상력은 사라져만 갔습니다. 치열한 경쟁 속에서 살아남으려면 상상력이란 것은 어찌 보면 사치에 불과한 것이었습니다. 어린 시절 하루에도 몇 권씩 책을 사 보던 저는 성인이 되어서는 한 달에 한 권 읽기도 힘든 지경에 이르렀습니다. '먹고 살기 위해' 일하다 보니 시간이 없다는 변명으로 스스로 위안을 삼았습니다.

그러던 어느 날, 거리를 걷다가 충동적으로 한 대형서점에 들어가게 되었습니다. 읽을 책을 고르려 매장 안을 돌아다녔지만 제 상상력을 자극하는 책을 찾을 수가 없었습니다. '돈을 버는 법', '성공하는 법' 등을 다룬 책들이나 '달콤한 연애'를 다룬 책들은 많았지만 제가 원하는 책은 없었습니다.

그때부터 상상력을 펼칠 수 있는 책을 쓰는 일을 생각하기 시작했습니다. 3년 전 어느 날, 저의 계획을 처음으로 시작할 수 있었고 마침내 완성할 수 있었습니다.

이 책에 나오는 모든 지역적, 역사적 배경은 사실을 기반으로 하였고 또한 등장하는 기술이나 장비 등도 과학적 근거를 두고 서술했습니다. 그러나 소설은 무엇보다도 재미있어야 한다는 저의 지론대로, 박진감 넘치는 전개와 반전을 통해 독자가 재미와 지식을 같이 얻을 수 있도록 노력했습니다.

이 책을 평가하는 것은 오로지 독자의 몫입니다. 이 글이 여러분의 상상력을 조금이나마 자극할 수 있었으면 합니다. 특히 젊은 독자들에게 읽히기를 바랍니다.

　이 책이 나올 때까지 도움을 주신 많은 분들, 청어 출판사의 이영철 대표님, 주옥같은 조언을 해 주신 고려대학교의 박진우 교수님, 김선욱 교수님, 순천향대의 손태호 교수님, 삼성전자의 강병창 전무님, 현대차의 곽우영 부사장님, 문화와 역사에 대한 영감을 주신 한컴의 김상철 회장님, 우문지 정일화 회장님, 주항수 회장님, 신현영 회장님, 피아니스트 임학성 선생님, 기업 운영에 대한 조언을 아끼지 않으신 인지의 정구용 회장님, 링크나우 정장환 대표님, 화광의 조정혁 상무님, 그리고 무선통신관련 지식에 도움을 주신 삼성전자 임직원 분들께 감사드립니다.

　또한 교정에 도움을 준 와이프 김보배와 무엇보다도 제게 이러한 상상력과 과학적 소양을 물려주신 부모님, 조정현, 백경숙 님께 가슴 깊이 감사드립니다.

조영민

목 차

5장

죽음의 천사 2권

방문센터 휴게실

제니퍼는 초조하게 방 안에서 서성거리고 있었다. 동굴 안에 들어간 제프 일행과 연락이 두절된 지 벌써 하루가 지나가지만 그녀가 할 수 있는 일은 아무것도 없었기에 그녀의 마음은 타들어만 가고 있었다.

그녀는 휴게실로 가서 바에 구비되어 있던 위스키를 잔에 따른 후 단번에 들이켰다. 뜨거운 불덩어리가 그녀의 목구멍으로 넘어가면서 몸이 후끈 달아올랐다. 그녀는 연이어 세 잔을 들이킨 후에 잔을 테이블에 놓았다. 천천히 취기가 올랐지만 그녀의 정신은 맑아져만 갔다. 근심으로 인해 그녀의 안색은 창백해져만 갔다.

이때 갑자기 휴게실 문을 열고 누군가가 뛰어 들어왔다.

"미스 추우, 손님이 찾아오셨는데요."

현지 직원의 말에 제니퍼가 고개를 들었다. 그녀의 눈동자는 의아함에 가득 찼다.

'여기서 나를 찾아올 사람이 있었나?'

그녀의 생각이 끝나기도 전에 대여섯 명의 남자들이 휴게실 안으로 들어왔다. 남자들은 모두 경찰 특공대 복장을 하고 있었고 각종 총기를 휴대하고 있었다. 다만 선두에 선 한 남자만은 말쑥한 정장 차림을 하고 있었다. 은색 머리카락을 단정하게 빗어 넘기고 안경을 쓰고 있었는데 키가 매우 컸다. 체구는 마른 편이었는데 매우 근엄하고 차가운 인상을 가지고 있었다.

제니퍼는 그를 보자마자 깜짝 놀라 자리에서 일어났다.

"앗! 설리반 부국장님이 여긴 어떻게!"

정장 차림의 남자 즉, FBI의 정보를 총괄하고 있는 오스카 설리반 부국장은 냉정한 눈으로 제니퍼를 쳐다보았다.

"제니퍼! 휴식을 방해해서 미안하군. 지금 나와 이야기할 시간은 있겠지?"

그녀는 손에 들고 있던 위스키 잔을 등 뒤에 숨기고는 설리반에게 말했다.

"죄송합니다. 잠시 생각할 것이 좀 있어서요. 이리 오셔서 앉으세요."

설리반은 아무 소리 하지 않고 제니퍼의 옆자리에 앉았다. 그를 따라 같이 들어온 남자들은 부동자세로 그 자리에 서 있었다.

"아직 동굴 내부에서는 아무런 소식이 없나?"

"네. 아직도 무너진 입구를 뚫지 못하고 있습니다. 적어도 며칠은 걸릴 것이라고 합니다. 그리고 통신망도 복구되지 않고 있어 안에서 어떤 일이 벌어지고 있는지 파악되지 않고 있는 상태입니다."

설리반은 잠시 침묵을 지켰다. 곧 제니퍼에게 손짓을 했다.

"목이 타는군. 나도 한잔해도 되겠지?"

제니퍼는 얼른 새 잔에 위스키를 따라 그에게 건네주었다. 설리반은 단숨에 술을 들이켰다. 그리고 제니퍼를 쳐다보았다.

"내가 갑자기 나타나서 놀랐겠지?"

"네. 부국장님이 여기까지 오실 줄 몰랐네요."

설리반은 가볍게 웃었다.

"나도 내가 여기까지 와야 할 줄은 몰랐네. 하지만 올 수밖에 없는 일이 생겼어."

그리고 그는 가지고 온 가방을 들어 서류 뭉치를 꺼내 들었다. 그리고 그중 몇 장의 서류를 빼내어 제니퍼에게 내밀었다. 제니퍼는 서류를 조심스럽게 받아들고 눈으로 읽어보았다.

서류를 읽어 내려가던 제니퍼의 눈이 점점 커졌다. 그녀는 가볍게 탄성을 질렀다.

"부국장님. 이건!"

설리반은 그녀를 보면서 말했다.

"그렇다네. 이건 지금까지 국방성에서 추적해온 국제 무기 밀거래 내역 중에 베트남지역개발연합이라는 회사가 연루된 케이스를 요약한 것이네."

제니퍼는 서류를 손으로 짚어가며 말했다.

"제프의 형이 죽을 때 도난당한 무기도 포함되어 있군요."

"우리 요원들이 국방성과 나사(NASA)의 도움을 받아서 탈취한 무기를 플로리다 해변에서 싣고 사라진 잠수함을 추적한 결과이지. 이 잠수함은 여러 곳을 거쳐서 이곳 베트남으로 향했네. 그리고 위성사진 분석 결과 그 무기가 바로 이곳으로 운반된 정황을 포착한 것이네."

제니퍼가 가볍게 한숨을 내쉬었다.

"부국장님이 직접 오실 만한 일이네요."

"저자들이 무슨 목적으로 그런 무기들을 밀매하고 심지어는 직접 탈취까지 했는지는 아직 모르네. 하지만 이것은 우리 미국 정부에 대한 중대한 도전이라 절대 묵과할 수 없게 되었어. 그래서 내가 직접 이곳에 와서 지휘를 하게 된 것이야."

그는 말을 이었다.

"탈취된 무기가 이곳으로 운반된 것을 알게 된 이후에 우리는 베트남지역개발연합이란 회사를 심도 깊게 조사했네. 이 회사는 파고들면 들수록 실체를 알기 어려운 복잡한 구조로 되어 있더군. 하지만 우리가 누군가? 우리 앞에서는 어떤 비밀도 있을 수 없는 거지."

그는 제니퍼가 들고 있던 서류를 다시 빼앗아온 후에 페이지를 넘겨 마지막 페이지를 펼쳤다. 그리고 그것을 제니퍼에게 돌려주었다.

"마침내 우리는 이 회사의 소유주가 누군지 알아냈네. 여기 그 이름이 적혀있어."

제니퍼는 설리반이 건네어준 서류뭉치의 마지막 페이지를 읽었다. 그녀는 그 이름을 보자마자 깜짝 놀라 소리를 질렀다.

"아니, 이 사람은!"

설리반은 냉정한 눈으로 그녀를 쳐다보면서 말했다.

"그렇다네. 바로 이 사람이야. 그래서 나는 지금 저 안에 갇혀 있는 사람들이 중대한 위험에 노출되어 있다고 생각한다네."

제니퍼에겐 그의 목소리가 더 이상 들리지 않았다.

'설마 이 사람일 줄은! 이 사람이 이 모든 사건의 주모자라면…… 안에 있는 사람들이 위험해!'

스튜디오4 입구

최민은 절망적인 심정으로 자신을 내리치려 들려 있는 칼을 쳐다보고 있었다. 그의 로봇은 바닥에 박힌 채로 움직이지 못하고 있었다. 검은 로봇은 마치 사신처럼 위압적으로 그를 내려다보면서 칼을 쳐들고 파워를 모으고 있었다.

이때 그의 귀에 비비안의 목소리가 들렸다.

"데이비드, 네 로봇은 아직 충분한 파워가 있어! 당황하지 마!"

최민은 그녀의 목소리에 정신을 차렸다.

'그래. 이 로봇은 저 검은 로봇 못지않은 최신형이야. 아직 내가 충분히 이길 수 있어!'

그는 바닥에서 허우적대는 것을 멈췄다. 그리고 최대한 평정심을 유지하려고 노력했다. 그제야 주위에서 벌어지는 상황을 파악할 수 있었다. 그와 검은 로봇이 사투를 벌이고 있는 사이 주위는 필립이 이끄는 요원들이 장악을 하고 있는 상태였다. 검은 옷을 입은 사람들은 필립이 이끄는 정예요원들의 우수한 무기와 조직적인 공격에 거의 다 사살되었고 일부는 뒤쪽으로 도주해서 더 이상 저항할 사람은 남아있지 않은 듯했다. 요원들은 최민이 위기에 처해 있는 것을 보고 그들에게 달려오고 있었다.

이때 검은 로봇이 칼을 최민에게 내리쳤다. 최민은 내려오는 칼을 똑바로 쳐다보다가 있는 힘을 다해 몸을 뒤집었다. 바닥에 파묻혀 있던 최민 로봇의 몸이 들리면서 검은 로봇의 칼이 빗나가 최민 머리 왼쪽 바닥을 치고 말았다. 석회암 가루가 흩날리면서 칼은 깊숙이 땅바닥에 박혀버렸다.

이때 다가오던 요원들이 검은 로봇을 향해 총을 난사하기 시작했다. 검은 로봇의 몸 사방에 불꽃이 튀자 검은 로봇은 칼을 빼 들고 반사적으로 총을 쏘고 있는 요원들을 향해서 고개를 돌렸다.

최민이 노리던 기회가 바로 이때였다. 검은 로봇의 고개가 돌려지면서 뒤통수가 최민에게 노출되었다. 최민은 왼손으로 땅에 떨어져 있던 창을 집어 들고 있는 힘을 다해서 상체를 들면서 창으로 검은 로봇의 뒤통수를 찔렀다. 창은 로봇의 합금 보호구를 뚫고 뒤통수에 박혔다. 뒤통수에서 스파크가 튀면서 검은 연기가 솟아올랐다. 로봇의 뒤통수에 내장되어 있는 통신 모듈은 최민의 창에 꿰뚫려 완전히 파괴되고 말았다. 검은 로봇은 칼을 쳐든 채로 동상처럼 굳어버렸다. 서 있는 검은 로봇을 향해 요원들의 총알이 무자비하게 박혔다. 로봇의 몸은 한동안 총알을 막아내었으나 더 이상 버티지 못하고 몸체가 으스러진 채 뒤로 천천히 쓰러졌다.

16

최민은 마침내 바닥에서 몸을 일으킬 수 있었다. 몸통의 사방에 칼자국이 나 있고 여기저기가 파손되었지만 아직 움직일 수 있었다. 그가 몸을 일으키자 필립이 그를 향해서 뛰어왔다.

"최 박사님, 괜찮으신가요?"

최민 로봇은 말없이 고개를 끄덕였다. 필립은 그를 향해 고개를 숙여 보인 후에 손짓으로 요원들을 전진시켰다. 최민은 끈질기게 그를 괴롭히다가 이제는 바닥에 쓰러진 검은 로봇을 잠시 쳐다보다가 요원들과 함께 앞으로 뛰어가기 시작했다. 그들이 달리는 주위에는 쓰러진 사람들과 요원들의 총격에 부서진 로봇들의 잔해가 널려 있었다.

마침내 통신 관제센터 건물이 눈에 들어왔다. 필립은 다시 망원경을 열 감지 모드로 전환하여 전방을 살폈다. 건물 입구에도 역시 바리케이드가 설치되어 있었고 그 뒤에 사람들 몇 명이 잠복해 있는 것이 감지되었다. 이미 그들이 가진 로봇들은 전부 파괴되었는지 더 이상 로봇의 움직임은 감지되지 않았다. 필립은 의아함에 고개를 갸웃했다. 이미 필립이 이끌고 온 요원들의 화력이 더 우세한 것이 판명되었고 적들을 보호해줄 로봇도 더 이상 없는 마당에, 아직도 그들에게 정면으로 대항하려는 적들이 이해되지 않았기 때문이다.

그는 좌우에 있는 요원들에게 수신호를 보냈다. 그의 지시에 따라 요원 두 명이 방패를 들고 천천히 앞으로 전진하기 시작했다. 통신 관제센터 전방 수십 미터는 공터로서 입구와 그들 사이에 몸을 숨길만 한 곳이 없었기 때문에 정면 돌파 이외에는 다른 방법이 없었다. 요원 두 명이 바리케이드 정면 삼십 미터 정도까지 접근할 때까지도 바리케이드 뒤에서는 아무런 반응이 없었다.

이때 갑자기 바리케이드 뒤에서 총구가 불쑥 솟아 나왔다. 보통의 소총보다 훨씬 구경이 큰 총이었는데 끝에는 직경이 5cm는 되어 보이는 구멍이 뚫려 있었다.

'저렇게 큰 총알을 쏘는 총도 있었나?'

필립이 의아하게 생각하고 있을 때 총에서 기이한 불꽃같은 것이 일어났다. 어찌 보면 아지랑이 같기도 한 아무 색깔도 없는 이상한 기류였다. 그와 함께 '웡' 하는 벌레 날아다니는 것과 같은 소리가 나직이 들려왔다. 다가가던 요원들이 그 총구를 보고는 경각심을 일으키고 방패를 들어 몸을 가렸다.

이때 총구에서 스파크가 일더니 '지지직' 하는 나직한 소리와 함께 총이 발사되었다. 아무런 총성도 없고 총알도 날아오지 않았다. 다만 총구 앞으로 아지랑이 같은 것이 일직선으로 형성되더니 요원 중 한 명을 덮쳤다.

요원은 잠시 명청하게 서 있었다. 그러나 그 다음 순간 놀라운 일이 벌어졌다. 요원이 방패로 미처 다 가리지 못한 머리 일부분과 다리가 순식간에 마치 촛농이 녹아내리듯이 녹아버린 것이다. 그리고 그 녹아내린 부위는 기체로 변하여 공중에서 사라져 버렸다. 불과 몇 초 사이에 벌어진 일이었다. 머리와 다리가 사라지고 방패 뒤에 가려져 있던 몸통만 남은 요원은 소리도 내지 못하고 즉사했다. 그의 몸이 바닥에 나뒹굴면서 방패가 땅에 떨어져 요란한 소리가 났다.

같이 전진하던 요원은 옆의 동료가 처참하게 죽는 것을 보고 공포에 질렸다. 그는 걸음을 멈추고 몸을 돌려 정신없이 도주하기 시작했다. 달아나는 그의 등 뒤로 잔인한 적이 다시 한 번 총을 발사했다. 총구에서 스파크가 일어나면서 예의 그 아지랑이 같은 빔이 요원에게 명중했다. 그는 방패로 몸을 가리지도 못하고 빔을 그대로 맞았다. 그의 몸 전체가 순식간에 흐물흐물 기괴한 모습으로 뒤틀리더니 그대로 녹아 액체로 변해 버렸다. 그의 잔해는 사람의 형체를 잃은 채로 바닥에 나뒹굴었다. 쓰러진 시체에서는 피 한 방울 나오지 않았다. 다만 녹아버린 시체에서 수증기가 뿜어져 나와 공중으로 흩어지고 있었다.

이 광경을 쳐다보던 일행은 경악과 공포에 사로잡혔다.

"저게 뭐지!"

"최 박사님! 저게 뭡니까?"

최민의 귀에 사람들의 놀람과 두려움에 싸인 목소리가 들려왔다. 최민도 경악에 발걸음을 멈추고 급히 근처의 바위 뒤로 몸을 숨겼다. 그곳에는 이미 필립을 비롯한 요원 몇 명이 적의 무기를 피해서 숨어 있었다.

문득 최민은 미국 국방성에 근무하는 그의 친구로부터 사석에서 스쳐 지나가듯이 들은 이야기가 생각났다. 미 국방성은 오랫동안 여러 가지 신무기를 개발하기 위해 갖가지 프로젝트를 진행해 왔는데, 그중 '좀비 프로젝트'라는 것이 있다는 이야기였다. 그것은 기존의 EMP(Electro-Magnetic Pulse)* 무기를 개량하기 위한 것이었다. 일반적인 EMP 무기가 단순히 적의 전자 장비를 동작 불능으로 만드는 데 그치는 것에 반하여 이 새로운 무기는 적에게 직접적으로 타격을 가할 수 있도록 훨씬 강력한 파워를 가지도록 제작되었다 한다.

그 원리는 흔히 가정집에서 사용하는 전자레인지(Microwave)와 유사하다고 했다. 전자레인지는 고주파의 전자기파를 발생시켜서 음식 안에 있는 물 입자를 공명시켜 물 입자를 끓게 만들어 음식의 온도를 올리는 장치이다.

미군은 이 원리를 이용하여 야외에서도 사용할 수 있는 강력한 무기를 개발한다는 것이었다. 즉, 이 무기에서 발사된 전자기파를 맞게 되면 수분이 있는 물체는 그 수분이 끓어 증발하여 마치 전자레인지 안에 들어있는 고기처럼 익어버리게 되므로, 사람이 맞으면 순식간에 몸의 수분이 끓어 고깃덩어리가 된다고 하여 '좀비 프로젝트'라는 이름을 붙이고 무기 이름을 슈퍼 마이크로웨이브 총 즉, SMW Gun(Super Microwave Gun)이라고 붙였다고 했다.

물론 이론적으로는 가능했지만 실제 사용을 위해서는 강력한 전자기파를 쏘아 보내기 위한 전력 공급 문제와 그러한 전자기파를 레이저처럼 장거리로 쏘아 보낼 수 있는 기술이 필요했다. 하지만 아직은 그 정도까지 기술력이 발전되어 있지 않아 개발 완료까지는 시간이 걸릴 것이라는 말을 최민은 기억하고 있었다.

---

*EMP(Electro-Magnetic Pulse): 전자기 펄스, 공간으로 방사되는 전자기장은 금속물질을 만나면 그 표면에 전류를 발생시킨다. 따라서 순간적으로 강한 전자기 펄스가 전기 회로와 접촉하면 전기 회로가 수용 가능한 이상의 전류를 발생시켜 회로를 파괴하게 된다.

하지만 지금 그가 본 것은 분명 그 SMW Gun 무기가 분명해 보였으며, 기술 개발이 안 되기는커녕 이미 시제품이 생산되어 그들을 위협하고 있었다. 더구나 이 무기는 그가 알고 있던 수준을 넘어선 것으로 보였다. 단순히 인체의 수분을 끓게 만드는 정도가 아니라 아예 녹여버리는 가공할 위력을 가지고 있었다.

여기까지 생각을 하던 최민은 무슨 생각이 떠올랐는지 갑자기 비비안에게 급히 말했다.

'채팅 최민: 비비안, 지금 빨리 모두 바위 뒤에 숨지 말고 뒤로 더 물러나라고 해! 가능하면 금속 물질 뒤에 몸을 숨기라고 해!'

최민의 채팅을 본 비비안은 어리둥절했지만 즉시 마이크에 대고 필립에게 말했다.

"필립, 최 박사님이 지금 여러분들 모두 바위 뒤에서 나와서 더 뒤로 물러서라고 말씀하시네요. 그리고 가능하면 금속 물질 뒤로 움직이래요."

필립은 이 말을 듣고 반문했다.

"심슨 양, 그게 무슨 소리입니까? 왜 바위 뒤에서 나오라는……"

하지만 그가 미처 말을 끝내기도 전에 다시 한 번 이 슈퍼 마이크로웨이브 총이 소름끼치는 소리와 함께 발사되었다. 쏘아진 빔은 최민의 좌측 전방의 바위를 향했다. 바위 뒤에는 요원 두 명이 몸을 숨기고 있었다. 그들은 커다란 바위 뒤에 숨어서 전방의 공격에서 안전할 수 있다고 생각하고 한숨 돌리고 있었다. 그러한 그들을 아지랑이 같은 빔이 뒤덮었다. 바위는 아무런 변화도 없었다. 그러나 바위 뒤에 있던 두 명의 요원의 옷이 갑자기 터져 나가기 시작했다. 그와 더불어 일행이 끼고 있는 이어폰을 통해 소름끼치는 비명이 들리기 시작했다.

"앗, 뜨거…… 내 손이……!"

"살려줘!!"

두 명의 요원은 미친 듯이 바위 뒤에서 나와 무작정 아무 방향으로 뛰기 시작했다. 그런 그들의 몸에서 수증기 같은 김이 피어오르고 있었다. 옷의 여기저기가 터져 나가면서 옷에 가려지지 않은 그들의 손과 얼굴이 마치 강력한 불에 화상을 입은 것처럼 문드러지고 있었다. 이들은 멀리 뛰지 못하고 다리에 힘이 풀렸는지 그 자리에 고꾸라졌다. 쓰러진 몸이 꿈틀댔으나 일어나지는 못하고 있었다.

필립은 무슨 일이 벌어지는지는 정확히 알지 못했으나 최민의 말이 옳다는 것을 직감적으로 느꼈다.

"전원 후퇴하라. 몸을 방패로 최대한 가리고 이동하라!"

그의 말과 함께 일행은 뒤로 썰물 빠지듯이 움직였다. 최민도 역시 그들을 따라 뒤로 이동했다. 요원 몇 명이 방패로 몸을 가린 후에 이미 바닥에 쓰러져 버린 요원 두 명을 부축하여 같이 뒤로 이동했다. 다행히 후퇴하는 그들을 향해서는 더 이상 발포가 없었다. 일행은 후방에 있던 콘크리트 건물 뒤편으로 정신없이 달렸다.

최민은 후방에 주차되어 있던 밴까지 달려갔다.

'채팅 최민: 비비안, 접속을 끊어줘.'

비비안이 최민과 로봇의 접속을 종료하자 잠시 후에 최민은 밴 안에서 다시 정신을 차렸다. 그는 비비안이 건네준 컵에 든 물을 한 모금 마시고는 자리에서 일어나 밖으로 나갔다. 비비안과 그는 펄슨과 필립이 한참 머리를 맞대고 대책을 논의 중인 것을 발견하고 그곳으로 이동했다. 그곳에는 제프도 와 있었다.

"마침 잘 왔네. 데이비드. 도대체 저 무기는 뭔가?"

최민을 보자마자 펄슨이 다급히 물었다.

"제가 보기에 저건 강력한 전자기파를 이용한 무기 같습니다."

"좀 더 자세히 설명해 줄 수 있습니까?"

제프의 부탁에 최민은 일전에 그가 국방성의 친구로부터 들은 이야기를 자세히 들려주었다.

"그러니까 저 무기는 전자기파를 발생시켜서 사람의 몸에 있는 수분을 순간적으로 끓게 만들어 저렇게 녹여 버린다는 것인가?"

"그렇습니다."

펄슨의 질문에 최민이 대답했다.

"아까 보니까 바위 뒤에 숨어 있던 사람들마저도 당한 것 같은데 그건 왜 그런가?"

최민이 다시 대답했다.

"일반적으로 전자기파는 공기 중은 물론 나무, 돌 같은 것도 관통할 수 있습니다. 물론 관통하면서 에너지는 줄게 되지만 충분히 강력한 파워를 가진 전자기파는 큰 에너지 손실 없이 뒤쪽의 사람에게 타격을 줄 수 있는 것입니다. 특히 나무 같은 것은 거의 손실 없이 빔이 관통한다고 보셔야 합니다."

"그래서 아까 처음의 두 명은 직접 빔을 맞고 그대로 녹아버렸지만 바위 뒤에 있던 두 명은 중상을 입긴 했지만 살아남은 것이군요!"

필립이 옆에서 거들었다.

"정확합니다."

최민이 대답했다.

펄슨이 이맛살을 찌푸렸다.

"그럼 말해보게. 저 무기를 상대할 방법이 없단 말인가?"

최민이 잠시 주저하다가 말했다.

"저런 전자기파 빔은 크게 두 가지 단점이 있습니다."

"그게 뭡니까?"

제프가 성급하게 물었다.

그를 쳐다보며 최민이 말을 이었다.

"먼저 전자기파는 레이저처럼 한곳에 집중해서 빔을 쏘아 보내기가 힘듭니다. 쏘아진 순간부터 조금씩 분산되는 효과가 있습니다. 목적지에 도달한 에너지는 거리에 반비례하면서 줄어들게 되죠. 그러니까 충분히 먼 거리라면 아무리 강력한 전자기파를 발생시켜도 지금 여러분들이 본 것과 같은 강력한 효과는 보이기 힘듭니다."

"그래서 박사님이 일행에게 전부 뒤로 물러나라고 말씀하신 것이군요."

제프가 말했다.

최민은 고개를 끄덕이고는 말을 다시 이어갔다.

"그리고 두 번째로, 전자기파는 금속 물질을 투과하지 못한다는 것입니다. 그러니까 충분히 두껍고 큰 금속 물체 뒤에 숨으면 비교적 안전하다는 것이죠."

"하지만 아까 처음의 두 명은 방패를 든 상태였는데도 당하지 않았나요?"

필립이 고개를 흔들면서 반론을 폈다.

"그건 이런 이유 때문입니다."

그는 바닥에 나뭇가지로 그림까지 그리면서 설명을 했다.

"전자기파는 금속을 투과하지는 못합니다. 하지만 금속의 가장자리에서 굴절 효과를 일으킵니다. 이것을 엣지 굴절 효과(Edge Diffraction Effect)라고 하는데, 방패처럼 상대적으로 사람 몸에 비해 작은 금속 물질의 경우 전자기파가 방패의 가장자리에서 굴절을 해서 뒤쪽의 사람 몸 쪽으로 일부 에너지가 꺾여서 전달되는 것입니다. 물론 방패를 아예 들지 않은 것보다는 낫겠지만 방패를 들었다고 완전히 빔을 막아내기는 힘듭니다. 그리고 좀 전에 두 명은 방패로 가슴 부위만 가리고 머리와 팔다리가 노출되어 있었기 때문에 노출된 부위가 그대로 녹아버린 것이죠."

펄슨이 갑자기 화가 난 듯이 소리를 질렀다.

"그럼 결국 가까운 거리에서는 저 무기를 막을 방법이 없다는 것 아닌가. 정말 아무런 방법도 없다는 말인가!"

일행은 아무 소리도 못하고 입을 다물고 있었다. 이때 필립이 입을 열었다.

"저 무기에서 나온 빔이 금속을 투과하지 못한다면 박사님이 가진 로봇도 영향을 받지 않나요?"

그의 말에 일행은 다시 최민을 쳐다보았다. 최민은 잠시 헛기침을 한 후에 대답했다.

"로봇의 금속 외피 때문에 저 무기에서 나온 전자기파 빔이 로봇의 몸체를 투과하지는 못합니다. 하지만 전자기파의 고전 이론인 맥스웰 방정식(Maxwell Equation)에 의하면 저러한 강력한 전자기파를 맞은 금속물질의 표면에는 전자기파에 의하여 유도된 강한 표면 전류가 형성되게 됩니다. 이런 표면 전류는 로봇의 내부로 흘러들어가 내장되어 있는 전자회로를 파괴합니다. 그래서 로봇은 저 빔을 맞으면 동작을 멈춰버리게 될 것입니다."

그의 말에 일행은 다시 침묵에 빠져들었다.

"도대체 누가 저렇게 무서운 무기를 만들었을까요?"

비비안이 혼잣말처럼 말했다.

"저런 무기는 일개인이나 회사가 개발할 수 있는 것이 아닙니다. 아무래도 제가 들은 대로 미국 국방성에서 비밀리에 개발한 무기가 아닐까 하고 짐작됩니다."

이때 제프가 말했다.

"그럼 얼마 전에 미국 본토에서 미군이 수송 도중 탈취당한 무기가 저 무기일지도 모르겠군요."

"아마도 그럴 가능성이 높습니다."

최민의 대답에 제프가 눈빛을 빛냈다. 그의 형인 릭이 죽은 그 사건 때문에 그가 이곳에 와 있는 것이 아니었던가? 모든 것이 이해가 되었다. 누군가 이 무기를 노리고 미국에서 대담하게도 수

송 중인 트럭을 습격했고 그것을 이곳으로 운반했다. 왜 그들이 무기를 이곳으로 옮겼는지 이유는 모르지만 그는 비로소 그의 형을 죽인 자들이 누군지 알아냈다는 생각에 복수심과 분노가 타오르는 것을 느꼈다.

저 무서운 무기를 상대할 별다른 방법이 생각나지 않은 일행은 다시금 침묵을 지켰다. 이때 잠시 생각에 잠겼던 최민이 입을 열었다.

"지금으로써 유일한 방법은 아까 말씀하신 대로 로봇을 이용하는 것이 최선일 것 같습니다. 사람이 직접 쳐들어가기에는 인명 손실의 위험이 너무 큽니다."

그의 말에 필립이 고개를 끄덕였다.

최민이 얼굴을 굳히고 일행을 향해서 그의 계획을 이야기했다.

"제가 로봇에 접속해서 방패로 최대한 몸을 가리고 돌진하겠습니다. 저들이 가진 로봇은 거의 다 파괴되었으니 제 로봇을 막을 것은 저 무기밖에 없을 것입니다. 무기의 공격을 한두 차례 로봇이 견뎌내기만 한다면 충분히 돌진해서 무기를 파괴할 수 있을 것입니다. 그 후에 여러분들께서 뒤따라오시면서 적들을 제압하면 될 것 같습니다."

일행은 고개를 끄덕임으로써 동의를 표했다.

최민은 다시 로봇에 접속했다. 그는 로봇의 팔다리를 움직여 보았다. 왼팔은 전혀 움직이지 않았지만 걷는 데에는 문제가 없었다. 그는 가지고 있던 방패를 온전한 오른손으로 들어 앞으로 치켜들고 조심스럽게 전진했다. 그의 뒤를 요원들이 거리를 두고 역시 방패를 들고 몸을 최대한 가린 다음 천천히 뒤따르고 있었다.

최민은 중앙통신 관제센터 정면 약 오십여 미터쯤에서 잠시 걸음을 멈추었다. 아직 바리케이드 뒤에 숨어 있는 적들은 아무런 조짐도 보이지 않았다.

"최 박사님, 바리케이드 뒤에 일곱 명 정도 잠복해 있습니다. 저 무기만 제거하면 나머지는 저희가 처리하도록 하겠습니다."

최민 로봇은 고개를 끄덕였다. 그리고 그는 잠시 그가 서 있는 위치와 바리케이드까지의 거리를 눈대중으로 파악했다. 준비를 마친 그는 방패를 전면에 치켜들고 전속력으로 앞으로 달려 나갔다. 그의 로봇은 몇 번에 걸친 격전으로 많이 파괴되어 있었으나 다행히도 다리 쪽은 크게 부서지지 않아서 매우 빠른 속도로 달릴 수 있었다.

그가 달리기 시작하자마자 바리케이드 뒤에서 예의 그 커다란 총구가 나타났다. 그리고 곧바로 '위잉' 하는 소리와 함께 총이 발사되었고 그 무서운 전자기펄스가 날아왔다. 최민은 이미 방패로 앞을 가리고 있었으나 빔을 맞는 순간 정신이 아찔해졌다. 전자기파에 유도된 강력한 표면 전류가 로봇의 몸에 흐르면서 그의 뇌와 연결된 신호에 충격을 주었기 때문이다. 로봇의 온몸에 스파크가 튀었다.

방패를 타고 굴절하여 그의 몸에 명중한 빔에서 유도된 전류가 로봇 내부의 전기회로를 태우기 시작했다. 방패로 가린 덕분에 로봇이 완전히 파괴되는 것은 막았지만 다리 부위와 팔, 어깨 등에 내장되어 있던 컨트롤 회로가 타버리고 말았다. 최민은 다시 움직이려 했으나 한쪽 다리가 말을 잘 듣지 않았다. 그러나 그는 걸음을 멈추지 않았다. 절름대면서도 최대한의 배터리 파워를 짜내어 계속 전진했다.

'저런 전자기펄스는 기관총처럼 연달아 발사할 수 없고 재충전 시간이 필요할 거야. 그 시간 간격이 얼마나 될지……'

최민은 속으로 그 간격이 길 것을 기대하며 달려 나갔다. 그러나 그의 기대와는 다르게 최신형 SMW Gun의 재충전 속도는 생각보다 빨랐다. 금방 두 번째 빔이 발사되었다.

이번에는 충격이 더 컸다. 그는 머릿속이 하얗게 변하는 듯한 느낌을 받았다. 이번 빔으로 그의 뇌와 로봇의 연결에 심대한 타격을 받았고 그는 정말로 고통을 느꼈다. 일반적으로 로봇이 외부의 충격을 받아도 그의 몸이 직접 충격을 받는 것은 아니었으나, 이러한 전자기파에 의한 공격은 그의 신경망과 로봇 사이의 연결을 직접 공격했으므로 정신적 고문을 당하는 것과 같은 극심한 고통을 실제로 느끼게 된 것이다.

그는 거의 정신을 잃을 뻔했지만 간신히 제정신을 유지할 수 있었다. 로봇은 거의 파괴되어 대미지 게이지가 70%를 넘어가고 있었다. 이대로 한 방만 더 맞으면 견딜 수 없을 것은 자명했다. 다행히도 그와 바리케이드 사이의 간격은 이제 십 미터 정도로 줄어 있었다. 최민은 혼신의 힘을 다해서 바리케이드로 달려들었다.

그 순간 다시 최후의 한 방이 발사되었다. 이번 공격으로 로봇의 거의 모든 회로가 파괴되어 버렸고 최민과 로봇을 연결하던 통신 모듈 또한 파괴되었다. 최민은 강제로 로봇과 분리되었다.

다행히 마지막 순간에 비비안이 강제 접속종료 프로그램을 구동하여 최민이 로봇에 연결된 상태에서 최후의 일격을 맞는 것은 피했다. 만약 연결된 상태로 빔을 맞고 로봇이 파괴되었다면 최민 또한 그 충격으로 인해 뇌에 심각한 충격을 받을 수도 있었다.

이미 최민과의 접속도 끊어지고 거의 모든 내부 회로가 파괴당한 로봇은 달리던 힘 그대로 앞으로 나뒹굴었다. 로봇이 나뒹굴면서 바리케이드를 쓰러뜨리고 그 뒤에 있던 SMW Gun과 그것을 잡고 있던 검은 옷의 사람을 덮쳤다. 그 사람은 재빨리 몸을 움직여 로봇에 깔리는 것은 피했지만 대신 무기를 잡고 있던 손을 놓아야만 했다. 최민 로봇은 그 무기를 가슴에 끌어안은 듯한 형상으로 앞으로 고꾸라졌다.

필립은 로봇이 무기를 무력화시키는 것을 보고 요원들에게 돌격을 명령했다. 요원들은 방패를 앞세우고 최신 화기로 총알을 퍼부으며 전진했다. 바리케이드 뒤의 검은 옷을 입은 사람들도 필사적으로 응사해 왔다. 필립은 비로소 지금까지 SMW Gun을 가지고 그의 요원들을 살해해 왔던 상대방을 살필 수 있었다.

'아니, 여자잖아!'

그의 눈에 비친 상대방은 붉은 머리를 한 동양 여자였다. 검은 가죽 바지와 가죽 재킷을 걸친 그녀는 뒤로 물러나 어느새인가 뽑아든 경기관총을 들고 다가오는 요원들에게 총을 쏘고 있었다. 그녀의 총알에 맞아 요원 한 명이 다시 부상을 입는 것을 보고 필립은 분노했다. 그는 가지고 있던 라이플을 꺼내들어 그녀를 조준했다. 연기 때문에 시야가 가리기는 했지만 그에게는 아무것도 아니었다. 잠시 숨을 고른 그는 연거푸 세 발을 발사했다.

'탕, 탕, 탕' 소리와 함께 총알이 정확히 붉은 머리 여자에게 명중했다. 그녀가 뒤로 쓰러지는 것이 보였다.

'죽지는 않았겠군.'

필립은 총알을 맞고도 핏방울 튀는 것이 보이지 않자 그녀가 방탄복을 입고 있음을 깨달았다. 웬만한 방탄복 정도는 관통하는 그의 총기로도 뚫지 못한 것을 보니 역시 최근에 만들어진 신형 강화섬유 방탄복인 것이 분명했다. 하지만 총알은 막았을지 몰라도 그 물리적 충격으로 인해 기절했을 것이었다.

다른 요원들 역시 그녀를 향해서 발포했다. 그러나 어느새 나타난 녹색 로봇이 그녀의 앞을 가로막았다. 그 로봇은 바로 숲 속에서 월터를 납치해 간 로봇임이 분명해 보였다. 로봇은 날아드는 총알을 몸으로 막아내고 있었지만 오래 버티지는 못했다. 더구나 이 로봇의 무기는 양손에 낀 클로였는데, 접근전에서는 위력을 발휘하겠지만 지금처럼 원거리에서 압도적인 화력을 상대하기에는 약점이 있었다. 그리고 재빠른 동작이 장점인 로봇이 뒤의 붉은 머리 여자를 보호하기 위해 움직이지 못하고 있었으므로 요원들의 좋은 먹잇감이 될 뿐이었다. 총알이 연이어 몸통에 박혔지만 로봇은 움직이지 않았다. 강력한 총알을 온몸에 맞으면서 팔다리가 부서져 나가고 천천히 그 자리에 무너져 내렸다.

로봇이 여자를 보호하고 있는 사이에 쓰러진 그녀 옆으로 한 남자가 나타났다. 그는 이미 거의 동작 불능이 되어버린 녹색 로봇 뒤에 몸을 반쯤 숨기고 주위의 다른 사람들에게 무엇인가 소리쳤다. 그가 손짓을 하자 필사적으로 응사하던 검은 옷을 입은 남자들이 천천히 뒤로 물러서기 시작했다. 여자를 부축하면서 다른 검은 옷을 입은 남자들에게 지시를 하는 이 사람이 무리의 지휘자임에 분명했다. 필립은 그 남자가 이런 전쟁터에 나오기에는 생각보다 나이가 들어 보이자 의아하게 생각했다. 그러나 그는 더 깊이 생각하지 않고 곧 요원들을 지휘하여 천천히 전진하기 시작했다.

필립의 머리에는 소형 비디오카메라가 장착되어 있어서 실시간으로 전투상황을 펄슨에게로 전달하고 있었다. 펄슨은 느긋하게 의자에 앉아 컴퓨터 화면에 보이는 전투를 관람하고 있었다. 사람들이 죽어나가도 그는 전혀 동요하지 않았으나 마지막 화면에 적의 지휘자의 모습이 비춰지자 깜짝 놀라서 의자를 박차고 자리에서 일어났다. 마찬가지로 전투에 참여하지 않고 펄슨 옆에 있던 제프 역시 경악으로 인해 눈을 크게 뜨고 있었다.

"저…… 저놈이 어떻게 저기에……"

펄슨이 모니터를 향해 떨리는 손가락을 가리켰다.

그가 가리키는 손가락 끝에 보이는 화면에는 적의 지휘자가 비록 먼 거리지만 선명히 보이고 있었다. 여자를 부축해서 천천히 뒤로 물러나고 있는 그 사람은 육십 대는 되어 보이는 나이에 바짝 마르고 강파한 인상의 동그란 안경을 쓴 동양 남자였다.

"아니, 저 사람은!"

제프가 놀란 목소리로 말했다.

마치 그의 목소리를 듣기라도 한 듯 모니터 속의 동양 남자는 그들을 향해 차가운 미소를 지어 보였다. 그리고 그 남자, 뉴로 엔터테인먼트 사의 이사회 의장이자 이번 감사팀의 리더였던 이토 오카다라 불리는 적의 지휘자는 몸을 돌려 건물 안으로 사라져 버렸다.

방문센터

제니퍼는 오스카가 보여준 서류를 보면서 놀란 표정을 감추지 못하고 있었다.

"이토 오카다 씨가 베트남지역개발연합의 실제 소유주란 말인가요?"

그녀의 질문에 설리반은 무겁게 고개를 끄덕였다.

"그뿐이 아니네. 그는 비밀리에 국제적인 비밀테러조직을 만들었네. 아직 이름도 모르는 이 조직은 그동안 국제 무기 밀거래 시장에서 첨단 무기들을 암암리에 구매해 왔네. 얼마 전에 플로리다에서 벌어진 무기 탈취 사건도 이자들이 벌인 일이 분명해."

"도대체 무슨 목적으로 그런 무기들을 확보한 것일까요?"

"그건 나도 모르네. 하지만 좋은 목적이 아닐 것임은 누가 봐도 확실하지. 더구나 이번에 탈취당한 무기는 미국 국방성이 수년 동안 심혈을 기울여 개발한 무기라네. 바로 SMW Gun이라는 무기지."

　그리고 설리반은 제니퍼에게 SMW Gun에 대해 자세히 설명해 주었다.

　"아직도 의아한 것은 SMW Gun이 무서운 무기임이 분명하지만, 소형 핵무기처럼 대량살상력이 있는 것은 아니고 아직도 개발 중인 무기라서 완벽한 것도 아니라는 것이네. 이미 각종 대량살상 무기를 암시장에서 구매한 마당에 굳이 이 무기를 잠수함까지 동원해서 무리하게 탈취한 이유를 알 수가 없어."

　제니퍼는 설리반을 쳐다보았다.

　"그럼 이제 우리가 할 일이 뭐죠?"

　설리반이 무표정하게 대답했다.

　"빠른 시간 내에 동굴 내부로 들어가서 이토를 체포해야 하네. 그가 어떤 목적을 가지고 있든 간에 이자를 그냥 놔두기는 너무 위험해. 이미 내부에 들어가 있는 허드슨 요원 등이 무슨 일을 당하고 있는지도 알 수 없는 일이니까 말이야."

　제니퍼가 자리에서 일어나면서 말했다.

　"부국장님, 제가 들어가겠습니다. 막힌 통로를 뚫는 대로 제가 팀을 이끌고 이토를 체포하고 안에 들어간 사람들을 안전하게 구출해 오겠습니다."

　설리반은 그녀를 쳐다보며 고개를 좌우로 흔들었다.

　"자네 심정은 이해하지만 몇 가지 더 조사할 것이 있어. 지금 밝혀진 사실 이외에도 이자들이 예전에 국방성을 해킹해서 빼간 자료를 복구하는 중이니 그것이 완료되면 이자들의 목적을 더 확실하게 알 수 있을 것이네. 물론 그 사이에 저 안에 있는 사람들을 구출하는 것에 최선을 다해야 하겠지."

제니퍼는 속이 타들어가는 느낌이었으나 별다른 방법이 없었다. 그저 안에 들어가 있는 사람들이 무사하기를 기원하는 수밖에 없었다.

중앙통신 관제센터

일행은 마침내 중앙통신 관제센터 입구를 통해서 건물 내부로 진입하고 있었다. 검은 옷을 입고 있던 정체불명의 일당은 이미 후퇴했는지 더 이상의 저항은 없었다.

통신 관제센터의 주 통제실은 나사의 우주왕복선 통제센터를 연상하게 만들어졌다. 커다란 방에 반원형으로 테이블과 좌석들이 배치되어 있었고 전면에는 거대한 스크린이 있었다. 스크린은 파워가 들어오지 않아서 아무것도 나타나지 않고 있었다.

최민은 비비안과 같이 통제실 안으로 진입했다. 펄슨도 메이슨의 경호를 받으면서 같이 걸어 들어갔다. 제프도 그들의 뒤를 따라 걸었고 필립은 남아있는 요원들을 동원하여 건물에 혹시 남아 있을지도 모르는 적들을 소탕하기 위해서 요원들을 지휘하고 있었다.

치열한 격전을 치루고 난 일행은 다들 지쳐있었다. 유일한 예외는 펄슨이었는데, 그는 먼지 하나 묻지 않은 복장으로 여전히 큰 목소리로 사람들에게 지시를 내리고 있었다.

"그래서 지금 이곳을 복구할 사람이 없다는 말인가?"

펄슨의 말에 필립이 대답했다.

"스튜디오3과 4가 사고로 인해 폐쇄되면서 센터에서 일하던 사람들도 전부 철수한 것 같습니다. 그나마 얼마 전까지 통신망이 가동되고 있었던 것은 입구의 방문센터에서 원격으로 시설을 가동하고 있었기 때문인 것 같습니다."

"그래도 누군가는 이곳의 전력망과 통신망을 복구할 사람이 있을 것 아닌가? 데이비드, 비비안, 자네들은 어떤가? 자네들이 할 수 있겠나?"

최민은 천천히 고개를 가로저었다.

"회장님, 통신 관제센터 복구는 이곳 책임자가 아니면 저도 자세한 것을 알지 못하기 때문에 쉽지 않습니다. 물론 시도는 해 보겠습니다만."

펄슨이 급하게 말했다.

"다른 건 상관없네. 먼저 입구와의 통신망부터 복구해 보도록 하게. 이곳에 오랫동안 고립되어 있으면 안 돼. 외부와의 연결이 무엇보다 중요해."

"알겠습니다."

말을 마친 최민은 관제센터 중앙의 자리에 앉아 컴퓨터 전원을 올렸다. 비비안 역시 그 옆자리에 앉아 전원을 켜고 있었다. 곧바로 모니터에 화면이 들어왔다. 그는 네트워크에 자신의 아이디와 비밀번호를 입력하고 통신 네트워크에 접속을 시도했다. 그러나 중앙 네트워크는 또 다른 보안망이 설치되어 있어 별도의 패스워드를 요구했다. 물론 최민은 그것을 알지 못했다.

이들은 한동안 컴퓨터와 씨름을 했으나 시스템을 복구하는 데 실패했다. 그 사이에 필립이 이끄는 팀은 이토 일당을 찾기 위한 수색을 시작했다. 펄슨은 통제실 뒷자리에 앉아 요원들이 휴게실에서 가져온 커피를 마시면서 사람들에게 쩌렁쩌렁한 목소리로 고함을 치고 있었다.

"그래서 그 일본 놈을 찾을 수 없다는 것인가?"

필립이 무표정한 얼굴로 대답했다.

"네. 이곳 건물은 물론 근처 동굴을 탐색해 보았습니다만, 이자들이 어디론가 사라졌는지 전혀 흔적을 발견할 수 없습니다."

펄슨이 앞의 테이블을 손으로 내리쳤다.

"그럴 리가 있나! 이곳 스튜디오4는 그리 큰 크기도 아니고, 입구를 우리가 장악하고 있으니 다른 곳으로 도망칠 수도 없을 텐데!"

"비밀 통로라든지 몸을 숨길만 한 공간이 있는 것이 아닐까요?"

필립의 대답에 펄슨이 다시 으르렁거렸다.

"빨리 찾아보게. 그 일본 놈을 잡아오란 말이야! 산 채로 잡아오든지 시체를 끌고 오든지 상관없어. 아무튼 그놈의 면상을 내 앞으로 끌고 와!"

그는 그동안 이토에게 쌓인 것이 많았던지 분노에 찬 목소리로 고함을 질렀다.

이때 필립이 귀에 꽂은 이어폰으로 무엇인가 보고를 받았다. 그는 펄슨에게 몸을 돌리고 말했다.

"회장님, 아무래도 회장님이 원하셨던 이곳 시스템을 복구할 사람을 찾은 것 같습니다."

"무슨 말인가? 누굴 말하는 거지?"

필립은 대답 대신에 뒤쪽 출입문을 손가락으로 가리켰다. 그곳에서 요원 두 명이 누군가를 부축해서 데리고 오고 있었다. 중년의 동양인, 사람 좋아 보이는 얼굴이었지만 무척 피곤한 얼굴을 하고 있는 그는 바로 월터 챙이었다. 원래 그가 쓰고 있던 뿔테 안경은 안쪽 유리에 금이 가 있었고 옷 여기저기가 찢겨져 있었다. 옷에는 핏자국도 조금 묻어 있었다. 한눈에 봐도 무척 고생한 티가 역력했다.

"아니, 월터 아닌가? 어디서 발견한 거지?"

펄슨이 질문했다.

요원 중 한 사람이 대답했다.

"이곳을 조사하던 중, 지하 연구실에서 발견했습니다. 연구실은 밖에서 잠겨 있었는데 아무래도 감금당하고 있었던 것 같습니다."

펄슨이 냉정한 목소리로 말했다.

"월터, 만나서 반갑군. 하지만 지금 상황이 그리 좋지 않으니 이곳에서 어떤 일이 벌어졌는지 먼저 보고해 주게."

고초를 겪은 사람에게 다정하게 위로의 말을 건넬 만도 하건만

40

펄슨은 그런 종류의 인간이 아니었다. 그의 질문에 월터는 조금 섭섭한 표정을 지었으나 곧 어깨를 펴고 펄슨에게 다가왔다.

"이렇게 회장님을 뵙게 되어 다행입니다. 궁금하신 점이 많으실 테니 먼저 대답부터 하겠습니다. 아시다시피 저는 저기 계시는 최 박사님과 같이 이곳으로 이동하다가 녹색 로봇에게 납치당해서 이곳으로 끌려 왔습니다."

"그건 이미 보고받아서 알고 있네. 그 다음에 무슨 일이 벌어졌나?"

"그 로봇은 저를 이곳에 끌고 와서 지하 연구실에 감금했습니다. 물도, 음식도 주지 않았어요. 죽는 줄 알았죠. 전 탈진해서 바닥에 쓰러져 있었어요. 그 상태로 몇 시간이 지난 것 같았는데 문이 열리더니 마침내 누군가가 들어왔어요. 남자 두 명에 여자 한 명이었는데 놀랍게도 그중에 제가 잘 아는 인물이 있었어요. 그들 중에서도 중심인물로 보였는데 그가 바로 이토 오카다 씨였습니다."

"그래서?"

펄슨이 다시 짧게 대답을 강요했다.

"아…… 이미 알고 계셨군요. 이토는 저에게 한 가지를 물었습니다. 이곳 스튜디오4에서 동굴 깊은 곳으로 통하는 통로가 어디 있느냐는 것이었습니다."

이때 어느새 다가온 비비안이 물었다.

"월터, 무사해서 다행이에요. 크게 다친 곳은 없어 보이네요."

월터가 그녀를 보면서 미소를 지었다.

"비비안, 안부 물어줘서 고마워. 비비안도 무사해서 다행이야."

그녀는 월터를 보며 싱긋 웃고는 펄슨을 살짝 쳐다보았다. 그는 비비안이 대화에 끼어든 것이 마음에 들지 않는지 살짝 이맛살을 찌푸리고 있었다. 비비안은 고개를 돌려 월터를 보면서 물었다.

"그런데 여기는 스튜디오4까지만 있다고 들었는데 그게 아니었나요? 더 깊은 곳에 다른 동굴로 연결되는 길이 있었나요?"

"이곳 동굴은 워낙 길고 깊어서 끝이 어디까지인지 아무도 모른다네. 아마도 크고 작은 작은 동굴들까지 합하면 그 수가 수백 개는 될 거야. 그런데 우리가 새로 발견한 동굴은 그런 작은 종류가 아니었네. 이곳 스튜디오4를 게임 공간으로 개발하다가 최근에 우연히도 더 깊은 그리고 대단히 넓은 공간으로 이어지는 동굴을 발견했지."

"그곳으로 들어가면 어디로 이어지나요?"

월터는 그녀를 보면서 대답했다.

"아직 아무도 모른다네. 인부 몇 명이 동굴 안으로 들어가 보았는데 험한 좁은 통로를 지나서 다시 어둡고 광대한 공간으로 연결된다는 것만 확인하고 다시 돌아왔네. 스튜디오3 같은 경우 동굴 천장을 통해 햇빛이 조금은 들어와서 시설을 설치하는 데 아무런 문제가 없었는데, 새로 발견한 공간은 빛이 전혀 들어오지 않는 암흑의 공간이었네. 더구나 우리 사업에 추가 공간이 당장은 필요 없었기 때문에 더 이상의 탐사는 하지 않았어. 그리고 그 입구는 혹시나 나중에 방문객들이 잘못 들어갈까 우려되어 철문을 만들어서 막아버렸지."

펄슨이 급히 물었다.

"그럼 이토가 그 개발되지 않은 동굴 입구를 찾고 있었다는 것인가?"

"네, 그렇습니다. 회장님. 그 입구는 종유석 사이에 숨겨져 있어서 쉽게 찾기가 힘들거든요. 이토는 저에게 이곳 스튜디오4에서 더 깊은 공간으로 연결되는 곳이 있냐고 물었고, 저는 그게 무슨 대단한 기밀도 아니었기 때문에 그렇다고 대답했죠."

펄슨은 월터를 노려보면서 말했다.

"그래서 그놈이 또 뭘 원하던가?"

"그는 저에게 그곳 입구를 막고 있는 철문을 열어달라고 부탁…… 아니, 강요했습니다."

"그래서 그놈이 원하는 대로 문을 열어 주었다는 건가?"

펄슨이 노기 띤 어투로 말했다.

"회장님, 저도 회사 영업 기밀이라고 생각했다면 죽는 한이 있어도 말하지 않았겠습니다만, 옆에 다른 사람들이 고문 도구를 보여주면서 협박하는데 어떻게 할 도리가 없었습니다. 더구나 그 문 뒤에는 아무것도 없는데, 왜 이토가 그 문을 열기를 원하는지 알지는 못했지만 일단은 그의 말대로 그 입구로 그들을 안내했습니다."

그는 말을 이었다.

"그리고 문에 장착된 보안을 해제하고 문을 열어 주었습니다. 제가 그 비밀번호를 기억하고 있었거든요. 이토는 저에게 '수고했네' 하고 짧게 말하고는 다시 이곳 지하 연구실에 저를 처박아

버렸죠. 그게 전부입니다."

필슨은 그의 말에 잠시 침묵을 지키고 생각에 잠겼다. 그리고 이상한 표정으로 월터를 한동안 바라보았다. 어떻게 보면 월터의 말을 전혀 믿지 않는 것 같이 보이기도 했다. 필립이 그를 보면서 말했다.

"회장님, 이곳 건물과 스튜디오4에 놈들의 모습이 보이지 않는 것으로 보아 그 철문을 통해 동굴 깊은 곳으로 달아난 것 같습니다."

필슨이 대답했다.

"나도 그렇게 생각하네."

비비안이 고개를 갸웃하며 말했다.

"그런데 왜 그리로 도망쳤을까요? 그 뒤는 아무것도 없는 곳이라면서요? 그곳으로 들어가면 완전히 고립되어 도망칠 수도 없을 텐데."

"우리에게 잡히는 것보다는 그곳을 통해서 밖으로 나갈 통로를 찾으려고 했던 것이 아닐까요?"

필립이 말했다.

필슨은 그때까지도 아무 말 없이 생각에 잠겨 있다가 월터를 보고 말했다.

"놈들을 빨리 찾아내야 해. 하지만 일단 이곳의 통신망을 고치는 것이 급선무일 것 같군. 월터 자네는 이곳 통신 네트워크를 잘 알고 있지? 자네가 접속해서 통신망을 복구시킬 수 있겠지?"

월터는 고개를 끄덕였다.

"네, 회장님, 제가 프로그래머가 아닌 이상 혼자서는 쉽지 않겠지만 최 박사님과 비비안이 도와주면 복구하는 데 오랜 시간이 걸리지는 않을 것 같습니다."

"그럼 당장 시작하게. 그리고 필립, 자네는 사람들을 이끌고 가서 그 통로라는 곳을 감시하고 있게. 아직 들어가지는 말고. 위치는 월터가 알려줄 거야."

일행은 펄슨의 명령에 각자의 임무를 수행하기 위해 흩어졌다. 월터는 아직까지도 컴퓨터와 씨름하고 있는 최민에게 다가가서 네트워크로 통하는 비밀번호를 알려주었다. 최민과 월터, 비비안은 요원들이 가져온 커피를 마시면서 통신 네트워크 복구를 시작했다.

몇 시간이 흘렀다. 쉴 틈도 없이 정신없이 컴퓨터 자판을 두들기던 최민이 마침내 통신 네트워크에 걸려있던 모든 잠금을 풀어내었다. 기존의 통신 주파수를 고의적으로 바꾼 것 이외에도 이토 일행은 이곳저곳의 통신망을 자기들 마음대로 수정해 놓았다. 하지만 월터와 비비안의 도움으로 그런 버그들을 하나하나 제거해 나갈 수 있었다. 모든 버그를 제거한 후, 마침내 그는 통신망을 리부팅시켰다.

'덜컹' 하는 커다란 소리와 함께 실내의 전등이 한순간 꺼졌다가 몇 초 후에 다시 들어왔다. 그리고 잠시 후에 전면에 있던 커다란 화면이 점차 선명해지기 시작했다. 화면이 밝아지면서 다양한 영상들이 떠오르기 시작했다. 동굴 전역에 설치된 카메라를 통해 스튜디오2부터 4까지 이곳저곳의 다양한 모습들이 보이기 시작했다.

"회장님, 성공입니다!"

최민이 자기도 모르게 환호성을 질렀다. 그리고 벌떡 일어서서 비비안을 꼭 껴안고 볼에 키스를 했다. 마침내 이 지옥 같은 곳에서 빠져나갈 수 있다는 생각에 기쁨을 감출 수 없었다.

펄슨은 그런 그들을 냉정하게 바라보다가 지시했다.

"방문센터와 연락할 수 있나?"

"네, 지금 접속하겠습니다."

최민이 대답하고 컴퓨터로 방문센터와 통신망 접속을 시작했다. 잠시 후 정면 스크린에 창이 뜨더니 몇 사람들의 얼굴이 보였다.

"여기는 중앙통신 관제센터입니다. 내 말이 들립니까?"

최민의 말에 화면 속에서 누군가 대답했다.

"앗! 최 박사님 맞습니까?"

"네, 접니다. 지금 그곳에 누가 있습니까?"

"최 박사님. 잠시 기다리십시오. 다른 분들을 불러오겠습니다."

화면 속의 직원이 급히 자리를 뜨는 것이 보였다. 그리고 잠시 후에 낯익은 얼굴들이 나타났다.

"최 박사님. 무사하시군요. 다른 분들도 다 무사하신지요?"

흥분된 목소리로 말을 건 것은 소식을 듣자마자 달려온 제니퍼였다.

"추우 양, 이렇게 보니 너무 반갑습니다. 네, 저희는 다 무사합니다."

이때 제프가 최민 옆으로 달려와 마이크에 대고 소리쳤다.

"제니퍼, 나야! 제프!"

"오 마이 갓! 제프…… 무사해서 다행이야. 어디 다친 곳은 없어?"

"난 괜찮아. 네 얼굴을 보니 정말 반가워!"

이때 화면에 브라운과 해킨슨의 얼굴이 나타났고 곧이어 응우엔의 얼굴도 보였다. 이때 펄슨이 그들의 말을 끊고 마이크를 통해 말했다.

"여러분들과 재회해서 기쁘지만 직접 만나서 다시 회포를 풀도록 하고 일단 중요한 일부터 해결하도록 하지."

그의 말에 브라운이 깜짝 놀라 말했다.

"앗, 회장님이 그곳에 어떻게!"

펄슨이 간단히 대답했다.

"그건 자네가 알 바 없네. 자네들이 일을 제대로 처리하지 못하니까 내가 직접 여기까지 온 것이 아니겠나. 아무튼 거기 응우엔 있나?"

그의 말에 응우엔이 급히 달려와 마이크 앞에 섰다.

"네, 회장님. 여기 있습니다."

"지금 막혀있는 스튜디오3으로 진입하는 입구를 복구하는 데 시간이 얼마나 걸리겠나?"

응우엔이 잠시 고민하더니 대답했다.

"최선을 다하고 있습니다만 적어도 삼 일 정도는 더 걸릴 것 같습니다. 연결 통로가 완전히 무너져서 새로 굴을 파다시피 하고 있습니다.”

펄슨이 이맛살을 찌푸렸다.

“더 빨리는 불가능하다는 말인가? 비용이 얼마나 들어도 상관없으니 더 빨리 진행할 방법을 찾아봐!”

응우엔이 진땀을 흘리는 장면이 화면상에 적나라하게 보였다.

“그것이…… 회장님. 최고의 전문가들과 장비를 동원하고 있습니다만 석회암 동굴이라 잘못하면 지금까지 판 것도 다시 무너질 염려가 있어 더 빠른 진행은 힘들 것 같습니다.”

이때 화면에 갑자기 한 사람이 나타났다. 마른 체구에 큰 키의 냉정한 인상의 남자였다.

“마이크 펄슨 회장님이시죠. 저는 FBI 부국장인 오스카 설리반이라고 합니다.”

펄슨이 흠칫 하더니 무감정한 목소리로 대답했다.

“제가 마이크 펄슨입니다. 그런데 부국장님이 무슨 일로 저희 회사에 방문 중이신가요?”

설리반 역시 냉정한 목소리로 말했다.

“귀사의 이사회 의장인 이토 오카다 씨가 지금 그곳에 있습니까?”

“그 자식 말은 꺼내지도 마십시오!”

펄슨이 노기에 찬 목소리로 말했다.

“그놈은 더 이상 우리 회사 이사회 사람이 아닙니다. 그놈 때문에 수많은 사람들이 이곳에서 죽었어요!”

설리반이 다시 말했다.

"이토는 우리 미합중국에 중대한 피해를 끼친 범죄자입니다. 그자가 비밀리에 각종 무기를 구입하여 그곳으로 운반했다는 정황이 포착되었습니다. 그리고 그자는 따로 범죄 조직을 이끌고 있어서 극히 위험한 자입니다."

"이미 그 조직과는 여기서 한바탕 혈투를 벌였소. 다행히도 내가 데리고 온 우리 회사 경호 대원들이 그자들을 물리쳤기 때문에 지금 이렇게 우리가 대화하고 있는 거요."

설리반은 펄슨에게 이토가 그동안 벌인 범죄행각에 대해 말해 주었다. 그의 말을 듣고 있던 펄슨의 얼굴이 점점 더 굳어만 갔다. 한참 동안 말을 이어간 설리반이 마지막으로 강조했다.

"이토가 무슨 목적으로 이런 대담한 일을 벌였는지 아직도 파악하지 못했습니다. 하지만 한 가지 분명한 것은 그자는 특별한 목적을 가지고 무기를 확보했고, 그 무기를 가지고 그 안에서 무엇인가 대단히 위험한 일을 벌이려고 한다는 것입니다. 문제는 우리에게 시간이 없다는 것입니다."

잠시 뜸을 들이던 설리반이 다시 말을 이었다.

"다행히도 회장님께는 지금 우리 요원들 못지않은 정예 경호 요원들이 있는 것 같습니다. 그리고 우리 최정예 FBI 요원인 제프 허드슨 요원도 그곳에 있지요. 제가 부탁드리고 싶은 것은 회장님이 그자가 다른 음모를 꾸미기 전에 즉시 체포하도록 도와주십사 하는 것입니다. 저희가 당장 들어가서 이토를 체포하고 싶지만 지금은 방법이 없군요. 어쩔 수 없이 회장님께 부탁할 수밖에 없습니다."

펄슨이 대답했다.

"그놈은 부탁하지 않아도 내가 직접 잡을 거요. 그 녀석 때문에 내가 이런 고생을 하다니!"

화면에서 제니퍼가 다시 물었다.

"지금 이토는 어디에 있나요?"

필립이 대신 대답했다.

"그자는 이곳 스튜디오4에서 빠져나가 동굴 더 깊은 곳으로 숨은 것 같습니다. 아직 개발되지 않은 곳이라서 섣불리 들어갈 수 없어 지금은 입구만 지키고 있습니다."

설리반이 말했다.

"다시 부탁드립니다. 이토 오카다를 즉각 체포해 주십시오. 그 자는 미합중국에 중대한 해가 되는 범죄자입니다."

펄슨이 대답했다.

"알겠소. 다만 한 가지 먼저 말씀드릴 것은 그놈이 워낙 위험한 놈이라서 생포할 수 있을지는 장담할 수 없다는 거요."

"그것은 상관없습니다. 이미 많은 사람을 죽음에 이르게 한 일급 살인범이니만큼 그자가 더 해악을 끼치기 전에 막아주시기만 하면 됩니다."

설리반이 냉혹하게 대답했다.

펄슨은 즉시 말했다.

"알겠소. 내가 여기 있는 사람들과 의논해서 방법을 마련해 보도록 하겠소. 그 사이에 빨리 입구를 복구하도록 하십시오. 이곳에 영원히 갇혀있기는 싫소이다."

그이 말에 응우엔이 화면에서 대답했다.

"네, 회장님, 최선을 다하겠습니다."

그와 함께 펄슨은 최민에게 눈짓으로 통신을 끊으라고 지시했다. 최민은 화면의 사람들을 아쉽게 쳐다보다 통신을 끊었다.

화면이 꺼지고 나자 펄슨이 일행에게 말했다.

"모두 지금 대화는 들었겠지? 지금 우리가 쉴 때가 아니네. 필립이 장비와 무기를 준비하는 데 약간의 시간이 걸릴 테니 지금부터 한 시간 후에 대책회의를 하겠소. 모두 잠시 쉬고 있게."

그는 말을 마치고 자리에서 일어나서 방을 빠져나갔다. 최민은 그가 빠져나가는 것을 보면서 긴장이 풀리는 것을 느꼈다. 그와 비비안은 서로를 부축해 가면서 방을 빠져나와 휴게실로 향했다.

✝

한 시간 후, 일행은 다시 중앙통신 관제센터의 작은 회의실에서 모였다. 최민, 비비안, 제프, 월터, 필립, 메이슨, 그리고 펄슨이 테이블에 앉아있었다. 최민과 비비안은 며칠 동안 고생하여 무척 피로했으나 샤워를 하고 조금 쉬고 나서 많이 원기를 회복한 상태였다.

펄슨이 입을 열었다.

"지금 우리 회사의 반역자인 이토 오카다와 그 범죄조직 일당이 아직도 살아서 저 깊은 곳에 숨어 있소. 이자들이 극히 위험한 무기들을 가지고 무슨 음모를 꾸미는지 알 수도 없소. 시간이 지나면 지날수록 저자들에게 음모를 완성할 시간을 줄 뿐이요. 따라서 나는 즉각 팀을 보내서 저들을 추적해 일망타진해야 한다고 생각하오."

그는 필립을 보면서 물었다.

"지금 자네가 데리고 갈 수 있는 요원들이 몇 명이나 되지?"

필립이 대답했다.

"부상자 제외하고 일곱 명입니다."

"나이트 비전은 가지고 있지?"

"그렇습니다."

필립이 짧게 대답했다.

"그럼 자네 팀을 즉시 준비시키도록 하게. 허드슨 요원도 귀하의 상관이 지시한 대로 같이 움직였으면 좋겠군요."

"네, 알겠습니다."

필립과 제프의 대답을 듣고 펄슨은 고개를 다른 사람들에게 돌렸다.

"문제는 이토가 오랫동안 우리 회사의 모든 기술 및 기밀을 접한 자이므로 그 고급정보를 사용해서 무슨 짓을 벌이고 있는지 알 수 없다는 거요. 그래서 만일의 사태에 대비해서 우리 쪽 전문가들도 같이 들어가는 것이 좋다고 생각합니다."

그는 최민을 보았다.

"데이비드, 지금까지 수고한 것 알고 있네. 하지만 어떤가? 조금 더 수고해 줄 수 있겠나?"

최민은 주저하지 않고 대답했다.

"네. 저도 가겠습니다."

그는 지금 벌어진 일에 대해서 일말의 책임감을 느끼고 있었다. 사람들을 살해한 것은 로봇들이었지만 그 로봇의 개발에는 그도 많은 책임이 있지 않았던가? 그 자신 때문에 수많은 사람들이 목숨을 잃었다고 생각하니 무엇이든 하지 않고는 견딜 수가 없었다.

최민의 대답에 펄슨이 얼굴에 흡족한 미소를 지었다. 이때 비비안이 나섰다.

"회장님, 저도 가겠습니다."

그녀의 말에 펄슨은 의아하다는 눈빛을 보냈다.

"비비안, 넌 갈 필요 없어. 여기서 기다리고 있어."

최민이 급히 그녀에게 말했다. 그러나 비비안은 그를 보며 미소 지었다.

"멍청한 너만 보내면 내 마음이 편하겠어?"

비비안이 고개를 돌려 펄슨을 보고 말했다.

"그리고 만약 이토가 꾸미는 일이 로봇에 관련이 있다면 저도 도움이 될 것이라 생각됩니다."

그녀의 말에 펄슨이 고개를 끄덕였다.

"좋아. 지금 이곳에 가동이 가능한 로봇은 이제 없네. 전부 파괴되었거나 동작 불능이 되었어. 그 손실을 생각하면 정말 마음이 아프군. 하지만 이토가 더 어두운 곳에서 또 무슨 짓을 할지 모르니 자네가 가 준다면 분명 도움이 될 것이네."

"하지만……"

최민의 말이 끝나기 전에 비비안이 그의 손을 잡았다.

"걱정하지 마. 네가 옆에 있어서 날 지켜주면 되잖아."

그녀의 말에 최민은 아무 말도 하지 못하고 그녀의 손을 부드럽게 쓰다듬었다. 펄슨이 그런 그들을 보면서 말했다.

"자, 그럼 이제 추적팀이 만들어진 것 같군. 지금 당장 출발하게. 저 사악한 일본놈을 빨리 잡아 내 앞에 끌고 오도록 하게!"

그의 말에 일행은 자리에서 하나둘씩 일어나기 시작했다.

6 장

죽음의 천사 2권

미지의 동굴

일행은 월터의 안내로 스튜디오4에서 미지의 동굴로 통하는 입구로 이동했다. 스튜디오4는 스튜디오2나 3보다는 규모가 작아서 걸어서 십여 분 만에 입구에 도착했다. 월터의 말대로 그 입구는 커다란 종유석이 어지럽게 솟구쳐 있는 곳 뒤에 숨겨져 있어서 월터의 안내가 아니었다면 쉽게 찾지 못했을 것 같았다.

입구에는 커다란 철문이 설치되어 있었는데 문은 이미 좌우로 활짝 열려있었다. 스튜디오4는 사방에 설치된 조명으로 인해서 환하게 밝았으나, 철문 안은 아무런 빛도 없는 완전한 어둠이었다. 최민이 보기에 그 광경이 마치 지옥으로 통하는 입구를 보는 것과 같아서 잠시 그의 몸에 소름이 돋았다.

"그럼 여러분들의 건투를 빕니다."

월터는 마치 무엇인가에 쫓기듯이 그들에게 안내를 마치고 뒤도 돌아보지 않고 중앙통신 관제센터 방향으로 재빨리 걸어갔다.

그런 그를 제프가 한심하다는 듯이 쳐다보았으나 곧 최민과 눈웃음을 주고받고는 문 안으로 진입할 준비를 했다.

일행은 장비를 점검하고 곧바로 문 안으로 들어섰다. 최민, 비비안과 제프 모두 필립이 준 적외선 고글을 눈에 장착했다. 최신형 고글은 아무 빛도 없는 칠흑 같은 어둠 속에서도 적외선을 이용해서 사물을 분간하는 것을 가능하게 해주었다. 최민이 고글을 낀 눈으로 앞을 바라보자 주위 사물이 녹색으로 어렴풋이 보였다.

요원 두 명이 앞장서고 일행은 그들을 따라 걸었다. 완벽한 어둠에 잠긴 동굴이 끝없이 이어져 있었다. 동굴은 좌우 폭이 2미터 정도이고, 높이는 3~4미터 정도 되어 움직이는 데는 별문제가 없었다. 일행은 발밑에 있는 돌에 걸려 넘어지지 않도록 조심하면서 앞으로 이동했다.

일행은 약 삼십 분 정도 말없이 걸었다. 구불구불한 동굴을 벗어나자 마침내 확 트인 공간이 나타났다.

최민이 고개를 들어 사방을 살펴보았다. 이곳은 스튜디오3 못지않게 거대한 공간인 듯했다. 나이트비전 고글로도 끝이 전혀 보이지 않았다. 다만 차이점이 있다면 스튜디오3은 가지각색의 나무로 구성된 숲이 울창하게 우거져 있고 강과 연못도 존재하여 매우 아름다운 곳이었지만, 이곳은 매우 황량했다. 사방에는 종유석과 돌들이 가득 차 있었다. 어디에도 생명체의 흔적은 보이지 않았다. 어둠에 잠긴 거대한 공간에서는 어떠한 소리도 들리지 않았다.

'지옥이 있다면 이런 광경일까?'

최민은 속으로 생각했다.

요원들은 이토가 그들을 발견할까 우려되어 손전등을 켜지 않고 조심스럽게 전진했다. 비비안도 최민과 마찬가지로 어둠에서 오는 본능적인 공포로 인해 몸을 가볍게 떨고 있었다. 최민은 그녀의 손을 꼭 잡고 같이 앞으로 걸었다.

그들은 다시 그 거대한 공간 안으로 한참을 진입했다. 완벽한 어둠 속에 잠긴 침묵의 거대한 공간 속을 걷고 또 걸었다.

그들이 조금씩 지루해하고 있을 때였다. 맨 앞에서 걷던 요원이 나지막한 목소리로 말했다.

"정면에 뭔가 보입니다."

최민은 그의 말에 앞을 집중해서 바라보았다. 가까이 다가갈수록 차차 고글을 통해 무엇인가가 보이기 시작했다. 그것은 가로로 길게 그어진 선 같은 것이었다. 몇 개의 선이 가로로 이어져 있어 얼핏 보기에는 마치 음악에서 사용하는 오선지처럼 보였다. 분명히 자연적으로 생성되었다고 보기에는 문제가 있어 보였다.

'저것이 뭐지?'

최민은 속으로 생각하면서 조심스럽게 걸었다. 전진할수록 그 오선지처럼 보인 물체가 더 확연히 시야에 들어왔다.

'아니, 이것은!'

그 물체에 가까이 가서야 마침내 그것이 무엇인지 알 수 있었다. 그것은 좌우로 길게 뻗은 철사로 엮은 망 즉, 철조망이었다.

"철조망이 어떻게 이곳에 설치되어 있는 거지?"

비비안도 그것을 보았는지 나지막하게 최민에게 말했다. 최민은 고개를 가로저으며 앞으로 걸었다.

"이토가 숨으면서 방어를 위해서 설치해 놓은 것이 아닐까?"

최민이 그녀에게 말했다.

그러나 그들이 마침내 철조망에 다다르자 최민은 자신의 생각이 틀린 것을 알았다. 철조망은 잔뜩 녹이 슬어 있었고 군데군데 끊어져 있었다. 절대로 새로 설치한 것이 아니었다. 적어도 수년, 아니 수십 년은 그 자리에 있었던 것이 분명해 보였다.

"대장, 어떻게 할까요?"

요원 한 명이 필립에게 물었다.

"철조망을 끊고 안으로 진입한다!"

필립이 단호하게 말했다.

그의 말에 따라 요원 몇 명이 가지고 온 커터로 철조망을 크게 잘라내기 시작했다. 마침내 사람이 통과할 만한 공간이 생기자 요원들은 조심스럽게 철조망을 통과했다. 그런 그들을 따라 최민과 비비안, 그리고 제프도 안으로 진입했다.

안으로 진입하면서 최민은 발밑의 감촉이 달라진 것을 느꼈다. 지금까지는 울퉁불퉁한 돌 사이를 걷느라 발밑을 조심했었는데 철조망 안은 돌부리가 없이 평평하게 바닥이 잘 정돈되어 있었다.

그들이 안으로 진입하면서 다시금 다른 물체들이 보이기 시작했다. 요원 두 명이 먼저 그 물체에 가까이 가서 확인을 한 후에 일행에게 손짓으로 안전하다는 신호를 보냈다. 최민은 그들의 뒤를 따라 걸으면서 그 물체들이 뭔지 확인할 수 있었다.

좌우에 보이는 것은 각종 무기들이었다. 기관총이나 로켓포 등이 설치되어 있었는데 군데군데 참호가 파여 있었고 무기들이 그 안에 버려져 있었다. 최민은 그 광경을 보면서 의아함을 금치 못했다. 사방에 버려진 무기들은 절대 최신식 무기들이 아니었다. 영화에서나 보던 구식 기관총이나 중화기 같은, 오래된 무기들이 녹이 잔뜩 슨 채로 바닥에 나뒹굴고 있었다.

"도대체 이곳에 왜 이런 것들이 있는 거지? 그리고 누가 이걸 가지고 온 것일까?"

비비안이 최민에게 물었다. 그러나 최민은 아무런 대답을 할 수 없었다.

그들은 계속해서 전진했다. 그들이 걷고 있는 좌우로 계속해서 버려진 무기와 참호들이 보였다. 계속 걷다 보니 막다른 절벽 같은 것이 나타났다. 최민은 처음에는 단순한 절벽이라고 생각했으나 점차 가까워지면서 그것이 자연적인 것이 아니라 인공물인 것을 알아냈다.

그들이 접근함에 따라 마침내 짙은 어둠 속에서 도사리고 있던 거대한 구조물이 그 모습을 보다 선명하게 드러냈다. 그것은 엄청난 크기의 건물이었다. 높이는 웬만한 빌딩 6~7층 높이 정도였고 좌우 폭이 100m는 되어 보였다. 건물 좌우에는 높은 망루도 건설되어 있었다. 건물은 벽돌로 지은 것이 아니라 전부 철제 벽으로 지어져 있었다. 신기하게도 커다란 건물인데도 창문은 하나도 보이지 않았다. 마치 지하의 제왕이 살고 있는 거대한 암흑의 성처럼 보였다. 지어진 지 얼마나 오래되었는지 모르지만 그 거대한 철제 구조물은 어둠 속에서 녹이 슬어가고 있었다.

일행은 전혀 기대하지 않았던 놀라운 광경에 말문을 잃고 아무런 말도 하지 못하고 있었다. 그러나 그들은 정예 요원들답게 곧 평정심을 회복하고 주위를 수색하기 시작했다.

그들의 목적은 달성 가능한 것처럼 보였다. 누군가가 그 건물 안으로 들어간 듯한 자국이 사방에서 발견되었기 때문이다. 건물 아래쪽에 문이 하나 있었는데, 그 문이 좌우로 활짝 열려있는 상태였다. 일행이 조심스럽게 문으로 가까이 가 보니 그 문은 원래 잠겨있었는데 누군가가 억지로 잠금장치를 파괴한 흔적이 보였다.

"잠겨있던 문의 잠금장치를 누가 부수고 문을 열었습니다. 그리고 이곳저곳에 녹 가루가 떨어져 있는 것을 보니 이 흔적은 오래된 것이 아니라 최근에 난 흔적입니다."

요원 한 명이 필립에게 보고했다.

"우리가 제대로 찾아왔나 보군. 이토가 이곳으로 들어간 것이 분명해."

필립이 나직하게 말을 내뱉었다.

"다들 긴장하도록. 안에서 어떤 저항이 있을지 모르니 조심해서 전진한다."

필립의 지시에 요원들이 두 명씩 조를 나누어 안으로 진입하기 시작했다. 제프도 권총을 꺼내어 들고 그들을 따라 진입했다. 최민은 가슴에 방탄복이 제대로 입혀져 있는지 다시 한 번 확인하고 역시 그들을 따라서 건물 안으로 들어갔다.

입구 안으로 들어서니 기다랗고 좁은 복도가 나타났다. 복도 천장에는 백열등이 설치되어 있었으나 전원이 들어오지 않아 칠흑같이 어두웠다. 그들은 눈에 낀 나이트비전 고글을 통해 좌우를 감시하면서 천천히 걸었다.

잠시 후에 그들은 복도 좌우에 작은 문들이 달려있는 곳에 진입했다. 철제문들에는 창문은 물론 구멍 하나 뚫려 있지 않았다. 필립은 요원들에게 수신호로 문을 열어 안을 수색하라는 신호를 보냈다.

요원 한 명이 문을 밀었다. '끼익' 하는 소름 끼치는 소리가 복도에 울려 퍼졌다. 최민은 그 소리에 당장이라도 누군가가 나타나 그들을 공격할까 봐 긴장했으나 아무런 일도 일어나지 않았다. 요원은 총을 든 채로 조심스럽게 문을 열고 안으로 들어갔다. 그리고 잠시 후에 다시 밖으로 나왔다. 그는 무엇을 보았는지 안색이 약간 창백해져 있었다. 요원이 필립에게 말했다.

"안에는 아무도 없습니다만…… 직접 들어가 보시는 것이 좋을 것 같습니다."

그의 말에 필립이 직접 방으로 들어갔다. 그를 따라 최민과 비비안도 방 안으로 들어갔다. 그들이 들어간 방은 그리 크지 않은 방이었다. 최민은 방에 들어가자마자 눈앞이 환해지는 느낌이 들었다. 눈에 끼고 있는 나이트비전을 통해서 환하게 빛나는 물체들이 방에 가득 차 있는 것이 보였기 때문이다.

'이게 뭐지?'

최민은 순간적으로 그가 보고 있는 것이 무엇인지 판단할 수 없었다. 이때 그와 같이 들어온 비비안이 그의 팔을 꽉 잡았다. 그에게 기댄 그녀의 몸이 가볍게 떨리고 있었다. 최민은 그녀를 살짝 쳐다보다가 다시 방 안을 자세히 살펴보았다. 그리고 마침내 밝게 빛나는 물체들이 무엇인지 알아냈다. 그리고 그도 충격을 받아 그 자리에서 꼼짝도 하지 못했다.

그의 고글을 통해 보이던 밝게 빛나던 물체들은 전부 뼈였다. 한눈에 보기에도 동물의 뼈가 아닌 사람의 뼈였다. 정강이뼈, 엉덩이뼈, 손가락뼈, 그리고 군데군데 해골도 보였다. 나이트비전 고글에 비치는 뼈들은 밝은 백색과 인 성분으로 인해 푸르스름한 색깔로 환하게 빛나고 있었다. 그 광경이 너무도 소름끼쳐서 최민은 잠시 석고상처럼 몸이 굳었다.

"적어도 수십 명이 여기서 죽은 것 같습니다."

요원 한 명이 방 안을 수색하면서 필립에게 말했다.

이런 분야의 전문가인 제프는 방 안의 광경이 아무렇지도 않은 듯이 사방을 돌아다니면서 자세히 조사하고 있었다. 그러다가 최민을 향해 몸을 돌리고 말했다.

"최 박사님. 이리로 와 보세요. 뭔가 이상하군요."

그의 말에 최민은 정신을 차리고 제프에게로 다가섰다. 제프는 아무런 말도 하지 않고 바닥에 쌓여 있는 뼈를 손가락으로 가리켰다. 최민은 제프가 가리키는 방향을 쳐다보았다. 그리고 제프가 이상하다고 한 점이 무엇인지를 알아내었다.

그가 보고 있는 뼈들은 분명 사람의 뼈가 분명했다. 그런데 단순히 사람의 뼈라고 보기에는 조금 이상했다. 사람의 뼈라면 두개골 아래쪽에 빗장뼈, 갈비뼈, 그리고 팔, 다리뼈가 붙어 있는 것이 정상일 것이었다. 그러나 그들이 보고 있는 뼈는 빗장뼈에 팔이 한쪽에 두 개씩 도합 네 개가 붙어 있었다. 그 옆에 놓여 있는 뼈는 팔이 있어야 할 부분에 다리뼈가 붙어 있는 것이 보였다. 또 어떤 것은 두개골은 분명 사람의 것인데 몸 부분에는 정체를 알 수 없는 뼈가 붙어 있는 경우도 있었다.

"도대체 이게 뭘까요?"

제프는 뼈들을 가리키며 물었다. 그러나 최민은 아무런 대답도 할 수 없었다.

"일단 이곳을 빠져나가도록 합시다. 다른 방들도 수색해 보죠."

필립의 말에 일행은 방을 벗어나기 시작했다.

일행은 복도로 나와서 이번에는 우측에 있던 방문을 열고 들어가 보았다. 역시 똑같은 광경이 펼쳐져 있었다. 방 안에는 정체를 알 수 없는 뼈들이 가득 차 있었다. 그들은 아무런 소득도 없이 방을 다시 빠져나올 수밖에 없었다.

일행은 복도를 통과하면서 좌우의 방들을 하나씩 수색해 보았으나 열어본 방들마다 똑같은 광경이 반복되었다.

"지금까지 우리가 본 것만 해도 적어도 수백 명이 여기서 죽은 것 같습니다. 도대체 이곳에서 무슨 일이 일어났던 걸까요?"

제프가 최민에게 다가와 나지막이 물었다.

"저도 알 수 없습니다만 정말 끔찍한 일이 벌어졌던 것은 분명합니다."

최민이 고개를 저으며 대답했다.

"이제 어떻게 할까요? 수색을 계속할 것인가요? 이곳이 뭐 하는 곳인지는 모르지만 정말 소름끼치네요."

비비안이 필립에게 물었다.

필립은 그녀를 흘낏 보더니 단호하게 말했다.

"지금은 격리된 지하공간에 깊이 들어와서 중앙통신 관제센터와 통신을 할 수 없습니다. 그래서 안타깝게도 펄슨 씨의 지시를 받을 수 없습니다. 하지만 펄슨 씨가 제게 이곳 작전의 권한을 주신 만큼 저는 제 임무를 다할 생각입니다. 아직 이토 일당을 체포하지 못했으므로 계속 수색을 진행할 수밖에 없습니다."

그의 말에 비비안은 어쩔 수 없다는 듯이 다시 최민의 곁으로 다가왔다.

"이곳에서 정말 무서운 일이 벌어졌던 것 같아. 예감이 좋지 않아. 가능하다면 이토를 찾는 즉시 이곳을 빠져나가고 싶어."

그녀의 속삭임에 최민은 비비안의 어깨를 가볍게 안아주었다.

"오래 걸리지 않을 거야. 내 곁에 꼭 붙어 있어."

그가 비비안의 귓불에 대고 속삭이자 그녀의 귀가 빨개지는 것이 보였다.

"너와 같이 있어서 마음이 놓여."

비비안은 어둠 속에서 최민에게 미소를 지어 보였다.

그들은 다시 좁은 복도를 걸었다. 좌우에 있던 문들은 더 이상 보이지 않았다. 그들이 걷고 있던 복도는 마침내 막다른 곳에 다다랐다. 복도의 끝에는 지금까지 보아 왔던 방들의 문보다 훨씬 커다란 철문으로 가로막혀 있었다. 역시 이 철문에도 창문은 보이지 않았다.

필립이 수신호로 요원들에게 진입할 것을 명령했다. 요원 두 명이 뒤에서 총을 들고 엄호하는 동안 다른 요원 두 명이 신속하게 문을 열었다. 문은 잠금장치가 풀려 있었던지 역시 수월하게 좌우로 열렸다. 요원들이 재빨리 안으로 뛰어들었다. 그러나 역시 아무런 일도 벌어지지 않았다.

"클리어!"

방 안에서 요원들이 외치는 소리가 들려오자 필립과 다른 일행들도 방 안으로 들어섰다.

최민은 비비안의 손을 잡고 방 안으로 들어와 사방을 살펴보았다. 이곳은 지금까지 그들이 보아왔던 방들보다 훨씬 커다란 방이었다. 중앙에는 커다란 테이블이 놓여있었고 사방에는 벽장과 책장 같은 것들이 늘어서 있었다. 최민이 근처의 벽으로 다가서서 살펴보니 벽에 무엇인가 거뭇한 자국들이 잔뜩 묻어 있었다. 그는 그것이 무엇인지 잠시 조사하다가 말라붙은 핏자국이라는 것을 알아내고 등골에 소름이 돋는 것을 느꼈다.

비비안도 방을 조사하다가 곧 그 방의 용도를 알아내었다. 그 방은 하나의 거대한 수술실이었다. 중앙의 커다란 테이블은 수술대가 분명했고, 사방에 보이는 장이나 테이블 위에는 각종 수술 도구들과 약병들이 어지럽게 놓여 있었다.

그녀가 수술대 위에 앉아있는 먼지를 손으로 털어내고 살펴보니 그 위에는 아직도 말라붙은 핏자국이 흐릿하게나마 남아 있었다. 그녀는 이곳에서 실제로 수술이 시행되었었다는 것을 알 수 있었다. 핏자국은 단순히 수술대에만 묻어 있는 것이 아니라 벽이나 수술도구, 그리고 테이블 위에도 뿌려져 있었다.

이미 시간이 오래 흐른 뒤였는지 핏자국은 검게 변색된 채로 있었지만 어두운 방 안에서 날카로운 수술도구들과 사방에 뿌려진 핏자국을 보고 나니 단련된 요원들도 본능적인 두려움을 느끼는 것이 분명했다.

유일하게 제프만이 두려움을 모르는 듯이 구석구석을 다니면서 재빠르게 방 안을 조사하고 있었다.

"도대체 이곳은 뭐죠?"

비비안이 제프에게 물었다.

그가 대답했다.

"저도 모르겠습니다. 이 방은 수술실이지만 일반 수술실과는 많이 달라보이는군요. 사람을 살리려는 목적을 가진 수술실이 아니라 다른 목적을 가지고 만들어진 곳 같습니다. 가정해 보면 이곳은 특정한 목적으로 만들어진 연구시설인 것 같습니다. 그리고 아까 저희가 본 인골들을 생각해 보면 이곳에서 수많은 사람들을 대상으로 생체실험이 벌어진 것 같습니다."

이때 방 안을 수색하던 요원 한 명이 소리치는 것이 들렸다.

"대장님 여기 와 보셔야 할 것 같습니다."

그 소리에 필립을 비롯한 일행이 요원에게 다가섰다. 그는 사람들을 쳐다보다가 손가락으로 한곳을 가리켰다.

최민은 그곳을 바라보았다. 그곳은 한쪽 벽의 상단이었는데, 흐릿한 어둠 속에서 천 같은 것이 걸려 있었다. 아래로 축 늘어진 천 조각은 워낙 오래되었는지 군데군데 찢어져서 많이 훼손된 상태였다. 요원 한 명이 가까이 접근해서 손으로 그 천 조각을 좌우로 펼쳐 보였다. 일행은 그 펼쳐진 천 조각을 보고 나지막이 탄성을 질렀다.

그 천 조각에는 붉은색 바탕에 검은색으로 나선형의 막대가 그려져 있었다. 나선형의 막대는 불교에서 사용하는 만(卍)자를 뒤집어 놓은 것과 같은 형태였다.

"저건 하켄크로이츠 깃발이 아닌가!"

최민이 소리쳤다. 그들이 보고 있는 것은 바로 하켄크로이츠 기라고 불리는 나치 독일의 상징이었던 것이다.

요원이 그 옆에 걸려 있던 다른 천 조각을 펼쳤다. 이번에는 하얀 바탕에 붉은색 원 주위로 역시 붉은색 막대가 사방으로 뻗어 나가는 형상이 보였다.

"이것은 일제가 사용하던 욱일승천기!"

최민이 다시 소리쳤다.

일행은 잠시 아무 말도 하지 못하고 침묵에 잠겼다. 사람의 발길이 닿지 않았다고 생각하던 깊은 동굴 가장 깊숙한 곳에 이러한 정체불명의 생체연구시설이 존재한다는 것도 놀라운데, 그 건물 내부에서 갑자기 등장한 나치 독일과 일제의 상징인 깃발을 보니 일행 모두가 혼란에 빠져 버린 것이었다.

두 깃발은 원래 교차되어 벽에 걸려 있었던 듯이 깃대가 X자 형태로 벽에 각각 꽂혀 있었다. 하지만 워낙 시간이 오래 흐른 뒤라 깃대는 부러져 있었고 깃발이 찢겨져 있어서 펼치기 전에는 그것이 무엇인지 알아보지 못했었다.

"그렇다면 이곳이 일제나 나치 독일의 비밀 연구소였다는 말인 가요?"

비비안이 혼잣말처럼 말했다.

"믿기 힘들지만 그런 것 같아. 아니라면 아까 우리가 본 구식 무기들과 이 깃발들을 설명할 수가 없어."

최민이 무엇엔가 홀린 듯한 목소리로 대답했다.

"도대체 이곳에서 누가 무엇을 했던 것일까? 이런 외진 곳에 서……. 그리고 어떻게 이런 장비를 깊은 동굴 속으로 운반해서 건물까지 지은 걸까?"

비비안이 계속해서 질문했다. 그러나 이 중에는 누구도 대답을 해줄 만한 사람이 없었다.

그들이 멍청하게 벽에 걸린 오래된 깃발을 쳐다보며 생각에 잠겨있을 때였다. 이때 갑자기 '쿵' 하는 무거운 소리가 나직하게 들렸다.

"이게 무슨 소리지?"

누군가가 조용히 말했다.

일행이 그 소리에 긴장해서 주위를 다시 살펴보고 있을 때, 이번엔 '쿵, 쿵……' 하는 소리가 연달아 들렸다. 필립은 재빨리 요원들에게 손짓으로 경계 태세를 취할 것을 명령했다. 요원들이 흩어져 사방을 감시하고, 최민은 비비안의 손을 잡고 제프와 같이 중앙에 놓여있던 수술대 밑으로 재빨리 몸을 숨겼다.

그들이 숨을 죽이고 귀를 기울일 때 '쿵, 쿵' 소리는 점점 커져갔다. 그리고 이제는 더 많은 소리가 들려오고 있었다.

'쿵, 쿵, 쿵, 쿵, 쿵……'

필립이 작은 목소리로 말했다.

"누군가 이곳으로 오고 있다. 대원들은 발포 준비하라!"

그의 말에 여기저기서 철컥대면서 총알을 장전하는 소리가 들렸다. 사방이 막힌 공간이라 쿵쿵대는 소리가 어디서 들려오는지는 알 수 없었다. 그러나 소리가 점점 커져 오는 것으로 보아 누군가 혹은 무엇인가가 가까이 다가오는 것이 분명했다.

"열 감지 장치!"

필립이 요원에게 명령했다. 그에 따라 요원 한 명이 열 감지 장치로 사방을 스캔하기 시작했다. 하지만 그 장치에서는 아무것도 탐지할 수 없었다.

"벽이 전부 두꺼운 철판이라서 외부의 열을 감지하지 못합니다!"

요원의 보고에 필립이 나지막이 이를 갈았다.

점점 크게 들려오던 소리가 갑자기 멈췄다. 그리고 주위는 바늘 떨어지는 소리도 들릴 만큼 적막에 싸였다. 최민은 긴장감에 숨도 제대로 쉬지 못할 것 같았다. 꼭 쥐고 있는 비비안의 손에서도 식은땀이 나고 있었다.

그는 비비안의 귀에 작게 속삭였다.

"무슨 일이 있어도 내 옆에 꼭 붙어 있어."

이때 옆에 있던 제프가 품에서 무엇인가를 꺼내어 최민에게 건네주었다.

"필요하실 겁니다."

최민이 받은 물건을 보니 권총 한 자루였다. 그는 고개를 끄덕이고 제프가 연이어 건네준 탄창을 받아 권총에 장착했다. '철컥' 하고 탄창이 권총에 꽂히는 소리가 마치 천둥소리처럼 사람들 귀에 크게 들렸다. 필립이 최민을 돌아보고 '쉿' 하고 손가락을 입술에 대었다. 최민은 '죄송합니다' 라는 말을 조그마하게 내뱉었다.

그러나 아직 아무 일도 일어나지 않았다.

"이게 무슨……."

누군가 작게 속삭이는 소리가 들렸다.

이때 갑자기 천둥소리 같은 '쾅' 소리가 방 안에 울려 퍼졌다. 그들이 처음 방에 들어와 살펴보았을 때에는 입구 반대편 쪽은 모두 벽으로 막혀있는 것처럼 보였었다. 그러나 그것은 그들이 어둠 속에서 제대로 벽을 살펴보지 못했기 때문에 착각한 것이었다. 그 벽에는 원래부터 또 다른 출입구가 있었던 모양이었다. 그 벽의 철문이 좌우로 활짝 열렸고 그 열린 문을 통해 커다란 검은 그림자가 방 안으로 뛰어들었다.

'저게 뭐지?'

숨을 죽이고 테이블 밑에 숨어 있던 최민은 나이트비전 고글을 통해 방 안으로 들어온 존재를 보고 경악을 금치 못했다. 어두운 방 안에서 흐릿하게 보이는 '그것' 은 분명 사람의 형상이었으나, 믿기 힘들게도 높이가 3미터는 되어 보이고 어마어마한 체구를 지닌 거대한 무엇이었다. 몸에는 아무것도 걸치지 않고 있었는데 멀리서도 우락부락한 근육이 보였고, 온몸에는 털이 잔뜩 돋아나 있었다. 머리에서는 눈으로 짐작되는 부분에서 두 개의 불빛이 핏빛처럼 붉게 빛나고 있었다. 칠흑같이 어두운 방 안에서 적외선 고글을 통해 보이는 괴물은 짙은 어둠 속에서 뛰쳐나온 지옥의 사신인 것처럼 무시무시해 보였다.

그 괴물은 방 안으로 뛰어 들어와 잠시 걸음을 멈추고 방 안을 둘러보았다. 최민은 조금 더 가까운 거리에서 그것을 자세히 살필 수 있었다. 머리는 분명 사람의 형상을 하고 있었는데 머리 아래쪽은 사람이라고 보기가 힘들었다. 몸통에 분명 팔다리가 달렸음에도 전혀 인간의 몸처럼 보이지 않았다. 최민은 몸에 아무것도 걸치지 않은 괴물이 목 부분에 금속 재질처럼 보이는 무엇인가를 목걸이처럼 차고 있는 것을 발견했다.

최민은 순간적으로 그들이 지금 빛이 한 점도 들어오지 않는 칠흑같이 어두운 공간 속에 있다는 것을 생각해냈다.

'저놈은 우리를 보지 못해!'

최민이 그런 생각을 할 때 요원들도 같은 생각을 하고 있는지, 아직 발포를 하지 않고 필립의 명령을 기다리고 있었다.

필립은 잠시 고민에 빠졌다. 지금 저 괴물을 향해 발포한다면 이곳에 숨어 있을 이토 일당이 그들이 여기에 온 것을 알아채고 다른 음모를 꾸밀지도 몰랐다. 그래서 그는 순간적인 판단으로 일행에게 손짓으로 조용하라는 신호를 보냈다. 어쩌면 저 괴물이 그들이 여기 있는 것을 보지 못하고 그냥 다시 방 밖으로 나갈지도 모르는 일이었다.

그때 다시 '쿵, 쿵' 소리가 나더니 두 개의 그림자가 방 안으로 들어왔다. 이번에는 처음 들어온 괴물보다 덩치가 더 커 보이는 괴물들이었다. 역시 머리 부분은 사람처럼 보였으나 몸 부분은 인간의 몸이 아니었다. 팔 하나의 두께가 사람 몸통 둘레 정도로 굵어 보였다. 그리고 털이 수북하게 나 있는 손은 비정상적으로 커서 크기가 자동차 타이어 정도만큼 큼직했는데, 손가락이 세 개가 달려 있었고 끔찍하게도 그 끝에는 날카로운 손톱들이 삐죽하게 튀어나와 있었다.

그 괴물들은 방 입구에 잠시 서 있었다. 필립은 그 괴물들이 어서 방 밖으로 나가기만을 기다리며 숨을 죽이고 있었다. 괴물들은 잠시 어둠 속에서 우두커니 서 있었다. 그러다가 괴물 중 한 마리가 코를 찡긋거리며 '킁킁' 하고 공기 중의 냄새를 맡는 듯이 보였다. 그리고 무엇인가를 느낀 듯이 시선을 천천히 돌리기 시작했다.

필립은 그 괴물이 고개를 돌리면서 방 안을 쳐다보다가 자신이 숨어 있는 곳을 쳐다보며 시선을 돌리지 않는 것을 보고 등에 식은땀이 흐르는 것을 느꼈다. 그는 고개를 숙여 자신의 체취를 맡아 보았다. 그의 몸은 땀에 젖어서 시큼한 냄새가 나고 있었다. 괴물은 매우 민감한 후각을 가진 듯, 앞이 보이지 않는데도 불구하고 그들이 이곳에 숨어 있는 것을 눈치 챈 것 같았다.

괴물은 계속 코를 킁킁대면서 똑바로 요원들이 숨어 있는 곳을 바라보고 있었다. 그놈은 필립에게 시선을 고정하고 '똑바로' 그를 주시하다가 한 걸음 앞으로 내딛어 그를 향해 다가왔다.

'빌어먹을! 저놈들은 어둠 속에서도 우리 위치를 파악할 수 있어!'

필립이 급히 입을 열어 대원들을 향해 명령을 내리려고 하였다. 그러나 그가 미처 말을 하기도 전에 괴물들이 빠른 몸놀림으로 사방으로 뛰기 시작했다. 하나는 좌측으로, 다른 하나는 우측으로, 그리고 마지막 놈은 똑바로 움직였다.

"제길, 놈들이 우리 위치를 파악했다. 전원 발포!"

필립의 고함과 함께 사방에 잠복해 있던 요원들의 총에서 레이저 빔이 나와 괴물들을 조준하는 동시에 요란한 총성이 울렸다.

'타타타탕⋯⋯.'

밀폐된 공간 속에서 울리는 총소리는 고막을 찢을 듯이 울렸다. 비비안은 수술대 밑에 쪼그린 채로 두 손으로 귀를 틀어막았다. 최민은 권총을 쏠 엄두도 내지 못한 채, 역시 두 손으로 귀를 막고 있었다. 그러나 그는 비비안을 지켜야 한다는 의무감에 다시 고개를 들어 상황을 살폈다.

괴물들은 그 커다란 덩치에 걸맞지 않게 움직임이 무척 재빨랐다. 하지만 워낙 밀폐된 공간에서 요원들이 괴물들을 향해 집중적으로 총을 쏘아 대었으므로 괴물들의 몸에 총알들이 계속해서 명중하고 있었다. 요원들이 가지고 있는 총기류는 최첨단 살상무기로서 그 총알은 철판도 가볍게 뚫을 정도였다. 금속 재질로 만들어진 로봇들조차도 요원들의 집중 사격에는 박살이 나지 않았던가?

그러나 지금 그들을 덮치고 있는 괴물들은 상상을 불허하는 몸을 가지고 있었다. 철판도 종잇장처럼 뚫어버리는 총알이 괴물들의 몸에는 작은 상처밖에 내지 못했다. 그것들은 총알에도 전혀 움직임에 제약을 받지 않는 듯했다.

사방으로 흩어진 괴물들이 요원들에게 순식간에 접근해서 공격하기 시작했다. 최민의 눈앞에서 요원 한 명이 다가오는 괴물에게 미친 듯이 총알을 쏘아 대고 있는 모습이 보였다. 총알들이 괴물에게 명중하면서 괴물의 울퉁불퉁한 피부가 조금씩 터져 나가는 것이 보였다. 그러나 그 정도로는 괴물이 다가오는 것을 멈출 수 없었다. 괴물은 순식간에 요원에게 달려들어 팔을 휘둘렀다. 요원은 본능적으로 손에 든 총신으로 날아오는 손톱을 막았다. 그러나 칼날처럼 벌려진 날카로운 세 개의 손톱은 간단하게 총신을 두 동강 내고 나서 그대로 요원의 몸을 가르고 지나갔다. 요원은 몸이 이상하게 잘려진 채로 비명도 지르지 못하고 허공에 피 분수를 내뿜으며 자리에 쓰러져 버렸다.

이 광경을 본 모든 사람들은 공포에 질렸다. 필립은 정신없이 명령을 내리고 있었으나 그의 목소리는 총소리와 비명에 묻혀 들리지도 않았다. 아니 설혹 들렸다고 해도 이미 공포심에 이성을 잃어버린 요원들은 그의 명령을 따를 수 없었을 것이다. 그동안 받아온 훈련들이 무색하게 그들은 그저 본능적으로 다가오는 괴물들을 향해서 가진 총기의 방아쇠를 당기고 있었다.

"타타타탕."

"으악!"

"살려줘!"

고막을 찢을 듯한 총소리에 섞여 절실한 비명이 사방에서 합창하는 것처럼 울려 퍼졌다.

또 다른 요원 한 명이 괴물이 휘두른 주먹에 머리를 맞았다. 그의 머리는 흔적도 없이 뭉개져 날아가 버렸고 머리를 잃은 몸은 힘없이 바닥에 나동그라졌다. 괴물들은 마치 먹잇감을 사냥하듯이 서두르지 않고 천천히 한 명씩, 일부는 손톱으로 베고, 혹은 두 손으로 몸을 잡아 좌우로 몸을 찢어 죽이는 등 사람들을 잔혹하게 죽이고 있었다.

방 안은 비명으로 가득 찼고, 화약 냄새와 피 냄새로 숨쉬기조차 힘들었다. 꿈속에서나 보던 지옥의 참상이 바로 이곳에서 벌어지고 있었다.

믿고 있던 정예 요원들이 힘 한 번 써보지 못하고 무력하게 살해당하는 것을 지켜보던 최민은 이대로 가다가는 그들 역시 곧 괴물들에게 잡혀 죽을 것이라는 것을 깨달았다. 그의 옆에 같이 숨어 있던 제프도 역시 같은 생각을 했던지 최민에게 손으로 문을 가리켰다. 그들이 진입했던 문 쪽으로 가는 길은 이미 괴물들에게 막혀 있었다. 다만 괴물들이 들어왔던 문은 아직도 활짝 열려 있는 상태였는데, 괴물들이 총을 쏘고 있는 요원들을 죽이러 다니느라 문 앞은 비어있는 상태였다. 그들은 몸을 바닥에 납작하게 붙인 다음 양팔과 두 다리로 천천히 기어서 수술대 밑에서 나와 앞으로 나갔다.

제프는 최민에게 손가락 세 개를 벌려 보였다. 카운트 셋에 움직이자는 의사표시였다. 최민이 고개를 끄덕이면서 비비안의 손을 잡고 자신에게 끌어당겼다. 비비안은 반쯤 정신이 나가 있는 상태였으나 최민이 그녀의 귀에 무엇인가 말하자 제정신을 차렸는지 고개를 끄덕였다.

제프가 손가락을 하나씩 접었다.

'하나…… 둘…… 셋!'

제프를 보면서 마음속으로 카운트를 하던 최민은 카운트 셋과 동시에 권총을 두 손으로 잡고 수술대 밑에서 튀어나와 정면의 문을 향해 뛰기 시작했다. 그와 동시에 비비안과 제프도 그의 곁에서 같이 달렸다. 수술대에서 문까지는 불과 10미터에 불과했으나 그들에게는 엄청나게 긴 거리처럼 느껴졌다. 그들이 전속력으로 뛰자 금세 문 앞까지 도달할 수 있었다.

'됐어!'

최민이 속으로 마음을 놓는 순간 우측에서 '으윽' 하는 나직한 비명이 들렸다. 최민이 고개를 돌려 보니 같이 달리던 제프의 바로 뒤에, 어느새 나타났는지 괴물 한 마리가 서 있었다. 이미 괴물이 제프에게 손톱을 휘둘렀는지 제프의 등 쪽 옷자락이 찢어져 있었다. 제프도 마찬가지로 최신 방탄복을 입고 있었겠지만 괴물의 손톱은 방탄복을 가볍게 잘라버린 것 같았다. 최민은 제프보다 앞서 달리고 있었으므로 제프의 등을 보지는 못했지만 그의 얼굴이 일그러져 있는 것으로 보아 부상을 당한 것이 분명했다.

괴물은 서두르지 않고 제프에게 두 번째 일격을 가하려는 듯이 손을 휘둘렀다. 제프가 재빨리 허리를 굽혀 피했다. 오랜 시간 단련해온 몸이 아니었다면 이번 일격에서 제프는 피하지 못하고 두 동강이 났을 것이었다. 그는 몸을 뒤집으면서 괴물에게 권총을 발사했다.

'타탕' 소리와 함께 총알이 괴물의 몸 여기저기에 박혔으나, 강력한 자동소총도 처리하지 못한 괴물을 권총 알로 타격을 입힐 리 만무했다. 괴물은 전혀 방해를 받지 않고 제프를 잡으려는 듯이 손을 뻗었다. 제프는 뛰어난 운동신경으로 바닥으로 몸을 던져서 손길을 피했다. 그리고 몸을 뒹굴어 옆에 있던 테이블 밑으로 굴러 들어갔다.

"최 박사님, 그냥 나가세요!"

최민은 곤경에 처한 제프에게 가려고 몸을 돌리다가 제프의 목소리를 듣고 짧은 순간 고민에 잠겼다. 그러나 주저할 시간이 없다는 것을 잘 알고 있던 그는 곧바로 몸을 돌려 비비안의 손을 잡고 문을 향해 전력을 다해 뛰었다. 괴물은 그들 전부가 덤빈다고 해도 대적할 수 없을 만큼 강력했다. 지금 제프에게 달려간다 해도 같이 개죽음을 당할 뿐이었다. 달리는 그의 눈에 눈물이 고였다.

최민과 비비안은 마침내 문에 도달했다. 문을 빠져나가기 전에 최민은 고개를 돌려 제프를 쳐다보았다. 괴물이 제프가 숨어 있는 철제 테이블을 손으로 내리치는 것이 보였다. 테이블이 순식간에 우그러지고 제프가 테이블 밑에서 요리조리 몸을 굴리며 총을 쏘는 것이 보였다. 비록 총알이 괴물에게 아무런 위력도 보이지 못한다고 해도 제프는 그냥 포기하고 죽음을 기다릴 사람이 아니었다. 얼마나 오래 버틸지는 모르는 일이지만…….

이제 방 안의 비명과 총소리도 점점 잦아들고 있었다. 요원들이 거의 모두 죽음을 당했다는 증거였다. 몇 시간 전만 해도 그렇게 믿음직스럽고 그 무섭던 로봇들마저 물리쳤던 요원들이었지만,

지옥에서 온 듯한 저 괴물에게는 불과 몇 분도 지나지 않아 전멸당하고 만 것이었다. 최민은 그 사실을 믿을 수 없었지만 지금은 그곳을 빠져나가는 것이 더 중요했다. 그는 자원해서 이곳에 스스로 따라온 자신을 질책했지만 이미 늦었다.

그는 문을 빠져나왔다. 문 밖은 다시금 기다란 복도로 연결되어 있었다. 길게 뻗은 복도의 끝은 시야 밖에 있어서 고글로 보아서는 끝이 보이지 않았다. 그저 무겁게 가라앉은 어둠만이 깔려 있었다. 그 복도 끝에 밖으로 나가는 길이 있기를 바라며 최민은 달리기 시작했다. 어쩌면 더 무서운 괴물이 기다리고 있을지도 몰랐다. 그럴 경우 몸을 지킬 무기라곤 최민이 들고 있는 권총 한 자루밖에 없었다. 요행을 바랄 수 없다는 것을 그는 잘 알고 있었다. 그러나 선택의 여지가 없었다. 최민은 더 생각하지 않고 공포에 질려 떨고 있는 비비안의 손을 잡고 무작정 앞으로 달렸다.

회의실

제니퍼는 오스카 설리반의 갑작스러운 호출을 받고 회의실로 향하는 중이었다. 이미 스튜디오4와의 통신망도 복구되었고 걱정하던 제프가 안전하다는 사실까지 확인한 그녀는 마음이 무척 가벼워져 있었다. 물론 아직도 그들 사이를 가로막고 있는 무너진 동굴은 복구되지 못했다. 하지만 며칠이 지나면 그 통로도 복구될 것이었다.

그리고 무엇보다도 중요한 점은, 제프의 형이었던 릭 허드슨을 살해한 자들이 '이토 오카다' 가 이끄는 조직이었음을 알아낸 것이었다. 지금 몇 명 남지도 않은 범인들이 동굴 깊은 곳에 숨어 있긴 하지만 어차피 막다른 곳에 다다른 쥐와 같은 신세였다. 하필이면 다른 탈출구도 없는 이런 동굴 속에 갇혀 있어 달아날 수도 없을 것이었다.

그녀는 마이크 펄슨이 데리고 있는 요원들이 FBI 요원들에 못지않은 정예 요원들임을 이런 저런 경로를 통해서 듣고 있었다. 더구나 FBI 최고의 요원인 제프까지 그들과 함께였으므로 그녀는 이토의 체포가 시간문제라고 생각했다.

다만 그녀가 이해할 수 없었던 것은 왜 이토가 그런 무기들을 가지고 이 동굴로 들어왔냐는 것이었다.

'그자를 체포하면 다 알게 되겠지.'

그녀는 가벼운 마음으로 회의실 문을 열었다. 회의실 안에는 설리반 부국장이 홀로 의자에 앉아 있었다. 그는 테이블에 올려놓은 컴퓨터 화면을 뚫어지게 쳐다보고 있었다.

"부국장님, 무슨 일로 부르셨습니까?"

제니퍼의 말에 설리반은 아무런 대답을 하지 않았다. 그는 말없이 자신의 앞자리를 손가락으로 가리켰다. 그녀는 설리반의 표정이 예상외로 심각하다는 것을 알아채고 왠지 모르게 불안한 생각이 들었다. 그녀는 말없이 설리반의 앞자리로 가서 의자에 앉았다.

잠시 모니터를 쳐다보던 설리반이 고개를 들었다. 그는 안경을 벗고 잠시 눈을 감았다가 속주머니에서 손수건을 꺼내어 안경알을 닦았다. 그는 천천히 안경을 다시 눈에 쓰고서야 제니퍼를 쳐다보았다.

"추우 요원, 기다리게 해서 미안하네."

설리반이 낮은 목소리로 말했다.

"아닙니다. 그런데 무슨 용건이시죠?"

제니퍼는 불안한 생각에 거듭 물었다.

"추우 요원, 아니 이제 제니퍼라고 불러도 되겠지?"

그는 제니퍼가 고개를 끄덕이는 것을 보고 말을 이었다.

"우리는 각종 무기를 무기 밀매 시장에서 구매하고, SMW Gun을 비롯한 최첨단 무기들을 무력으로 탈취하고, 거기다가 국방성 네트워크를 해킹해서 자료를 빼내간 자들이 모두 동일한 집단인 이토 오카다가 이끄는 비밀 조직이라는 것을 이미 알고 있네. 그렇지 않은가?"

제니퍼는 다시 아무 말도 하지 않고 고개를 끄덕였다.

"우리는 그동안 국방성에서 해킹당한 자료를 등록하는 데 총력을 기울였다. 이자들이 자료를 빼간 것에 그치지 않고 그 자료들을 국방성 서버에서 완전히 지워 버렸으니까 말이야. 아니, 그냥 자료를 지워 버린 것이 아니라 그러한 자료가 있었다는 기록마저도 지워 버렸었지."

그는 말을 계속했다.

"다행히도 일전에 잡힌 해커가 실토하는 바람에 이러한 사실이 드러난 것은 자네도 알고 있을 것이네. 우리는 그동안 지워진 자료를 복구하는 데 최선을 다했네. 그래서 조금 전에 드디어 지워졌던 자료들을 거의 모두 복구해 내는 데 성공했지. 물론 그 체포당한 해커의 도움이 컸네. 그자는 그의 전과기록을 지워 주겠다는 우리의 제의에 매우 협조적으로 나오더군."

"복구한 자료가 어떤 것이었나요?"

제니퍼가 물었다.

"그것은 여러 종류의 자료였네. 하지만 일단 이것을 보는 것이 좋을 것 같군."

그 말과 함께 설리반은 컴퓨터의 디스플레이모드를 변환하여 회의실 전면의 스크린에 화면을 띄웠다. 그리고 마우스를 클릭하여 동영상 파일 하나를 실행했다.

이윽고 화면에 동영상이 시작되었다. 이 동영상은 무척 오래전에 제작되었던 듯 흑백 화면이었고 화질이 그다지 좋지는 않았다.

처음 화면은 어떤 건물을 비추고 있었다. 얼핏 보면 평범한 공장처럼 보이는 건물이었다. 멀리서 건물을 비추던 카메라가 공장에 점차 가까워지자 공장 주위에 많은 사람들이 보였다. 그들은 거의 대부분 군인들이었는데, 2차 세계대전 당시의 일본군 복장을 하고 있었다.

"일본군들이군요!"

제니퍼가 말했다.

"그렇다네. 정확히 말하면 일본군 중에서도 관동군들이지."

화면 속의 일본군들은 공장 건물 주위에 각종 참호와 철조망을 만들고 중화기를 배치해 놓고 있었다. 한눈에 보기에도 엄중한 감시였다.

'대단히 중요한 것을 만드는 공장인가 보군.'

이윽고 카메라의 시야가 공장의 정문을 통과해서 건물 내부로 들어갔다. 건물 내부에는 오래된 기계들이 잔뜩 들어차 있었으나 거의가 사용하지 않은지 오래된 것처럼 녹이 슬어 있고 먼지와 얼룩이 묻어 있어서 무척 더러웠다. 카메라가 이러한 기계들을 지나 건물 한쪽 벽에 있는 엘리베이터 앞으로 도달했다. 잠시 치직 하는 소리가 나더니 화면이 바뀌었다.

화면 안에는 넓은 방이 보였다. 한눈에 보기에도 수술실, 혹은 실험실처럼 보이는 곳이었는데 중앙에 넓은 수술대가 있었고 사방에 각종 수술도구와 용도를 알 수 없는 기구들이 보였다.

"아까 그 공장의 내부인가 보군요."

제니퍼가 말하자 설리반이 '으음' 하는 소리를 냈다.

이윽고 화면에서 보이는 방 안으로 사람 몇 명이 들어왔다. 이들은 비닐로 된 옷을 전신에 입고 손과 발에는 고무로 만든 장갑과 장화를 끼고 있었다. 머리 부위까지도 완전히 비닐로 감싸고 눈을 고글로 보호하고 있었다. 마치 방사능 방어복과도 유사했다. 이들은 방 안으로 들어와서 중앙의 수술대를 빙 둘러싸고 자리를 잡았다.

잠시 후 방 안에 다른 사람들이 들어왔다. 일본군인 두 명이 삐쩍 마른 사람 한 명의 양팔을 잡고 끌고 오고 있었다. 이 마른 남자는 동양인이었는데 머리카락이 다 빠져 있었고 몸에는 아무것도 입지 않은 나체였다. 그의 볼품없는 성기가 다리 가운데에 축 늘어져 있었다. 얼굴에 새겨진 주름살로 보건데 40대 이상의 중년인으로 짐작되었다. 그는 아무런 반항을 하지 않고 축 늘어진 채 걷지도 못하고 군인들에게 짐승처럼 끌려 나오고 있었다.

군인들은 이 남자를 수술대 위에 짐짝 던지듯이 던졌다. 그리고 몸을 뒤집어 똑바로 하늘을 향해 보도록 남자를 눕히고는 손과 발을 수술대 위로 돌출되어 있는 쇠로 된 수갑들로 채웠다. 남자는 팔다리를 큰 대 자로 벌린 채로 수술대 위에 발가벗겨서 누워 있었다.

잠시 후에 방어복을 입은 다른 남자 한 명이 수술대로 가느다란 선들을 끌고 왔다. 그리고 그 끝에 달린 클립을 이용해 남자의 온몸에 선을 연결했다. 그 선들의 반대편 끝은 갖가지 기계 장비들로 연결되어 있었다. 남자는 자신이 수술대 위에 눕혀질 때까지도 아무런 반항을 하지 않았다. 그는 분명 눈을 뜨고 있었지만 눈에는 초점이 없었다.

이윽고 준비가 끝나자 방어복을 입은 사람 하나가 옆에 놓여 있던 커다란 칼을 들었다. 그것은 일본군이 애용하는 일본도와 유사했으나 칼날의 폭이 훨씬 두꺼웠다. 일반적인 일본도보다 몇 배는 더 중량이 나갈 만한 칼이었다. 그는 칼을 치켜들고 남자의 몸을 겨냥했다. 그리고 두 손으로 칼자루를 잡고 높이 쳐들었다. 그가 허공에서 마치 망나니처럼 칼날을 좌우로 몇 번 휘둘러 보이자 수술대에서 떨어져서 서 있던 일본군들이 키득대며 웃었.

'이얍!'

칼을 허공에 휘둘러보던 그는 기합과 함께 칼을 내리쳤다. 칼은 남자의 오른쪽 어깨에 명중했다. 남자의 오른쪽 팔이 통째로 어깨에서 잘려 나갔다.

보고 있던 제니퍼는 소름이 끼쳤다. 칼을 휘두른 일본군이 사람의 팔을 아무렇지도 않게 잘라버린 것도 끔찍했지만 그 다음 싱글싱글 웃으면서 다른 동료들에게 뭐라고 말하는 장면이 더 비현실적이었기 때문이다. 그 군인의 말을 알아들을 수는 없었지만 몸짓으로 짐작해 보면 아마도 자신의 칼 솜씨를 자랑하는 것처럼 보였다.

남자의 잘려진 어깨에서는 피가 엄청나게 솟구쳐 나왔다. 남자의 몸이 격렬하게 꿈틀거렸다. 그러나 손발이 수술대에 묶여 있었으므로 움직이지 못하고 몸만 떨고 있었다.

남자의 팔이 잘려지자마자 방어복을 입은 남자 한 명이 고무호스 같은 것을 끌고 왔다. 그리고 끝에 연결된 스위치를 누르자 '치익' 하는 소리와 함께 흰색 연기 같은 것이 그 끝에서 나와 잘린 팔을 뒤덮었다. 그가 팔 주위에 계속해서 그 연기 같은 것을 뿌리자 남자의 어깨에서 나오던 피가 멈췄다. 남자의 어깨 주위는 어둡게 변했고 잘린 부위에 서리가 앉아 있었다. 팔을 자른 다음에 그 부위를 얼려버린 것이 분명했다.

잠시 후에 군인 한 명이 수술용 카트를 끌고 왔다. 그 위에는 털이 부숭부숭한 팔이 하나 놓여 있었는데 인간의 팔보다 훨씬 큰 근육질의 팔이었다. 언뜻 보기에 오랑우탄이나 고릴라의 팔처럼 보였다.

이들은 가지고 온 털투성이 팔을 남자의 잘려진 어깨 부위에 가져다 댔다. 그리고 두 명이 달라붙어 그 팔을 어깨에 연결하기 시작했다. 이미 얼려진 남자의 어깨 부위를 조금씩 해동시켜 가면서 그들은 수술을 진행했다.

화면이 갑자기 어두워졌다가 다시 밝아졌다. 수술이 거의 다 끝났는지 털투성이 팔이 남자의 어깨에 붙어 있었다. 봉합된 부위 주위에는 가느다란 관들이 연결되어 있었는데 이윽고 실험자 한 명이 수술대 머리 쪽에 있던 기계로 다가가서 스위치를 올리자

86

어두운 색깔의 액체가 그 관들을 통해서 남자의 어깨 주위와 봉합된 팔로 주입되기 시작했다. 남자가 극심한 통증을 느꼈는지 다시 몸부림치기 시작했다.

주위의 실험자들은 아무런 조치도 취하지 않았다. 그들은 그저 남자가 몸부림치다가 천천히 동작이 느려지고 마침내 더 이상 움직이지 않을 때까지 남자의 몸에 연결된 선과 이어진 기계의 모니터만 주시하고 있었다.

이윽고 남자의 몸이 축 늘어지자 그들은 천천히 수술대 주위에서 물러났다. 방을 나가면서 한 남자가 카메라를 보고는 손을 흔들었다. 그는 동료들과 서로의 몸을 툭툭 손으로 치는 등 장난을 치면서 방을 빠져나갔다.

제니퍼는 동영상을 보고 충격을 받고 잠시 아무 말도 하지 못했다.

"지금 제가 본 것이 무엇인가요?"

제니퍼가 정신을 차리고 물었다.

설리반이 대답했다.

"저건 일본 관동군이 만주에서 2차 세계대전 중에 실시한 실험을 녹화한 것이라 판단되네."

"일본군이 저런 잔인한 실험을 했단 말입니까?"

설리반이 그녀의 앞에 서류철을 던졌다. 표지에는 '731부대에 대한 보고서'라고 쓰여 있었다. 그녀는 표지를 넘기고 서류를 읽어보기 시작했다.

731부대는 만주 관동군 소속의 비밀 생물학전 연구 및 개발 기관으로, 중국 헤이룽장성(黑龍江省) 하얼빈에 위치해 있었다. 초기에는 '관동군 방역급수부', '동향부대'로 불리다가 향후에는 '731부대'로 개명하였다. 이 부대에서 1937~1945년 동안 생물 혹은 화학 무기의 개발 및 그를 위한 치명적인 생체실험을 행하였다. (중략) 731부대는 실험할 때 인간을 사용하였다. 실험 대상은 주위 인구 집단에서 징용되었고 이들은 '통나무(마루타)'라 불리었다. 실험에는 남녀노소를 불문하고, 심지어 임산부까지 동원되었다. 수많은 실험과 해부가 살아있는 상태에서 마취 없이 이뤄졌는데 이는 실험 결과에 영향을 주지 않기 위해서였다. (후략)

제니퍼는 그녀의 눈을 믿을 수 없었다. 그녀가 보고 있는 자료에는 731부대가 자행한 수많은 잔혹한 생체실험이 요약되어 있었다. 예를 들면 임산부의 배를 갈라 태아를 꺼내 보고, 출혈 연구를 하기 위해 사람의 팔다리를 절단한 다음 반대편에 붙여 보고, 피실험자의 위를 절단하여 제거하고 식도와 장을 곧바로 연결하고, 뇌나 폐 등의 장기 일부를 제거해 보기도 하고, 남자와 여자의 생식기를 절단하고 상대방의 국부에 이식해 보기도 했다.

또한 무기를 실험한답시고 인간 마루타들을 다양한 위치에 세우고 수류탄을 던져 보고, 살아있는 인간을 대상으로 화염방사기를 시험해 보고, 남녀에게 매독·임질 등의 성병을 강간을 통해 감염시켜 보고, 질병을 일으키는 세균을 음식물에 넣어 배포한 후에 질병의 전파 속도를 측정해보기도 했다.

제니퍼는 아무리 전쟁 중이라고 해도 인간이 같은 인간에게 이렇게 잔인하고 비도덕적인 실험을 자행했다는 것을 도저히 믿을 수가 없었다.

"이것이 전부 사실인가요? 어떻게 인간이 같은 인간에게 이런 잔인한 짓을 저지를 수 있죠?"

설리반이 무표정하게 대답했다.

"그 기록은 전부 사실이네. 분명 그러한 생체실험이 만주에서 1940년대에 실시되었지. 수많은 사람들이 실험 대상으로 잔인하게 살해당했네. 죽은 사람들은 중국인, 조선인, 러시아인, 그리고 영국이나 미국군 포로들도 있었네. 현재까지 알려진 대로라면 최소한 3천 명이 생체실험의 대상으로 죽었지."

"저런 잔학한 짓이 벌어지다니! 그럼 저런 짓을 한 주모자는 누구인가요?"

제니퍼가 분개하며 물었다.

"저 731부대를 만들고 생체실험을 총지휘한 자는 '이시이 시로' 라는 사람이네. 원래 대단히 뛰어난 의사였지. 하지만 일본이 전쟁에 돌입하자 군에 뛰어들어 세균전을 주창하여 일왕 직속의 731부대를 만들었네. 생체실험 이외에도 페스트균을 번식시켜 만든 생체무기를 동원해서 중국과 러시아와의 전쟁에 사용하여 수많은 사람을 죽였지."

"저렇게 사악한 사람이 있다니! 다행히도 미국이 승리했으니 저자를 비롯해서 가담한 자들 전부가 전범 재판에 회부되어 사형

당했겠군요!"

제니퍼가 말했다. 그러나 그녀의 질문에 설리반은 가볍게 한숨을 쉬고 대답했다.

"음…… 저 이시이라는 자는 전범 재판에 서지 않았네. 전후 극동 국제 군사 재판에서 생체실험 문제가 언급은 되었으나 결국 아무도 기소되지 않았지. 이시이는 전쟁 후에는 일본의 도쿄대학 학장을 역임하고 천수를 누리다가 죽었네."

제니퍼의 눈이 휘둥그레졌다.

"그런 말도 안 되는! 어떻게 그럴 수가 있죠? 우리 미국은 뭘 한 것이죠?"

설리반이 대답했다.

"대답하기 곤란하지만 간단히 설명해 주지. 이시이는 그가 2차 대전 당시 생체실험으로 얻은 연구결과를 우리 미국에 모두 넘겨 주었다고 하네. 그가 살아남은 것은 그것에 대한 대가라고 이해해 주게."

제니퍼는 할 말을 잃고 설리반을 쳐다보았다. 아무리 국가의 이익이 걸려 있다고 해도 저런 인간임을 포기한 사람까지 이용하다니! 그녀의 불만스런 눈길을 설리반은 살짝 피했다.

"제니퍼, 자네는 아직 중요한 자료를 다 보지 못했네. 이번 것을 잘 보게."

말을 마친 설리반은 다른 동영상을 틀었다. 제니퍼는 분노를 누르고 몇 번 심호흡을 한 후에 다시 동영상을 시청하기 시작했다.

흑백의 화면에는 좀 전에 제니퍼가 보았던 그 수술실이 다시 보이고 있었다. 방 한복판에는 커다란 수술대가 놓여 있었고 그 위에는 아무것도 없었다. 갑자기 화면이 바뀌더니 화면이 입구를 비추었다. 카메라가 한 대가 아니라 몇 대가 설치되어 각기 다른 각도에서 촬영을 한 것처럼 보였다.

방 안에는 대여섯 명의 사람들이 분주히 뭔가를 준비하고 있었다. 이들은 전부 잠수복 같은 방호복을 입고 있었다. 그중의 한 명이 카메라에 가까이 다가오더니 카메라에 대고 플라스틱판을 들어 보였다. 판에는 무엇인가 일본어로 쓰여 있었고 화면 밑에 영어로 '실험 대상 32호' 라는 번역 자막이 나왔다.

이윽고 동영상 속의 카메라 시점이 다시 바뀌어 다른 문을 비추었다. 문이 열리면서 사람들이 들어왔는데 이들은 엄청나게 커다란 이동용 침대 같은 것을 끌어오고 있었다. 그 위에는 뭔가 거대한 물체가 하얀 침대보에 쌓여 놓여 있었다.

몇몇의 사람들이 달라붙어 그 물건을 수술대 위에 옮기고 침대보를 걷어냈다.

제니퍼는 그 물건의 정체를 보고 다시금 '헉' 하고 바람 들이마시는 소리를 내고야 말았다.

그녀가 보고 있는 것은 정체를 알 수 없는 거대한 물건이었다. 몸통 부분은 마치 고릴라의 몸통처럼 울퉁불퉁한 근육으로 뒤덮여 있었다. 팔이라고 짐작되는 부분은 분명 사람의 팔처럼 생겼는데 두께가 보통 사람의 허리둘레만큼 굵었고, 힘줄과 근육이 사방으로 튀어나와 있어 무척 징그럽게 보였다. 그리고 손가락이 있어야 할 부분에는 다섯 개의 손가락 대신에 마치 곰의 앞발처럼 커다란 손바닥 끝에 짧고 굵은 손가락 세 개가 달려 있었다. 그리고 손가락 끝에는 무척 날카롭게 보이는 손톱이 길게 자라나 있었다. 몸통 아래에는 다리가 달려 있었는데, 무릎 아래 부분이 곧바로 펴져 내려온 것이 아니라 마치 캥거루의 종아리처럼 앞으로 휘어져 나와 있었다. 그리고 놀랍게도 몸통과 팔, 다리 부분 전부는 은은하게 빛나는 비늘 같은 것으로 뒤덮여 있었다. 특이하게도 그 물체는 머리 부분이 없었다.

남자들은 수술대 위에 돌출된 고리에 쇠사슬을 연결하고 그 끝에 달린 커다란 금속 수갑을 사용하여 물체의 팔다리 부분을 고정했다.

"지금 저희가 보고 있는 것이 도대체 뭐죠?"

제니퍼가 놀라서 설리반을 쳐다보았다.

설리반은 표정 변화 없이 차갑게 대답했다.

"유전공학과 생명공학의 개가라고 해야 할까? 21세기에서나 가능할 것 같았던 유전공학, 세포 증식과 염색체 변조, 인위적인 돌연변이 생성, 그리고 외과 의술이 이미 1940년대에 가능했었다는 증거지. 아쉬운 것은 그것을 인류의 복지를 위해서 사용한 것이 아니라는 것이지."

그의 시니컬한 대답에 제니퍼는 할 말을 잊었다. 그리고 다시 동영상에 집중하기 시작했다.

이때 다시 문이 열리면서 사람들이 다른 물체를 운반해 왔다. 역시 하얀 침대보에 덮인 물건이었는데 그들은 물건을 역시 수술대 위에 괴물 옆에 나란히 올려놓았다. 그들이 침대보를 걷어내자 그 아래에 있던 존재가 드러났다.

수술대로 실려 온 것은 '사람'이었다. 그는 나이를 알 수 없는 동양인이었는데 충분히 음식을 제공받았는지 오동통하게 살이 올라 있었다. 그의 눈은 커다랗게 뜨여 있었지만 눈동자가 빠르게 돌아가고 있었다. 정신이 멀쩡한 것임에 틀림없었다. 그는 뭔가 말하려 계속 소리를 지르고 있었다. 몸이 요동치고 있었지만 주위의 남자들이 완력으로 그를 잡아 눌러서 그는 전혀 움직이지 못했다.

공포에 질려있는 것이 분명한 남자를 수술대 주위에 있던 사람들이 무표정하게 수술대 사방에 돋아나 있던 금속 팔찌와 발찌를 사용해서 수술대 위에 고정했다. 한동안 발버둥 치던 남자는 이윽고 지쳤는지 몸이 축 늘어져 버렸다.

수술대 머리 부분에는 지휘자로 짐작되는 남자 한 명이 있었는데 그가 뭔가 신호를 주었다. 그러자 의사들로 짐작되는 수술대 주위의 남자들이 분주히 움직이기 시작했다. 그중 한 남자가 벽으로 다가가서 뭔가를 꺼내왔다. 커다란 전기톱이었다. 그는 전기톱에 전원을 연결하고 스위치를 올렸다.

'위잉' 하는 소리와 함께 톱날이 무섭게 돌아갔다. 그는 톱을 들고 수술대 위의 남자에게로 다가갔다. 수술대 위의 남자는 자신의 운명을 예측한 듯 사력을 다해 발버둥을 치고 비명을 질렀다. 그러나 의사는 전혀 주저하지 않고 톱을 남자의 목에 가져다 댔다.

의사는 무표정하게 톱을 두 손으로 잡고 아래로 내렸다. 피가 튀어 오르면서 남자의 목이 잘려 나갔다. 톱의 성능이 좋은지 목은 순식간에 잘렸다. 의사의 옷에 피와 살점이 튀었으나 그는 그런 작업에 익숙한 듯 조금의 망설임도 없었다. 이윽고 머리가 완전히 잘리자 주위에 대기하고 있던 다른 사람들이 잘린 머리통을 집어 들고 재빨리 괴물의 머리 부위에 가져다 댔다. 머리가 잘려진 남자의 몸이 가볍게 경련하고 있었다.

화면 속의 남자들은 수술대 위에 놓인 거대한 몸통과 사람의 머리통에 정체를 알 수 없는 각종 고무관과 전기 와이어를 연결하고 있었다. 그리고 그들은 조심스럽게 머리통을 몸통에 붙이는 작업을 시작했다. 화면이 갑자기 빨라졌다. 오랜 시간에 걸쳐서 대단히 숙달되어 보이는 솜씨를 가진 남자들이 외과 수술도구를 사용해서 머리통을 몸통에 연결하고 각종 관을 머리와 몸통 사이에 부착하는 장면이 빠르게 지나가고 있었다.

다시 화면이 정상 속도로 돌아왔다. 마침내 남자들은 작업을 완성한 것처럼 보였다. 그들이 그 작업을 완성하고 나니 수술대 위에는 괴물이라고 칭할 수밖에 없는 존재가 누워있게 되었다. 방금 잘린 사람의 머리통 밑에 무시무시한 커다랗고 파란 비늘로 뒤덮인 몸통이 달려 있었다. 머리통은 엄청나게 거대한 몸통에 비해서 무척 작아 보였다. 하지만 그 괴물은 아직 아무런 움직임이 없는 상태였다.

이미 수술대는 남자가 흘린 피로 피바다가 되어 있었다. 남자들은 마치 짐짝을 버리듯이 움직임을 멈춘 가련한 남자의 머리 없는 몸통을 수술대에서 떼어내고는 수술대 옆에 있던 쓰레기통처럼 보이는 커다란 플라스틱 통에 구겨넣고 뚜껑을 닫았다.

동영상을 지켜보던 제니퍼는 방금 먹은 음식물이 다시 목구멍으로 나올 것 같아 억지로 침을 삼키며 참았다. 직업상 범죄 현장에서 못 볼 것을 많이 본 그녀였지만 화면에 나오는 장면처럼 엽기적이고 잔인한 장면은 본 적이 없었다. 그녀는 곁에 있던 설리반을 쳐다보았지만 그는 이미 그 동영상을 여러 번 보았는지 전혀 감정의 동요를 보이지 않고 있었다.

동영상 속에서는 남자들이 수술대 주위에서 계속해서 작업을 하고 있었다. 어느 정도 정리가 되었는지 한 남자가 플라스틱판을 들어 화면에 비추었다. 역시 일본어로 쓰여 있었지만 화면 밑의 자막이 '실험 단계 1 완료, 단계 2 진행'이라고 친절하게 설명해 주었다.

남자들이 괴물의 몸통 여기저기에 장치를 달고 플라스틱과 고무 재질의 관을 연결했다. 그리고 그 관을 통해서 정체를 알 수 없는 액체를 천천히 괴물의 몸속으로 주입했다. 이 작업은 무척 더디게 진행되었는데 화면이 다시 빨리 돌아가면서 제니퍼는 작업이 진행되는 것을 빠르게 볼 수 있었다.

이윽고 액체 주입이 완료되고 사람들이 관들을 괴물의 몸통에서 제거했다. 그리고 그들은 괴물에 연결되어 있는 측정 장비를 쳐다보고 있었다. 장비의 눈금이 아무런 움직임을 보이지 않자 그들은 무척 초조한지 방 안을 서성거렸다.

그런데 잠시 시간이 흐른 후에 갑자기 바늘이 움직이기 시작했다. 그와 함께 수술대 위에 묶여 있는 괴물의 몸이 조금씩 움직이기 시작했다. 하지만 단단하게 수술대에 결박되어 있던 괴물의 몸은 약간의 경련만 일으킬 뿐 큰 움직임은 보이지 않았다. 그러나 확연하게 괴물의 몸에는 생기가 돌아오고 있었다.

그러나 그것을 지켜보던 화면 속의 사람들은 크게 환호성을 지르고 있었다. 어떤 이는 감격에 겨운 듯이 양팔을 허공에 쳐들고 '반자이'를 외치고 있었다. 잠시 시간이 흐르고 지휘자로 보이는 남자가 옆의 남자에게 고개를 끄덕여 보였다. 그는 허리춤에서 권총을 꺼내어 들고 불쌍한 동양인의 머리, 아니 지금은 괴물의 머리통이 된 곳에 겨냥하고 방아쇠를 당겼다.

'탕탕' 하는 소리와 함께 머리에 구멍이 난 괴물이 천천히 움직임을 멈추었다. 사람들은 괴물의 몸이 완전히 움직임을 멈출 때까지 기다렸다. 각종 계기판의 바늘이 더 이상 움직이지 않는 것을 확인하고 사람들은 서로 고개를 끄덕였다. 실험이 완료되었는지 사람들은 서로를 격려하듯 어깨를 쳐주고 악수를 하면서 천천히 방을 빠져나가고 있었다.

제니퍼도 동영상이 끝났다고 생각하고 설리반을 향해 고개를 돌렸다.

"아직 끝나지 않았어. 지금부터 잘 보도록 하게."

설리반이 그녀에게 주의를 주었다. 제니퍼는 뜨끔하여 다시 화면을 향해 고개를 돌렸다.

화면에는 불 꺼진 방이 보이고 있었다. 아무도 없는 빈방에는 사방에 핏자국이 낭자하여 한 편의 호러 무비를 보는 것 같았다. 차이점은 영화는 사실이 아닌 허구에 불과하지만 지금 그녀가 보고 있는 것은 과거에 실제로 벌어진 일이라는 것이었다.

이윽고 문이 열리면서 일본 군복을 입은 군인들이 들어왔다. 그들은 수술대 위와 사방에 널린 살점을 주워 담고 바닥에 흥건히 고인 피를 걸레를 이용하여 닦기 시작했다.

그런데 이때 갑자기 어두운 방 안에 음침한 빛 두 개가 나타났다. 제니퍼는 긴장하면서 화면을 뚫어지게 쳐다보았다. 흑백화면이라서 무슨 색깔인지는 알 수 없었으나 바닥에 뿌려진 피와 같은 색으로 보였다. 아마도 짙은 핏빛처럼 붉었을 두 개의 빛이 깜빡이는 것을 보고 그녀는 그것이 괴물의 눈동자라는 것을 알아냈다. 그와 함께 수술대 위에 묶여 있던 괴물의 몸이 크게 경련했다. 거대한 몸이 발작하듯 움직이자 수술대도 덩달아 진동했다. 청소를 하던 군인들이 깜짝 놀라 작업을 멈추고 괴물을 쳐다보았다. 그 사이에 괴물이 팔을 허공에 쳐들었다. 팔을 수술대 위에 고정하고 있던 쇠사슬을 마치 썩은 밧줄인양 끊어냈다.

괴물은 자유롭게 된 팔을 휘둘렀다. 재수 없게 그 근처에 있던 일본 군인이 괴물의 손에 잡혔다. 괴물의 날카로운 손톱이 군인의 가슴을 파고들었다. 손이 워낙 거대해서 괴물은 한 손으로 군인의 몸을 잡고 허공에 치켜들었다. 군인이 미친 듯이 비명을 질러댔다. 괴물은 마치 어린아이가 장난감을 가지고 놀듯이 군인의 몸을 허공에 이리저리 휘둘렀다. 가슴에 구멍이 뚫린 채로 허공에서 휘둘러지고 있던 군인은 이미 정신을 잃고 천천히 죽어가고 있었다. 주위의 다른 군인들은 처음에는 놀라 정신을 차리지 못하고 있다가 동료가 죽어가는 것을 보고 일부는 권총을 빼어 들고 일부는 괴물의 손에 잡힌 동료를 구하러 달려갔다.

괴물의 팔에 다른 군인들이 달라붙어 이미 숨이 끊어져 가고 있는 동료를 구하려 했다. 그러자 괴물은 귀찮은 듯이 팔을 크게 휘둘렀다. 팔에 달라붙어 있던 군인 두 명이 바닥으로 나동그라졌다. 그리고 괴물은 손에 쥐고 있던 군인을 벽을 향해 집어 던졌다. 무서운 속도로 벽으로 날아간 군인은 벽에 머리부터 부딪쳤다. '퍽' 하는 소리와 함께 군인의 머리가 터져 나갔다. 이와 동시에 총을 빼어 든 다른 군인들이 괴물을 향해 총을 발사했다.

'탕, 탕, 탕'

어지럽게 나는 총소리와 함께 괴물이 상체를 수술대 위에서 일으켰다. 그리고 왼쪽 팔과 양 다리를 묶고 있는 쇠사슬을 보더니 팔다리를 가볍게 휘둘렀다. 괴물의 몸을 묶고 있던 쇠사슬과 수갑이 수수깡처럼 부서져 나갔다. 그리고 괴물은 마침내 수술대 위에서 내려와 바닥에 섰다.

일어선 괴물의 모습은 제니퍼가 공포에 떨 만큼 무시무시했다. 키는 거의 3m 정도 되어 보였다. 다만 머리 부분만은 목이 잘려 죽기 직전의 절망적인 남자의 표정이 그대로 남아 있었다. 그러나 지금은 그 눈에서는 생기를 찾아볼 수 없었고 일그러진 표정의 괴물 머리에는 음산하게 빛나는 두 눈이 초점 없이 앞을 바라보고 있었다.

군인들이 쏜 총알은 괴물의 몸에 명중했으나 몸을 덮고 있는 비늘 같은 것에 튕겨져 나가 전혀 피해를 주지 못했다. 괴물의 인간 머리가 자기에게 총을 쏘고 있는 군인들을 멍청히 쳐다보았다.

그러다가 양다리를 가볍게 굽히더니 다리를 쭉 폈다. 괴물의 몸이 엄청난 속도로 허공을 가르고 날아가 총을 쏘고 있던 일본군 앞에 순식간에 다다랐다. 그 군인이 뭐라 소리치려 했으나 괴물의 팔이 더 빨랐다. 날카로운 손톱이 달린 손으로 괴물은 군인의 머리를 후려쳤다. 마치 곰이 먹잇감을 사냥할 때 손으로 후려쳐서 쓰러뜨리는 동작과 비슷해 보였다. 군인의 머리 반쪽이 손톱에 순식간에 잘려 나가면서 나머지 몸이 그대로 바닥에 쓰러져 버렸다.

주위에 있던 다른 군인들이 비명인지 고함인지 모를 소리를 지르며 총을 난사했다. 총알 중 몇 발이 괴물의 머리에 명중하면서 얼굴 일부가 날아갔다. 그러나 괴물은 전혀 고통을 느끼지 못하는지 다시 재빠르게 움직였다. 일부는 괴물의 강철 같은 다리를 사용한 발길질에 배가 터져나가 창자가 삐져나오며 죽었고, 일부는 괴물의 쇠몽둥이 같은 손에 가슴이 꿰뚫려 죽었다.

방 안은 순식간에 아비규환의 지옥으로 변했다. 전의를 상실한 군인들이 앞다투어 방을 빠져나가려 문으로 몰려들었다. 그러나 괴물의 몸이 더 빨랐다. 순식간에 문을 가로막은 괴물을 보고 군인들은 절망적으로 총을 쏘아댔다. 그러나 괴물은 이미 전의를 상실한 나머지 군인들을 하나씩 차례로 잔인하게 살해했다. 카메라는 이 모든 장면을 적나라하게 필름에 담고 있었다. 마지막으로 괴물의 양팔에 몸이 찢겨져 죽은 군인의 몸이 바닥에 두 조각으로 떨어졌다. 방 안에 들어왔던 군인들 중 생존자는 괴물이 문을 가로막기 전에 간신히 문을 통해 달아난 한 명밖에 없었다.

방 안에는 다시 고요함이 찾아왔다. 바닥에는 죽은 군인들의 시체 조각과 피로 가득 차 있었다. 괴물은 잠시 그 자리에 멍청하게 서 있다가 천천히 고개를 돌려 주위를 살펴보았다. 마치 상어의 눈처럼 감정 없이 죽어버린 그 눈동자가 사방을 훑어보다가 카메라에 이르자 더 이상 움직이지 않고 카메라를 똑바로 쳐다보았다. 괴물의 눈이 마치 자신을 똑바로 노려보는 것 같아 제니퍼는 순간 깜짝 놀랐다.

이때 갑자기 어지럽게 비상벨 소리가 방 밖에서 커다랗게 들려왔다. 괴물은 그 소리에 이끌리듯 고개를 카메라에서 돌리고 몸을 돌려 문을 향하더니 순식간에 문 밖으로 빠져나갔다.

동영상은 여기가 끝이었다. 제니퍼는 잔인한 광경에 속이 메스꺼렸다. 그녀는 문득 화면 속에서 보인 괴물의 머리가 슬픈 표정을 하고 있다는 엉뚱한 생각을 했다. 그러나 그녀는 곧 제정신을 차리고 설리반에게 몸을 돌렸다.

"지금 제가 본 것이 무엇인가요?"

설리반이 대답했다.

"자네가 본 것은 간단히 말하면 일종의 생체병기라고 할 수 있네. 놀라운 바이오공학과 외과의학의 결과물이지."

"저 괴물은 어떻게 만들어진 거죠?"

"나도 자세히는 모르네. 그러나 우리 쪽 전문가가 이 동영상을 보고 나서 분석한 결과가 나에게 있네. 아직은 극비사항이라 자네에게 보여줄 수는 없지만 내가 간단히 설명해 주겠네."

제니퍼는 설리반의 말에 귀를 기울였다.

"먼저 저 괴물의 몸통은 대단히 세밀한 바이오공학을 통해 창조된 것으로 보이네. 곰 같은 야수의 강한 힘과 고릴라의 근육, 야생동물의 강력한 다리, 파충류의 세포재생, 단단한 생체비늘까지……. 그야말로 강력한 동물의 유전자를 인간의 유전자와 인위적으로 합성하거나 조합하여 괴물을 만들어낸 것이라고 생각되는군. 따라서 저 괴물의 몸체는 인간이라고 할 수도 있고 아니라고 할 수도 있네."

제니퍼가 질문했다.

"그럼 왜 인간의 머리를 잘라서 괴물의 몸에다 붙인 것일까요?"

"저들이 강력하지만 높은 지능을 가진 병기를 만들려고 한 것이라 짐작되네. 아무리 강한 생체병기라도 전장에서 제대로 된 판단을 하지 못하고 피동적으로 움직인다면 효율이 떨어질 테니까. 그리고 지구상에서 가장 높은 지능을 가진 생명체는 인간이니까. 아마도 저들은 수많은 실패를 거듭한 끝에 인간의 머리를 그대로 사용하는 것이 가장 좋다는 결론을 내린 것이겠지."

그는 말을 이어갔다.

"저자들이 저렇게 인간의 머리를 잘라 즉석에서 붙인 이유도 짐작이 되네. 대략적으로 3~5분 정도 뇌에 산소가 공급되지 않으면 뇌세포가 죽기 시작하지. 뇌세포를 죽이지 않고 보관하는 것도 쉽지 않고. 그래서 저들은 가장 효율적이면서 잔인한 방법 즉, 인간을 즉석에서 죽여 그 머리를 잘라내어 괴물에게 붙이는 방법을 택한 것이라 생각되네."

제니퍼가 다시 질문했다.

"그럼 일본군은 저런 무기를 왜 전쟁에서 사용하지 않은 것일까요?"

설리반이 살짝 웃었다.

"좋은 질문이네. 우리가 판단하기에 저 생체병기는 아직 완성되지 않은 상태였다고 보이네. 즉, 아무리 정교하게 수술한다고 해도 뇌세포의 일부 손상은 막을 수가 없었을 것이고 따라서 뇌의 생존 본능만이 남은 상태의 괴물이 된 것이라 생각되네. 전혀 컨트롤할 수도 없고 생존 본능만이 남아 있으니 아군이고 적군이고 가리지 않고 공격하는 양날의 검과 같은 무기가 된 것이지. 더구나 우리 쪽 과학자들이 분석한 바로는 저런 방법으로는 뇌세포가 절대 오래 생존할 수가 없다고 하는군. 즉, 저 괴물은 오래 가지 못해 죽어 버린다는 뜻이네."

"적과 아군을 구분하지도 못하고 더군다나 오래 사용할 수도 없다면 저들의 실험은 실패한 것이라 볼 수 있겠군요."

제니퍼가 말했다.

"저 단계에서는 그렇다고 볼 수 있지."

제니퍼는 갑자기 의아한 생각이 들었다.

"그런데 저 동영상을 왜 누군가가, 아니 지금은 이미 알려진 대로 이토가, 국방부 서버에서 삭제하려 한 것일까요?"

설리반이 다시 차갑게 웃었다.

"누군가 저런 생체병기가 존재했다는 것을 철저히 감추고 싶었던 것이겠지. 그리고 그 이유는 명확하네. 우리가 판단하기에 저

실험이 저 때 끝난 것이 아니기 때문이라는 결론이네!"

제니퍼가 깜짝 놀랐다.

"아니! 실험이 끝나지 않았다고요? 2차 세계대전이 끝난 후에도 누군가 저런 잔인한 실험을 계속했다는 것인가요?"

설리반이 냉소를 지으면서 말했다.

"우리는 저 동영상을 복구한 후로 가동 가능한 모든 조직을 동원하여 저 실험에 연관된 모든 시설과 사람들을 철저히 분석하기 시작했네. 그리고 짧은 시간에 많은 것을 알아냈지."

제니퍼는 말없이 설리반의 설명을 기다렸다.

"먼저 저런 실험을 일본이 독자적으로 한 것이라 보기에는 문제가 있다고 생각되네. 아무리 일본이 731부대를 통해 인체실험을 했다고 해도 저런 괴물을 만들려면 높은 수준의 유전공학이나 생체공학이 필요하지. 일본은 그런 쪽에서는 그리 수준이 높은 편이 아니었지. 분명 다른 나라의 도움을 받았을 것이라 짐작되고, 그런 식으로 생각하다 보면 당시 세계 최고 수준의 유전공학을 발전시킨 나라가 자연히 떠오르게 되지."

제니퍼가 자신도 모르게 물었다.

"그게 어느 나라인가요?"

설리반이 대답했다.

"바로 나치 독일이지. 히틀러는 우생학에 깊이 빠져있던 자였네. 우생학이란 쉽게 말해서 우수한 유전자를 가진 자들의 유전자를 확보하고 열등한 유전자를 가진 자들을 도태, 혹은 제거함으로써 인간을 현재보다 우수한 인종으로 개량시킬 수 있다고 생각한 학문이네. 히틀러가 유태인을 학살한 이유 중의 하나가 이 우생학이라 보는 관점도 많네. 즉, 유태인 등 열등한 인종을 말살하고 우수한 아리안 종족(독일 민족)의 순수 혈통을 더 발전시켜서 독일 인종이 세계를 장악할 수 있다고 생각했다는 것이지.”

“정말 미친 자들이군요!”

제니퍼는 자신도 모르게 분개했다.

“글쎄, 도의적으로는 미친 짓이지만 그것을 학문적으로 신봉했던 사람들은 생각보다 많았네. 일설에는 미국도 일부 우생학 정책을 펼친 적도 있고.”

“말도 안 돼요!”

제니퍼가 다시 목소리를 높였다. 그러나 설리반은 아랑곳하지 않고 말을 이어갔다.

“우리 정보로는 암암리에 나치 독일과 일본 제국은 이 생체 병기를 개발하기 위해서 손을 잡았네. 그들은 연합국의 눈을 피해 만주에 비밀리에 실험기지를 건설했었네. 하지만 전쟁이 그들에게 불리하게 돌아가고 중일전쟁 또한 일본에 불리하게 전개되자 이들은 보다 안전한 장소를 찾아냈지.”

“그곳이 어딘가요?”

제니퍼가 급하게 물었다.

“삭제되었던 자료에 그들이 새롭게 건설하려고 했던 대규모 실험시설의 후보지 몇 곳이 나와 있었네. 그중 한 곳이 어딘지 알겠나?”

제니퍼가 눈을 크게 떴다.

"설마⋯⋯."

설리반이 대답했다.

"그렇지. 바로 이곳이네. 베트남이었어. 이곳은 당시 일본군에게 점령되어 있는 상태였는데, 연합국 측은 유럽이나 태평양 전선에 모든 신경을 쓰느라 이곳 인도차이나 반도에는 그리 크게 집중을 하지 않았네. 일제와 나치는 그들의 점령지 중에 연합국의 감시망을 피할 수 있고 도심과도 떨어져 있어 비밀리에 실험을 할 수 있는 장소를 물색하다가 이곳 베트남을 점찍은 것이지. 그들은 만주에 있던 장비와 인력을 비밀리에 이곳으로 운반했고 우연히 발견한 거대 동굴을 최종 건설지로 확정한 후에 이곳 거대 동굴 안에 비밀 생체실험실을 만든 거지."

"하지만 이 동굴은 최근까지 발견되지 않았다고 들었어요."

제니퍼가 강변했다.

"그것이 바로 그들이 교활한 점이야. 겉으로는 아무런 인공적인 흔적을 남기지 않고 동굴 깊숙한 곳에 그들의 실험실을 만든 거지. 어떻게 그렇게 할 수 있었냐고? 나치 독일과 일제가 한 짓을 생각해 보게. 그들은 전쟁 승리를 위해서 수단과 방법을 가리지 않았네. 아마도 이 실험실 건설에 동원된 현지 인부들은 비밀유지를 위해 거의 살아남지 못했을 걸!

그리고 이 실험실이 완공되자마자 일제는 전쟁에서 패배하고 말았네. 아마도 저들은 제대로 실험실을 가동하지 못하고 급히 베트남을 빠져나갔어야 했을 걸세. 이곳에서 일하던 일반 일본군은 이곳이 뭔지도 몰랐을 것이고⋯⋯. 비밀을 아는 자들은 상부의 몇 명에 불과했겠지만 그들은 끝까지 비밀을 지킨 것 같네. 아마도 이미 전쟁이 끝난 마당에 굳이 목숨을 걸고 다시 와서 실험을 재개할 의욕이 없어졌을지도 모르지. 그러니까 수십 년 동안 아무도 그 비밀을 알지 못한 것이겠지.”

제니퍼는 머리가 어지러워졌다. 너무나 엄청난 비밀 앞에 그녀의 정신은 혼란에 빠졌다.

“그럼 이토가 지금까지 이곳에 와서 한 짓은 무슨 목적으로 한 것일까요?”

설리반이 대답했다.

“정확한 것은 내가 이토가 아닌 이상 알 수 없네. 하지만 유추해 볼 수는 있지. 우리가 판단하건대, 이토는 원래부터 이 생체병기에 관심이 많았네. 하지만 그 최종 실험 장소가 어딘지는 그도 알지 못하고 있었던 것 같네. 오랫동안 찾다가 마침내 우리 국방부 자료를 해킹해서 이곳을 알아낸 것이겠지.”

그는 말을 이었다.

“지금부터는 순전히 내 추측이네. 하지만 사실에 가까울 것이라 생각하네. 아마도 이토는 이곳을 알아내고 혼자서 이곳 생체실험실을 다시 가동하려 생각했었겠지. 하지만 이미 이곳 동굴은 뉴로 엔터테인먼트 사에서 다른 목적으로 장기 임대를 한 상태였고 이미 개발 계획이 잡혀 있었네. 그래서 그는 작전을 바꾸었지. 자신의 막강한 자금력을 동원해서 마침 자금 부족에 빠져있던 뉴로 엔터테인먼트 사에 접근했지. 그래서 자신의 자금을 투자하고 이사회 의장이 되었네.

그 다음은 무척 쉬웠을 거야. 회장인 마이크 펄슨을 제외하면 누가 감히 이토가 하는 일에 반대할 수 있었겠나? 그는 여기 조직에 자기 사람들을 심은 다음 비밀리에 내부에 있던 실험실을 다시 가동하기 시작한 것이겠지."

제니퍼가 다시 질문했다.

"그럼 그동안 동굴 내부에서 실종된 사람들은?"

설리반이 고개를 끄덕였다.

"그렇다네. 아마도 이토의 생체실험 대상이 되었겠지. 안타깝지만 말이야."

제니퍼는 화가 나 소리쳤다.

"어떻게 인간으로서 그런 짓을 할 수 있을까요?"

설리반이 그녀를 물끄러미 쳐다보았다.

"아직 자네는 순진하군. 생각해 보게. 어떤 무기에도 죽지 않고 강력한 힘과 상상을 초월하는 속도를 지닌 무서운 병기가 세상에 나온다면? 더구나 인간처럼 높은 지능을 가져 무척 교활하고, 상황에 따라 최선의 판단을 하는 존재라면? 아마도 그런 괴물 한 마리 정도면 일반 군대 중대 병력과도 상대할 수 있을 거네."

그는 말을 이어갔다.

"그런 병기라면 그 가치는 이루 말할 수 없을 정도일 것이네. 아마도 테러리스트들뿐만 아니라 미국의 패권에 반감을 지닌 세계 각국이 그 병기를 보유하려고 천문학적인 돈을 내는 데 주저하지 않을 걸세."

제니퍼가 반론을 폈다.

"하지만 단순한 돈이라면 이토도 이미 충분하게 가지고 있지 않나요? 세계 최고의 부자 중 한 사람인데 말이죠. 그런 그가 또 돈 욕심에 이런 무서운 일을 벌였을까요?"

설리반이 희미하게 웃었다.

"좋은 지적이야. 그렇지. 이토에게는 돈이 주체할 수 없을 만큼 많았지. 단순히 그가 돈을 목적으로 하지 않았다는 것은 나도 동감하네."

"그럼 도대체 그의 목적이 뭘까요?"

제니퍼는 다시금 혼돈에 빠졌다.

설리반이 웃음을 멈추고 차갑게 대답했다.

"우리도 이토가 왜 이런 짓을 했는지 그 동기가 매우 궁금했네. 우리가 그것을 알아낸 것은 불과 몇 시간 전이지."

그는 제니퍼의 호기심 어린 얼굴을 보면서 말을 이어갔다.

"그 이유를 말해주지. 이토 오카다는 원래 성이 이토가 아니네! 그는 어린 나이에 이토 가문에 양자로 들어갔을 뿐이지. 물론 그 자신이 비상한 사람이어서 물려받은 재산을 수십 배로 불릴 만큼 가문에 잘 적응하긴 했지만 분명 그의 친부모는 따로 있었네."

"그게 누군가요?"

제니퍼가 궁금증을 참지 못하고 물었다.

"우리는 이토의 모든 것을 샅샅이 조사했네. 그리고 마침내 알아냈지. 이토 오카다의 원래 본명은 이시이 오카다라네. 이시이라는 성에서 떠오르는 게 있나?"

제니퍼는 잠시 생각에 잠겼다가 자신도 모르게 지금은 멈춰 버린 동영상 화면을 쳐다보았다.

"자네도 눈치 챘군. 그렇지. 그는 이시이 시로 중장 즉, 일제 강점기 만주 731부대의 부대장이었고 자네가 본 동영상의 실험을 주도한 바로 그 사람의 친손자였어."

제니퍼는 너무도 놀라운 사실에 말문이 막혀 멍하게 설리반을 쳐다보았다.

"이제 알겠나? 이토는 단순히 돈을 위해 저런 짓을 저지르는 것이 아니네. 생체병기야말로 그의 진짜 조부의 염원이었고, 그는 가문의 오랜 바람을 이루려 하고 있는 것이네. 그의 최종 목적은 아마도 이시이 시로가 꿈꾸었던 그것 즉, 일본 제국주의의 부활과 세계정복이겠지.

허황되게 들리나? 만약 저런 무서운 생체병기가 대량생산되고 이토의 막강한 자금력이 더해진 다음 각국의 테러리스트나 적성국가와 연합하면? 더구나 그들의 수장인 이토는 일본제국을 패망시킨 우리 미국에 대한 원한이 하늘에 닿을 정도일 거네. 정말로 이런 일이 벌어지면 우리 미국은 알 카에다나 탈레반과는 비교도 할 수 없는 최악의 강적을 만들게 되는 것이네!"

제니퍼는 아무런 말도 할 수가 없었다. 그녀는 심각한 표정으로 설리반의 얼굴을 뚫어지게 바라보고만 있었다.

"이제 자네도 지금 벌어지고 있는 일들이 얼마나 심각한 것인가를 깨달은 것 같군. 우리는 무슨 방법을 써서라도 이토를 막아야만 하네."

대책 회의

커다란 회의실에는 무거운 침묵이 맴돌고 있었다. 방 안에는 설리반과 제니퍼 이외에 설리반이 데리고 온 FBI 요원들, 브라운과 해킨슨 등 감사팀원들, 응우엔 등 뉴로 엔터테인먼트의 현지 책임자 몇 명이 자리하고 있었다.

설리반이 응우엔에게 질문했다.

"동굴 내부까지의 통로 복구는 어떻게 되어가고 있습니까?"

"한 절반쯤 뚫은 상태입니다. 하지만 지금 석회암 지역에서 작업을 하고 있는데 폭발 때문에 지반이 약해진 상태라 동굴에 충격을 가하면 천장이 무너져 내릴 위험이 있어 빠른 작업 진행이 어려운 상태입니다."

설리반이 다시 물었다.

"그럼 시간이 예상보다 더 걸린다는 말인가요?"

설리반의 날카로운 눈빛을 받고 응후엔은 식은땀을 흘리며 대답했다.

"네, 그렇습니다. 아무래도 앞으로 일주일 이상 더 걸릴 것 같습니다."

설리반은 아무 말도 하지 않고 양손으로 턱을 괴고 생각에 잠겼다. 브라운이 침묵을 깨고 말했다.

"부국장님이 설명한 것은 저희도 이해합니다. 이번 사태에는 뉴로 엔터테인먼트 사도 일말의 책임이 있으니 경영진에게 최대한 빠르게 수습할 수 있도록 독촉해 보죠."

그는 말을 마치고 다시 응후엔에게 고개를 돌렸다.

"일단 스튜디오4에 연락하여 회장님께 지금 우리가 설리반 씨에게서 들은 내용을 전달하는 것이 좋겠습니다."

응후엔이 그를 보며 주저하며 말을 꺼냈다.

"그에 관련해서 마침 보고드릴 사항이 있습니다."

"그게 뭔가요? 또 무슨 일이 벌어졌나요?"

참지 못하고 해킨슨이 날카로운 목소리로 질문했다. 그녀는 이미 원래 그들의 목적에서 벗어나 예상치 못한 일에 휘말린 것을 탐탁지 않게 생각하는 중이었다.

"네…… 그것이……."

"빨리 말하세요!"

해킨슨의 재촉에 응후엔이 마지못해 대답했다.

"사실은 몇 시간 전부터 내부와의 통신이 다시 두절되었습니다."

그의 말에 회의실의 분위기가 순식간에 얼어붙었다.

"무슨 말을 하는 거요? 불과 얼마 전만 해도 문제없이 내부에 있는 회장님과 통신을 하지 않았소?"

브라운이 다급하게 말했다.

"그건 그렇습니다만. 오늘 다시 통신망을 통해 교신을 해 보려 했지만 상대 쪽에 전혀 반응이 없습니다. 아무래도 중간에 통신 선로가 끊어졌든지……."

'혹은 저쪽에서 응답을 할 사람들이 전부 변을 당한 것이겠지.'

제니퍼는 자신도 모르게 속으로 생각했다.

제니퍼뿐만 아니라 다른 사람들도 비슷한 생각을 했는지 분위기가 침울해졌다.

이때 설리반이 테이블을 탁 하고 손으로 내리치면서 자리에서 일어났다. 사람들이 그를 쳐다보았지만 그는 아무 말도 하지 않고 급히 회의실 밖으로 빠져나갔다. 남은 사람들은 어리둥절하여 서로의 얼굴만 쳐다보고 있었다. 잠시간의 침묵이 흘렀다. 설리반은 나간 지 20여 분이 되도록 회의실로 돌아오지 않았다. 좌중의 사람들은 아무런 말도 없이 모두 깊은 생각에 잠겨 있었다.

마침내 설리반이 다시 회의실로 들어왔다. 안 그래도 차가운 그의 얼굴은 이제 핏기 없이 얼음이 한 꺼풀 덮인 듯이 냉혹하게 변해 있었다.

설리반이 좌중을 돌아보며 말했다.

"제가 혼자 판단할 수 없는 일이라서 잠시 본국과 통화를 했습니다."

그는 잠시 말을 멈추고 숨을 가다듬는 듯이 보였다.

"지금 상황은 매우 엄중합니다. 저 내부에는 우리 미국과 베트남의 국익과 안보에 매우 심대한 위협이 되는 자들이 무서운 음모를 꾸미고 있습니다. 그들이 저 무서운 생체병기 개발을 성공적으로 완료하여 그 괴물들이 세상으로 빠져나오는 날에는 정말 참혹한 일이 벌어지고 말 것입니다. 그리고 믿을 만한 정보에 의하면 이미 생체병기는 거의 완료된 상태라고 보입니다. 적어도 수십 개의 생체병기가 이미 완성, 혹은 완성을 눈앞에 두고 있다고 판단됩니다.

저는 마이크 펄슨 회장이 이토를 체포할 수 있을 것이라 기대했지만 그 기대는 접어야 할 것 같습니다. 아무래도 펄슨 회장님이 살아있을 것이라 장담할 수도 없을 것 같군요."

그는 잠시 말을 멈추고 좌중을 둘러보았다.

"조금 전 미국 국방장관과 베트남의 국방장관이 핫라인으로 통화를 하여 현재 상황에 대해 논의했습니다. 그리고 결론을 내렸습니다."

그는 단호하게 말했다.

"지금 시간부로 이곳 사이트는 완전히 폐쇄합니다. 현재 이곳에 남아있는 모든 분들은 앞으로 네 시간 내로 이곳에서 전부 탈출하시기 바랍니다. 여러분들을 태울 버스가 잠시 후에 도착할 것입니다."

그는 자신의 손목시계를 쳐다보았다.

"그리고 나면 미군과 베트남군이 협력하여 이곳을 '정화'하게 될 것입니다."

브라운이 질문했다.

"정화라는 것이 무슨 뜻입니까? 무슨 바이러스라도 퇴치하는
겁니까?"

설리반이 브라운을 바라보았다.

"간단히 말씀드리죠. 이곳은 앞으로 여섯 시간 후에 지구상에
서 완전히 사라지게 됩니다. 이곳 주위의 어떤 생명체도 살아남
지 못할 겁니다. 저 동굴 내에 어떤 무서운 존재가 있다고 해도 살
아남기 어려울 것이고, 살아남는다고 해도 완전히 땅속에 파묻혀
영원히 빠져나오지 못할 겁니다."

그의 말에 사람들은 다시금 얼어붙었다.

이때 제니퍼가 설리반을 보고 다급히 물었다.

"그럼 동굴 안에 있는 사람들은요? 제프 허드슨 요원과 최민 박
사님 같은 분들은 어찌하나요?"

설리반은 그녀의 눈을 피하면서 대답했다.

"안타깝지만 내가 판단하기에 그들이 아직 살아있을 가능성은
그리 높지 않다고 보이네. 중대한 국가 안보를 위해서 작은 희생
은 어쩔 수 없는 일이지."

제니퍼는 자신도 모르게 소리쳤다.

"말도 안 돼요. 어떻게 그렇게 쉽게 결정을 내릴 수 있나요? 그
렇게 사람들의 목숨을 쉽게 생각해도 되는 것인가요?"

설리반이 냉정하게 말했다.

"그 점은 나도 가슴 아프네. 그러나 이젠 어쩔 수 없어. 이미 고
위층에서 결정한 사항이네. 아마 제프도 국가를 위해 희생하는
걸 자랑스럽게 생각할 것일세. 더 이상 군말하지 말고 자네도 빨

리 이곳을 떠날 준비를 하게."

그는 더 이상의 반론은 용납하지 않겠다는 위압적인 말투로 말을 마친 후에 자리에서 일어났다. 그리고 다른 사람들이 웅성거리는 것을 무시하고 그대로 회의실 밖으로 걸어 나갔다.

제니퍼는 자리를 박차고 일어나서 설리반을 따라 밖으로 나가려다가 그가 데리고 온 FBI 요원들에게 제지당했다.

"추우 요원, 이제 그만 하세요."

그녀는 자신의 팔을 잡고 있는 요원의 얼굴을 쳐다보았다.

"제임스, 당신이군요. 당신은 제프와 같이 오랫동안 일하지 않았었나요?"

제임스라 불린 요원의 얼굴이 일그러졌다.

"그렇습니다. 하지만 지금은 제가 할 수 있는 일이 없군요. 추우 요원도 이제 포기하시고 저와 같이 이곳을 빠져나갑시다."

이때 무슨 생각을 했는지 제니퍼의 눈빛이 반짝이기 시작했다. 그녀는 제임스의 얼굴을 똑바로 쳐다보았다.

"제임스, 당신에게 할 말이 있어요."

그는 아직도 그녀의 팔을 잡은 상태로 어리둥절하여 그녀의 얼굴을 쳐다보았다. 제니퍼는 아랑곳하지 않고 도리어 그의 손을 잡고 끌었다.

"잠깐 밖으로 나가요. 정말로 중요한 이야기예요."

제임스의 손을 잡고 회의실 밖으로 나가는 제니퍼의 얼굴에는 이제 다급함이나 초조함이 사라지고 없었다. 그 대신 무엇인가 결심한 듯, 결의에 찬 얼굴로 두 눈을 반짝이고 있었다.

연구소 내부

　최민은 비비안의 손을 잡고 어둠 속에서 쉴 새 없이 달렸다. 그
들의 발자국 소리가 복도의 벽을 타고 어지럽게 울려 퍼지고 있
었다. 그러나 그들은 공포에 질린 상태라서 자신들이 시끄러운
소리를 내고 있다는 것조차 인지하지 못하고 본능적으로 괴물들
에게서 멀어지려 사력을 다하고 있었다.

　그들이 달리고 있는 복도는 무척 길었다. 한참을 뛰었는데도 끝
이 나오지 않았다. 최민은 정신없이 달리다가 비비안의 숨결이 점
점 거칠어지는 것을 느끼고 잠시 속도를 늦추었다. 그는 눈에 아
직도 끼고 있는 적외선 고글을 통해 비비안의 얼굴을 살폈다. 고
글을 통해서는 혈색을 알아볼 수 없었으나 비비안이 얼굴에 땀을
흘리며 매우 힘들어하고 있다는 것을 금방 알아차릴 수 있었다.

　"미안해 비비안. 많이 달려 왔으니까 이제 좀 천천히 걷도록 하
자."

그는 비비안의 허리를 잡고 그녀가 잘 걸을 수 있도록 부축해 주었다. 비비안은 무척 힘들었는지 최민의 팔에 매달리다시피 하면서 천천히 걸었다. 그러나 그들은 발걸음을 멈추지는 않았다. 그들 뒤의 어두운 복도 어디에선가 그 무서운 괴물들이 달려 나올 것 같아 공포에 질려 이미 다리가 풀려 있음에도 계속 앞으로 걸었다.

최민은 극단적인 흥분 상태에서 약간 벗어나자 자신들의 발소리가 무척 크게 복도에 울려 퍼지고 있는 것을 깨달았다. 그는 비비안의 귀에 대고 속삭였다.

"소리 내면 안 돼. 조심스럽게 걷자."

그의 말에 비비안은 순순히 따랐다. 이들은 발소리를 죽이고 천천히 앞으로 걸어갔다. 아직도 칠흑같이 어두운 복도 좌우에는 가끔 철로 된 문들이 보였지만 그들은 감히 그 안으로 들어가 볼 생각을 하지 못했다. 그들은 그저 빨리 외부로 통하는 출구를 찾아 이곳을 빠져나갈 생각만 하고 있었다. 이미 이토 일당을 체포하는 것 따위는 그들의 염두에서 사라져버린 지 오래였다. 복도는 가끔 좌우로 구부러져 있었고 어떨 때는 사방으로 몇 개의 통로가 나 있기도 했다. 그들은 그저 운을 하늘에 맡기고 방향을 선택해서 걸을 수밖에 없었다.

한참을 걷던 최민이 갑자기 발걸음을 멈추었다. 그리고 비비안의 귀에 입술을 대고 작게 '쉬잇' 하고 주의를 주었다. 비비안은 영문을 모르고 최민의 얼굴을 쳐다보았다.

최민은 어둠에 잠긴 전방을 주시하고 있었다. 그들은 길게 뻗은 복도 한복판에 있었는데 앞쪽에서 무슨 소리가 들려오고 있었다. 최민은 고글을 통해 전방을 살폈다. 다행히도 고글에는 확대경 옵션이 달려 있어서 전방을 확대하여 볼 수 있었다. 그가 고글을 조작하자 전방 어둠 속에서 움직이는 물체가 포착되었다. 초점이 맞으면서 비록 녹색으로 흐릿하게 보이기는 했지만 최민은 즉각 그것이 무엇인지 알아차렸다.

그들에게 천천히 다가오고 있는 물체는 괴물 두 마리였다. 덩치가 커다란 두 괴물의 머리는 복도 천장에 거의 닿을 듯했다. 그 괴물들은 걷고 있었지만 보폭이 큰 관계로 빠르게 그들에게 다가오고 있었다. 그 괴물들은 아직 최민을 발견하지 못한 듯했다.

최민은 자신들이 걸어온 복도 뒤편을 살펴보았다. 이대로 몸을 돌려 달아날 수도 있었지만 달리면 즉각 그 소음으로 괴물들이 그들의 존재를 알아차릴 것이 분명했다. 같이 달리기 시작하면 이미 많이 지친 그들의 발걸음으로는 저 괴물들을 따돌리기 불가능할 것이었다.

최민이 좌우를 살펴보니 그들의 오른쪽에 반쯤 열린 문이 보였다. 그는 더 이상 생각하지 않고 비비안의 손을 끌고 그 문 안으로 재빠르게 뛰어 들어갔다. 일단 문 안으로 들어간 그는 최대한 소리를 내지 않으려 조심하면서 문을 닫았다. 그러나 매정하게도 철로 제작된 문은 '끼이익' 하는 소음을 내고 말았다. 소음은 그리 크지 않았으나 최민의 귀에는 마치 천둥이 치는 듯이 크게 들렸다.

문을 닫은 최민은 방 안을 살펴보았다. 그곳은 사방 십여 미터 정도 되어 보이는 공간이었는데 길게 뻗은 테이블들이 늘어서 있었다. 그는 비비안의 손을 잡고 방 깊숙한 곳으로 이동했다. 움직이면서 좌우를 살펴보니 테이블 위에는 유리로 된 관들이 놓여 있었다. 재빨리 숫자를 간단하게 세어 보니 대략 십여 개의 유리관들이 있는 것처럼 보였다. 대개의 관들은 뚜껑이 덮여 있었으나 마침 그들이 전진하던 방향에서 유리관 하나의 뚜껑이 열려 있는 것이 보였다.

최민은 그 와중에도 호기심을 참지 못하고 유리관 안을 들여다보았다. 관 안을 살펴본 그는 그러나 곧바로 고개를 돌리고 말았다. 그는 비비안이 그 안을 들여다보지 못하도록 자신의 몸으로 비비안의 시야를 가렸다.

그가 관 안에서 발견한 것은 사람의 몸뚱이였다. 완전히 발가벗겨진 몸은 이상한 액체에 반쯤 잠겨 누워 있었는데, 복부가 커다랗게 열려 있었고 장기들이 없어진 상태였다. 그리고 사람의 장기가 있어야 할 곳에 정체를 알 수 없는 이상하고 징그럽게 생긴 것들이 이식되어 있었다. 더구나 머리도 두개골이 반으로 쪼개져서 활짝 개봉되어 내부가 드러나 있었는데, 뇌가 있어야 할 부분에는 아무것도 보이지 않았다.

방에 그런 유리관이 십여 개 있었으니, 십여 명의 사람들이 잔인한 방법으로 해부되어 이곳에 누워 있을 것이 분명했다. 최민은 속에서 나오는 욕지기를 참으며 비비안을 끌고 방 깊숙한 곳으로 이동했다. 그리고 테이블 뒤에 쭈그리고 앉아 몸을 숨겼다.

복도 바깥에서 '쿵, 쿵' 하는 소리가 점차 가까워졌다. 괴물들이 그들이 숨어 있는 방으로 가까이 온다는 것을 느낀 최민의 심장이 긴장으로 인해 터질 듯이 뛰기 시작했다. 그는 괴물들이 그들이 이곳에 있는 것을 알아차리지 못하고 그대로 지나쳐 주기를 바랐다.

그러나 그의 바람이 헛된 것임이 금방 밝혀졌다. '쿵' 하는 발걸음 소리가 갑자기 멈추더니 잠시 정적이 흘렀다. 그리고 곧바로 '덜컹' 하는 소리와 함께 방문의 손잡이가 돌아갔다. '끼익' 하는 소름 끼치는 소리와 함께 문이 천천히 열리기 시작했다. 최민의 심장이 더 빨리 뛰기 시작했다. 그는 잡고 있는 비비안의 손이 땀으로 흥건해지는 것을 느꼈다. 비비안은 공포에 질렸는지 손을 떨고 있었다.

마침내 문이 활짝 열렸다. 최민은 조심스럽게 고개를 조금 내밀어 문 쪽을 살펴보았다. 괴물 한 마리가 천천히 방에 들어오고 있었다. 괴물은 키가 컸으므로 문을 통과하면서 허리를 반쯤 접어야 했다. 방 안으로 완전히 들어온 괴물은 그들이 아까 수술실에서 본 괴물과 비슷하면서도 달랐다.

이번 괴물은 키가 거의 2.5m 정도로 아까 본 괴물보다는 약간 작아 보였다. 그리고 온몸이 녹색으로 윤이 흐르는 비늘로 뒤덮여 있었다. 딱 벌어진 어깨는 폭이 거의 1.5m는 되어 보였고, 어깨에 강력해 보이는 팔이 두 개 달려 있었고, 팔 끝에는 커다란 손이 달려 있었다. 사람 손과 유사하게 생긴 그 손에는 길이가 2m는 되어 보이는 칼이 들려 있었다. 칼은 마치 옛날 중국 삼국시대의 관운장이 사용했다던 청룡언월도 같은 참마도의 일종으로 보였다. 칼날의 폭이 20cm는 되어 보였고 날이 잘 서 있는지 어둠 속에서도 푸르스름한 빛을 띠고 있었다. 한눈에 보기에도 무서운 흉기였다. 저런 육중한 칼에 맞으면 사람이건 뭐건 한 방에 두 동 강이 날 것이 분명해 보였다.

괴물의 몸 위에는 머리통이 붙어 있었다. 사람의 머리처럼 보였 으나 사람의 머리에 비해 훨씬 컸다. 놀랍게도 얼굴에도 비늘이 덮여 있어 눈 외에는 외부에 드러나 있는 피부가 보이지 않았다. 그리고 그 머리통과 몸통을 연결하는 목 부분 역시 금속 재질로 된 두꺼운 목걸이처럼 보이는 띠가 둘러져 있었다.

붉은색으로 희미하게 빛나는 괴물의 두 눈이 방 안을 천천히 훑 어보고 있었다. 최민은 숨소리도 크게 내지 못하고 바닥에 최대 한 몸을 붙이려 노력했다. 괴물은 천천히 좌우를 살피며 방 안으 로 걸어 들어왔다. 그리고 차츰 최민과 비비안이 숨어 있는 테이 블로 가까이 오고 있었다.

최민은 이제 그들이 발각되는 것은 시간문제라는 것을 깨달았 다. 그는 아직도 권총을 가지고 있는지 확인했다. 당장이라도 권 총으로 괴물을 쏘고 싶은 충동을 억눌러야 했다. 아무리 생각해 도 권총 따위로는 저 괴물을 물리칠 수 없을 것 같았다. 어떤 방법 으로도 괴물을 피할 수 없을 것이 분명했다. 이런 어둠 속에서 아 무도 알아주지 않는 채로 이유도 없이 비참하게 죽을 생각을 하 니 무척 억울한 생각이 들었다. 그러나 잠시 생각을 멈추고 점차 몸의 떨림이 커지고 있는 비비안의 어깨를 한 손으로 조심스럽게 안아주었다.

'적어도 사랑하는 사람과 같이 죽을 수는 있겠군.'

그는 죽을 때 죽더라도 비비안 옆에서 나약한 모습은 보이지 않으리라 결심했다. 남자답게 괴물에게서 그녀를 최대한 보호하다가 죽을 생각을 하니 마음이 조금은 가벼워졌다. 그는 조심스럽게 오른손으로 재킷 속주머니에 차고 있던 권총 손잡이를 잡았다.

마침내 괴물이 테이블 바로 옆에 다다랐다. 괴물의 거친 숨소리가 들려왔다. 괴물이 한 걸음만 더 움직여 테이블 모퉁이를 도는 순간 그들을 발견할 것이었다. 최민은 권총을 잡은 손에 힘을 주었다. 살아남지 못하더라도 최후의 저항은 할 결심이었다. 자신이 저항하는 동안 비비안이라도 빠져나갈 수 있을지도 몰랐다.

최민이 막 권총을 빼어 들려는 순간이었다. 갑자기 문 밖 복도에서 밝은 섬광이 비치더니 '펑' 하는 소리가 크게 울렸다. 그 소리가 얼마나 컸던지 방 안의 테이블들이 부르르 진동을 했다. 그리고 곧바로 '타타탕' 하는 총소리와 '쿵' 하고 뭔가가 넘어지는 소리가 크게 울려 퍼졌다.

막 테이블의 모퉁이를 돌려던 괴물이 그 소리에 몸을 돌렸다. 그리고 매우 빠른 속도로 문을 향해 뛰어갔다. 순식간에 문에 다다른 괴물은 문에 그대로 몸을 부딪혔고 문은 커다란 소음과 함께 부서져 버렸다. 부서진 문을 통해 괴물의 몸이 복도로 빠져나갔다. 긴장이 풀린 최민은 자신도 모르게 조그맣게 한숨을 내쉬었다.

괴물이 방을 나가고 곧바로 다시 복도에서 커다란 소음이 울려 퍼졌다. 콩 볶는 듯한 총소리와 '위잉' 하는 기계음, 그리고 무엇인가 부서지는 소리가 귀를 멍멍하게 할 만큼 크게 들려왔다. 최민은 조심스럽게 고개를 내밀어 밖을 살펴보았다. 그러나 번쩍이는 섬광 외에는 아무것도 볼 수 없었다.

시끄러운 소리는 잠시 후에 멈췄다. 그리고 다시금 실내는 고요함을 찾았다. 소리는 멈췄지만 최민과 비비안은 감히 밖으로 나갈 생각을 하지 못하고 그 자리에 그대로 숨어 있었다.

이때 '팍' 하는 소리와 함께 갑자기 방에 불이 켜졌다. 최민은 아직도 고글을 끼고 있었는데 불이 들어오면서 강한 빛이 쏟아지자 눈에 심한 고통을 느꼈다. 그는 서둘러 고글을 벗고 눈을 꼭 감은 채로 눈가를 손가락으로 주물렀다.

오랫동안 어둠 속에서 있었던 탓인지 최민과 비비안의 눈이 밝은 빛에 적응되기까지 시간이 걸렸다. 최민은 제대로 눈을 뜰 수 있게 되자 다시 조심스럽게 고개를 테이블 옆으로 내밀어 사방을 살펴보았다. 이미 부서진 문 밖의 복도에도 불이 들어왔는지 환하게 조명이 비추고 있었다. 하지만 최민은 아무것도 알아낼 수가 없었다.

그곳에 머물면서 숨어 있을지, 혹은 밖으로 나가서 탈출구를 찾아볼지 결정하지 못하고 주저하고 있을 때였다. 부서진 문을 통해 누군가 갑자기 방 안으로 들어왔다. 최민은 깜짝 놀라서 들어온 사람을 쳐다보았다. 다행히도 이번에 들어온 것은 괴물이 아니었다. 온몸에 검은 옷을 입은 사람이 비틀대면서 방 안으로 걸어 들어오고 있었다.

들어온 사람의 얼굴을 확인한 최민은 깜짝 놀라고 말았다. 마른 몸매의 초로의 동양인은 바로 그들이 그토록 찾고 있었던 '이토 오카다'였다. 최민은 이제까지 보통 사람으로는 상상도 할 수 없는 존재들인 로봇들과 무서운 괴물들을 상대해 오다, 상대가 모든 문제의 주모자인 이토라 할지라도 사람의 얼굴을 보자 자기도 모르게 반가운 마음이 들었다.

하지만 곧 그는 정신을 차리고 아직 몸을 숨긴 채로 이토를 관찰했다. 이토는 방 안에 숨어 있는 그들을 아직 발견하지 못한 듯 했다. 그는 천천히 방 안으로 걸어 들어오고 있었는데, 최민은 문득 그가 정상이 아니라는 것을 눈치 챘다.

이토의 복부에는 커다란 상처가 나 있었고 그곳에서는 피가 끊임없이 흘러나오고 있었다. 자세히 살펴보니 그의 몸 여기저기에는 크고 작은 상처들이 적지 않게 나 있었다. 그가 한 발짝씩 걸을 때마다 바닥에 그가 흘린 피로 자국이 나고 있었다.

잠시 비틀대던 이토는 더 이상 견딜 수 없었던지 앞으로 고꾸라졌다. 넘어지면서 중심을 잡으려 옆에 있던 테이블을 손으로 짚었지만, 손에 힘이 없는지 손목이 꺾이면서 그대로 바닥으로 쓰러져 버렸다. 그가 넘어지면서 손에 들고 있던 총이 그의 손에서 벗어나 소음과 함께 바닥으로 떨어져 버렸다. 그는 다시 일어서려고 노력했으나 이미 몸이 말을 듣지 않는 듯, 일어서지 못하고 바닥에 쓰러져서 움직이지 못했다.

그 광경을 보던 최민은 더 이상 이토가 누구를 해치지 못한다는 확신이 들었다. 그는 마침내 숨어 있는 곳에서 일어나서 천천히 쓰러져 있던 이토에게 다가섰다. 수많은 사람들의 죽음에 책임이 있는 이토였고, 그 자신도 그의 음모에 걸려들어 죽을 뻔한 고비를 넘겨야 했으므로 최민은 이토에 대해 증오감과 두려움을 품고 있었다. 그러나 막상 눈앞에서 큰 부상을 입고 쓰러져 있는 이토를 보니 두려운 감정은 점차 사라지고 있었다.

최민은 이토에게 다가가서 그의 몸을 부축했다. 살펴보니 복부의 상처가 매우 커서 곧바로 치료를 하지 않으면 생명이 위태로울 것 같았다.

"이토 씨, 정신 차리세요. 저 최민입니다."

이토는 바닥에 누운 채로 물끄러미 최민의 얼굴을 쳐다보았다.

"왜 이런 짓을 벌인 겁니까? 당신처럼 부족한 것이 없던 사람이 왜 이렇게 끔찍한 짓을 벌여 사람들을 다치게 만든 겁니까?"

최민은 이토의 몸을 잡고 소리쳤다.

그러나 이토는 아무 말도 하지 않고 물끄러미 최민의 얼굴을 쳐다보았다. 그러다가 갑자기 킥킥대고 웃기 시작했다. 웃으면서 그의 입에서 피가 흘러나왔으나 그는 무엇이 그리 즐거운지 웃음을 멈추지 않았다.

"크크, 결국 난 실패했군. 성공할 줄 알았는데. 큭큭!"

최민은 순간 이토에 대해 분노가 치밀어 올랐다. 로봇들을 동원해 사람들을 죽이고 잔인한 방법을 동원해서 상상도 할 수 없는 괴물을 만들어 내어 요원들을 비정하게 살해한 사람이, 이제 와서 반성은커녕 성공하지 못했다며 입에 피를 흘리며 웃고 있었다. 웃는 이토의 모습이 마치 지옥에서 온 악마처럼 보였다. 얼마나 더 많은 사람이 죽어야만 이자의 직성이 풀릴 것인가?

"당신, 어떻게 그런 말을 할 수 있지? 인간으로서 양심도 없나?"

최민은 자신도 모르게 이토의 멱살을 잡았다. 그러나 이토는 최민의 얼굴을 똑바로 보며 웃음을 그치지 않았다. 그러다가 갑자기 무슨 힘이 솟았는지 최민의 목을 손으로 잡았다.

"멍청한 녀석. 지금부터 잘 들어."

그리고 그는 최민의 얼굴을 자신에게 끌어당긴 후 최민의 귀에 무슨 말인가를 빠르게 속삭이기 시작했다. 최민은 처음에는 이토의 손을 거부하려 했으나 이토가 귓속말을 이어가자 표정이 멍청하게 바뀌었다. 이윽고 귓속말을 마친 이토는 탈진했는지 최민의 목을 잡고 있던 손을 바닥에 떨어뜨렸다. 그의 몸이 바닥에 축 늘어지고 있었다. 비비안이 최민에게 다가와서 최민의 어깨에 손을 올릴 때까지 그는 아무 움직임 없이 멍하게 이토의 얼굴을 쳐다보고만 있었다. 그런 그를 보고 비비안이 뭐라고 말하려 입을 열려 할 때였다.

갑자기 입구에서 소음이 나더니 방 안으로 몇 명의 인물들이 들어섰다. 비비안과 최민은 반사적으로 고개를 돌려 들어온 사람들을 쳐다보았다.

사람들의 얼굴을 확인한 비비안의 얼굴이 밝아졌다.

"회장님!"

들어온 사람들은 놀랍게도 이곳에 있지 않았어야 할 마이크 펄슨과 조 메이슨이었다. 그들은 여기까지 오는 데 많은 고생을 한 듯, 옷 여기저기가 찢어져 있었고 머리에는 먼지가 잔뜩 묻어 있었다. 메이슨은 그가 로봇과 상대할 때 사용하던 커다란 총을 아직도 들고 있었는데, 총구에서 김이 모락모락 올라오는 것을 보면 이제까지 계속 격전을 치루면서 이곳까지 온 것 같았다. 다행히도 두 명 모두 큰 부상은 없어 보였다.

"비비안, 데이비드! 이렇게 여기서 자네들을 만나다니 정말 반갑군 그래!"

펄슨이 호탕하게 웃으며 그들에게 다가왔다.

"자네들이 무사해서 다행일세. 여기 오면서 조사해보니 내가 보낸 다른 사람들은 전부 살해당했더군. 그래서 자네들도 이미 죽었을 것이라 생각해서 무척 가슴이 아팠는데 이렇게 무사하니 정말로 기쁘네."

비비안은 펄슨에게 다가가서 재빨리 말했다.

"회장님. 밖의 괴물들은 어떻게 되었나요? 그 괴물들이 회장님이 보내신 요원들을 전부 다 죽였어요!"

비비안의 말에 펄슨의 안색이 어두워졌다.

"이미 오면서 그들의 시체는 보았네. 정말 잔인하게 죽었더군. 그런 괴물들을 만들어내다니 정말 인간이 할 짓이 아니었네."

"필립과 허드슨 요원은 어떻게 되었나요?"

비비안의 질문에 펄슨이 한숨을 내쉬었다.

"필립은 죽었다네. 몸이 세 토막이 나 있더군. 내가 정말 아끼던 친구였는데 이곳에서 그렇게 허무하게 죽다니…… 정말 안타깝네. 허드슨 요원은 보지 못했네. 운이 좋으면 그도 살아있겠지."

말을 마친 펄슨은 비비안을 지나서 바닥에 쓰러져 있는 이토에게로 다가왔다.

"하지만 그 주모자도 결국 이렇게 되었군. 네놈 때문에 내가 얼마나 고생했는지 모른다."

그 말과 함께 펄슨이 이토의 몸을 발로 걷어찼다. 그러나 이미 의식 불명인 이토는 아무런 움직임도 보이지 않았다.

아직 이토 곁에 무릎을 꿇고 앉아 있던 최민이 펄슨을 보고 질문했다.

"그런데 회장님, 밖에는 정말 무서운 괴물들이 다니고 있었습니다. 그것들을 만나보셨나요?"

그의 질문에 펄슨이 최민을 보고 대답했다.

"물론이지. 그 괴물들은 여기까지 오면서 몇 번이고 마주쳤다네."

최민은 의아한 얼굴로 펄슨의 얼굴을 바라보았다.

"그런데 어떻게……."

펄슨이 호탕하게 웃었다.

"어떻게 내가 이렇게 멀쩡하냐고? 정말 좋은 질문일세. 그렇게 무시무시하고 상상도 할 수 없는 파괴력을 지닌 괴물을 만나고도 내가 어떻게 이렇게 무사할 수 있었을까?"

그는 최민의 얼굴을 쳐다보며 말을 이었다.

"그 대답을 해 주겠네. 나에겐 정말 특별한 방법이 있었지. 그 방법은 메이슨이 잘 알려줄 거네."

펄슨의 대답에 최민은 자신도 모르게 고개를 돌려 메이슨을 쳐다보려고 했다. 그러나 그 순간 머리에 큰 충격을 느꼈다. 그가 바닥에 쓰러지며 본 것은 놀란 얼굴로 자신을 쳐다보고 있는 비비안과 총의 개머리판을 자신에게 겨냥하고 있는 메이슨의 얼굴이었다. 그리고 그의 의식이 끊어지기 전에 마지막으로 본 것은 이제까지 그가 상상하지도 못했던 사악한 웃음을 짓고 있는 마이크 펄슨의 얼굴이었다.

산 정상 상공

제니퍼는 얼굴을 강하게 때리는 바람을 맞으며 아래를 살펴보았다. 그녀의 시야에 끝없이 펼쳐져 있는 밀림이 보였다. 그리고 바로 아래는 밀림 한복판에 불쑥 솟아 있는 산이 보였다. 산 중턱에 건설된 건물들의 유리창이 햇빛을 받아서 반짝이고 있는 것이 멀리서도 보였다.

그녀의 머리카락은 강풍에 휘날리고 있었다. 하지만 눈에 보호경을 쓴 그녀는 바람에 아무런 지장을 받지 않았다.

"저기 보이는 산꼭대기로 이동해요."

그녀의 말에 그녀가 타고 있던 헬기가 고도를 천천히 낮추기 시작했다. 점점 가까이 다가오는 산 정상을 쳐다보다가 제니퍼는 고개를 돌렸다.

그녀의 뒤에는 FBI 정예 요원들이 자리에 앉아 있었다. 그들은 이미 완벽한 전투복장으로 갈아입은 상태로 개인 화기로 중무장하고 있었다. 제니퍼 또한 전투복 차림으로 등에 기관총을 메고 있었다.

설리반은 이곳에 올 때 FBI 내에서도 정예로 꼽히는 알파팀을 이끌고 왔다. 하지만 설리반이 한 가지 간과한 것이 있었다. 알파팀의 전 리더가 바로 제프 허드슨이었다는 것을…….

제니퍼는 몇 시간 전에 설리반의 '정화' 계획을 듣고 곧바로 밖으로 나와 알파팀의 리더인 제임스를 설득했다. 제임스는 오랜 시간 동안 제프의 밑에서 같은 팀으로 생사고락을 같이 한 사이였다. 그 자신도 설리반의 계획을 듣고 충격을 받은 상태였다. 그때 제니퍼는 설리반에게 제프를 구할 방법이 있다고 말하고 도움을 요청했다.

"그 계획이 무엇인가요? 먼저 그 계획이란 것을 듣고 결정하도록 하겠습니다."

제임스가 말했었다.

제니퍼는 그에게 다음과 같이 설명해 주었다.

"여기 동굴은 전부 지하에 위치해 있어서 진입하는 입구는 한 곳밖에 없어요. 그곳이 지금 막혀 있는 상태라서 내부에 있는 제프 요원을 구조할 수 있는 방법이 없는 것이죠. 하지만 제가 얼마 전에 들은 바로는 동굴이 외부와 연결되어 있는 곳이 한 군데 더 있어요."

"그곳이 어디입니까?"

"원래 이 동굴이 워낙 광대해서 산 내부를 다 차지할 정도였어요. 동굴 안의 사진을 본 적이 있는데 동굴 내부에는 숲이 무성하고 강도 흐르고 많은 식물들도 서식하고 있었어요. 일반의 격리된 동굴들과는 완전 달랐죠. 그래서 제가 여기 책임자인 월터에게 물었어요. 이런 식물은 어디에서 이곳 동굴로 들어온 것이냐고요.

그때 그가 말했어요. 스튜디오3의 천장이 바로 산 정상이고, 그 정상에 있는 작은 구멍이 산 정상부와 수직으로 연결되어 있었다고 말이죠. 그곳을 통해서 동식물이 동굴 내로 들어온 것 같다고요. 물론 그 외부와의 통로는 구불구불하고 작은 동물은 모를까 사람은 쉽게 통과하지 못할 정도로 크지 않다고 했죠. 또한 그 통로는 동굴 바닥에서 수백 미터 상공에 위치해 있고, 동굴 벽이 호리병 모양으로 위로 갈수록 좁아지는 구조라서 동굴 바닥에서 벽을 타고 그 통로까지 올라가는 것은 불가능하다고요. 그러니까 결론은 그곳에서 밖으로 탈출하는 것은 불가능하다는 것이었죠."

그녀는 말을 이어갔다.

"하지만 전 생각했어요. 만약 폭탄으로 그 정상 부위를 조금 넓혀주면 충분히 사람이 통과할 만한 공간이 나오지 않을까 하구요. 물론 헬기 같은 큰 물체가 통과하려면 산의 절반은 부숴버려야 하니 지금은 불가능하지만, 사람들이 통과할 구멍은 충분히 만들 수 있을 거예요.

그래서 이렇게 부탁하는 거예요. 당신은 제프와는 형제와도 같은 사이였지 않나요? 그가 몇 시간 후면 죽을 것이 분명한데 당신은 아무것도 하지 않을 건가요? 제발 도와주세요. 저와 같이 지금 산 위로 올라가서 가지고 온 폭탄으로 통로를 부순 다음 그곳을 통해 안으로 들어가도록 해요.

물론 솔직히 들어가는 것은 그렇다 해도 다시 빠져나오는 계획은 저도 없어요. 수백 미터 밑에 있는 사람을 끌어올릴 만한 장비는 헬기에도 없다는 것을 잘 알아요. 하지만 우리가 같이 들어가서 제프를 구하고 나면 분명히 방법이 생길 거예요. 당신들이 누군가요? 그동안 불가능하다고 생각되던 그 많은 미션을 성공시킨 FBI 최정예 알파팀이 아닌가요? 알파팀이 리더가 죽어가는 것을 보고만 있을 것인가요?"

그녀의 긴 설명에 제임스는 고민에 잠겼다. 그러나 생각은 길지 않았다. 제프는 수많은 미션에서 제임스의 생명을 몇 번이나 구해주었었다. 그 은혜를 무시한다는 것은 명예를 생명같이 생각해 온 제임스에게는 상상도 할 수 없는 일이었다. 그는 제니퍼와 헤어진 후에 자신들의 팀원들을 만나 제니퍼의 제안을 설명해 주었다. 놀랍게도 알파팀원 모두가 기꺼이 제프를 구하는 미션에 동참하기를 원했다. 그것이 그들의 목숨을 위태롭게 할지도 모른다는 것을 잘 알면서도 말이다.

제니퍼는 고개를 돌려 알파팀원들의 얼굴을 하나하나 응시했다. 강인한 그들의 얼굴에는 긴장감을 찾아볼 수 없었다. 그들의 리더인 제임스가 그녀를 보면서 싱긋 웃어주었다.

"긴장하지 마세요. 그리고 우리만 믿으세요."

헬기의 소음을 뚫고 그의 목소리가 들려왔다.

제니퍼는 제임스에게 웃어 보이고 다시 고개를 돌려 밑을 내려다보았다. 멀어보였던 산 정상이 아주 가까워져 있었다. 산 정상에는 뾰족한 바위들이 많이 돌출되어 있어서 헬기가 착륙하는 것은 불가능해 보였다. 그녀는 잠시 멀리 산 중턱에 있는 뉴로 엔터테인먼트의 방문센터를 내려다보았다. 아마도 지금쯤은 설리반도 그들이 무슨 짓을 하고 있는지 눈치 채고 노발대발하고 있을 것이었다. 그들이 무사히 다시 동굴을 빠져나온다고 해도 FBI의 문책은 피할 길이 없을 것이었다. 그러나 그들에게는 생사고락을 같이한 사람과의 동료애가 조직의 명령보다 더 중요했다.

이제 헬기가 산 정상 부위에 다다랐다. 살펴보니 산꼭대기 부근의 바위와 나무들 사이에 타원형의 검은 공간이 보였다. 검은 공간 주위에 키 큰 나무들은 보이지 않았다. 바위 사이로 난 잡풀들만이 듬성듬성 자라나 있었다. 어찌 보면 머리카락 빠진 남자의 정수리를 연상케 하는 모습이었다. 정상 부분에는 평평한 공간이 없었고 크고 작은 바위들만이 잔뜩 돌출되어 있었다. 예상한 대로 헬기가 착륙하는 것은 불가능했다.

어쨌든 저 검은 구멍이 지하 동굴과 수직으로 뚫려 있는 통로임에 틀림없었다. 하지만 멀리서 보기에도 구멍은 무척 좁아 보였다. 그대로라면 사람이 절대 통과할 수 없을 것이었다. 사람이 통과하려면 저 통로를 조금 더 넓혀야 했다.

제임스의 지시에 따라 요원 한 명이 작업을 시작했다. 그는 머리에 헬멧을 쓰고 소음방지용 귀마개를 착용하고 있었다. 그는 헬기 문 바로 안쪽에 위치한 의자에 앉은 후에 벨트로 몸을 의자에 고정했다. 그리고 의자 옆에 특수하게 제작된 개인 휴대용 미사일 발사 장치를 장착하고 고정했다. 이 미사일 발사기는 미군의 대전차용 미사일인 재블린 미사일을 휴대가 간편하도록 개선한 신형무기였다. 군사용 헬기를 사용하지 못하는 FBI 요원들이 테러리스트 등을 상대하기 위해 고안한 무기였다.

몸이 벨트로 좌석에 단단하게 고정된 것을 확인한 요원이 헬기 문 옆에 있던 버튼을 눌렀다. 스위치가 작동되면서 그의 몸이 헬기 문을 통해 천천히 외부로 빠져나가기 시작했다. 강한 바람이 몰려왔으나 좌석에 단단히 고정되어 있는 그의 몸은 안전했다. 몸이 완전이 헬기 외부로 나가자 그는 의자에 연결되어 있던 장치를 들어 올렸다. 바로 미사일 발사 장치였다.

"헬기는 최대한 평형을 유지하도록!"

제임스가 조종사에게 소리쳤다. 헬기가 허공에 멈춘 후 움직이지 않자 헬기 외부로 나가 있던 요원이 미사일 발사 장치를 조작하여 미사일을 산 정상부를 향해 겨냥했다. 정상부까지의 거리는 약 50여 미터 정도 되어 보였다.

"발사!"

제임스가 부르짖었다.

요원이 발사 스위치를 누르자 소음과 함께 미사일이 발사되었다. 미사일 뒤에서 뿜어져 나오는 하얀 연기가 일직선으로 산 정상을 향해 뻗어나갔다. 사람들이 조마조마하게 바라보는 가운데 마침내 미사일이 목적지를 타격하자 엄청난 굉음과 함께 산 정상에 연기와 먼지가 크게 일어났다.

"나이스 힛!"

제임스가 미사일을 발사한 동료에게 엄지손가락을 들어 보였다.

헬기에 탄 일행은 연기가 걷히기를 기다렸다. 잠시 후 바람에 연기가 흩어지면서 상 정상부가 다시 시야에 들어왔다. 정상부에 있던 바위들이 산산조각 나서 흩어져 있는 것이 보였다. 그리고 아까 조그마하던 검은 구멍이 커져 있는 것이 관측되었다.

"저 구멍 바로 위로 이동해. 최대한 고도를 낮추어서 구멍에 접근하도록!"

조종사는 헬기를 이동했다. 능숙한 솜씨로 헬기를 조종해서 지금은 많이 커진 검은 구멍 바로 위에 헬기를 멈추었다. 그리고 그는 조심스럽게 헬기의 고도를 천천히 낮추었다. 점차 검은 구멍이 가까워 오자 제니퍼는 통로를 살펴보았다. 사람이 충분히 통과할 만큼 커다란 구멍이 잘 뚫린 것을 확인할 수 있었다. 그녀는 망원경으로 구멍 안쪽을 살펴보았다. 구멍을 통해서 바로 아래 빈 공간이 어렴풋이 보였다.

미사일이 제대로 적중한 것이 분명했다. 미사일의 파괴력이 구멍을 아래의 빈 공간까지 직선으로 뚫어버려 사람이 충분히 통과할 수 있는 크기가 확보되었다. 제니퍼가 자세히 아래를 관측하니 구멍 아래의 공간에 하얀 구름이 조금 떠 있는 것이 포착되었다. 더 아래쪽 바닥은 구름에 가려서 보이지 않았다.

헬기가 고도를 점차 낮추어 이제 구멍 바로 위 오 미터 정도까지 하강했다. 이제 그들이 움직일 시간이었다. 사람들이 안전벨트를 풀고 자신들이 가지고 있는 장비를 점검했다.

"행운을 빕니다!"

조종사가 일행에게 큰 소리로 외쳤다. 일행은 일제히 엄지손가락을 들어 보였다.

제니퍼는 꼼꼼히 자신의 장비를 점검하고 마지막으로 머리에 헬멧을 쓰고 눈에 고글을 착용했다.

"렛츠 고, 고, 고!"

제임스의 지시에 따라 요원들이 한 명씩 헬기에서 뛰어 내렸다. 제니퍼도 앞의 요원들이 뛰어 내린 후에 문으로 다가섰다. 그녀는 잠시 아래를 내려다보고 심호흡을 깊게 했다. 아래의 검은 구멍을 정확히 통과해야만 했다. 그녀는 자신의 낙하지점을 확인한 후에 주저하지 않고 밖으로 뛰어 내렸다.

그녀의 몸은 빠른 속도로 떨어져 순식간에 검은 구멍 안으로 빨려 들어갔다. 그녀는 구멍을 통과하면서 몸의 균형을 잃지 않으려 노력했다. 몸이 몇 초 만에 구멍을 통과하여 곧바로 광대한 지하공간으로 들어섰다. 아래로 옅게 깔린 구름이 보였고 그 아래로 흐릿하게 녹색의 숲이 눈에 들어왔다. 바닥까지 수백 미터였지만 자유낙하로는 불과 몇 초면 도달할 거리였다. 그녀는 재빨리 낙하산을 폈다.

낙하산을 펴고 주위를 둘러보니 동료들이 전부 문제없이 낙하산을 펴고 하강하고 있는 것이 보였다. 그들은 낙하산의 줄을 조정하여 천천히 목적지로 하강하기 시작했다. 그들에게 남은 시간은 불과 몇 시간이었다. 그 안에 제프와 다른 사람들을 구한 다음 이곳을 빠져나가야 했다.

'만약 실패한다면 아마도 이곳에서 뼈를 묻겠지.'

그녀는 어쩌면 이곳에서 죽을지도 몰랐다. 그러나 그녀는 스스

로의 결정에 대해 전혀 후회하지 않았다. 그리고 주위의 알파팀
원들도 그녀와 같은 생각일 것이라 믿고 있었다.

7장

죽음의 천사

2권

연회장

최민은 서서히 의식을 찾고 있었다. 머리가 아직도 어질어질했고 심한 갈증 때문에 목이 타는 듯이 아팠다. 그리고 뒷머리에서 아직도 심한 통증이 느껴졌다. 눈을 뜨려 했지만 눈꺼풀이 쉽게 움직이지 않았다. 몸에는 아무런 힘도 남아있지 않은 듯 몸을 움직여보려 했지만 말을 듣지 않았다.

그는 가늘게 눈을 떠 보았다. 환한 빛이 눈을 가득 채웠다. 그는 눈을 급히 감은 다음 몇 번의 심호흡을 하고 다시 눈을 천천히 떴다. 눈에 초점을 맞추자 그제야 앞이 보이기 시작했다.

눈에 맨 처음 들어온 것은 밝은 빛을 내고 있는 수정처럼 생긴 조각 뭉치였다. 수정 하나하나가 오색으로 반짝이고 있었다. 그 광경이 무척 아름답게 보였다. 최민은 잠시 자신이 꿈을 꾸는 것이 아닌가 하는 생각을 했다.

아직도 귓속이 윙윙대면서 아무런 소리도 들리지 않았다. 그는 눈을 완전히 뜨지 않고 실눈을 뜬 상태로 잠시 눈이 빛에 적응하도록 내버려 두었다.

몇 번 깊은 심호흡을 하고 나자 머리가 훨씬 맑아졌다. 그는 조심스럽게 눈을 크게 떠 보았다. 아까의 수정 뭉치들이 선명해지기 시작했다. 잠시 후 최민은 그 빛을 내고 있는 수정 뭉치가 바로 커다란 샹들리에라는 것을 알아냈다. 그가 보고 있는 곳에서 좀 떨어진 위치에 지름이 1.5미터 정도는 되어 보이는 샹들리에가 몇 개 달려 있었고, 그곳에서 매우 밝고 온화한 빛무리가 퍼져 나오고 있었다.

정신을 차리고 보니 그의 고개가 하늘을 향해 꺾여 있어서 시야가 하늘을 향하고 있던 것을 알아내었다. 그가 맨 처음 본 것이 커다란 방의 천장에 달려 있던 샹들리에였던 것이다. 그는 천천히 고개를 움직여 보았다. 뒷목에 통증이 오고 머리에 두통이 심했다. 아픔을 무릅쓰고 고개를 조금 숙이자 다른 광경이 눈에 들어왔다.

최민은 지금 매우 커다란 홀에 있었다. 샹들리에로부터 나오는 빛이 벽을 환하게 비추고 있었다. 사방의 벽은 아름다운 그림과 조각들로 장식되어 있었다. 그림들은 동양화와 서양화들이 섞여 있었는데, 한눈에 보기에도 잘 배치되어 있어서 마치 미술관이나 박물관에 온 것과 같은 느낌을 주고 있었다.

고개를 좀 더 숙여보니 눈앞에 하얀 천으로 덮여 있는 우아한 식탁이 보였다. 식탁 위에는 갖가지 음식들이 차려져 있었다. 싱싱한 과일, 고기, 생선 등 최민이 한동안 보지 못했던 진수성찬이었다. 테이블 위에는 수십 개의 기다란 촛대들이 놓여 있었고 촛대 위의 촛불에선 은은한 광채가 나와 분위기를 온화하게 만들고 있었다.

최민은 잠시 혼돈상태에 빠졌다. 분명 그가 마지막으로 기억하는 것은 괴물을 피해서 실험실 구석에 숨어 있었던 것이다. 그는 두통을 참고 기억을 되살리려 노력했다.

'그래, 이토가 방에 들어와서 나에게 뭐라고 말했지. 가만있자. 그가 뭐라 했었지? 그리고 그의 뒤를 따라서 펄슨 회장님과 메이슨이 들어왔고. 그리고…… 메이슨이 나한테 무슨 짓을 한 거지? 그것보다 비비안은?'

그의 생각이 비비안에 미치자 정신이 번쩍 들었다. 그는 비비안이 안전한지 확인해야 했다. 그는 다시 눈의 초점을 맞추어 테이블 주위를 둘러보았다. 놀랍게도 테이블에는 많은 사람들이 앉아 있었다. 그가 아는 얼굴도 있었고 모르는 얼굴도 있었다.

그의 정면에는 메이슨이 앉아 있었다. 그는 뭐가 그리 유쾌한지 큰 소리로 웃으며 떠들고 있었다. 손에 든 와인 잔에는 붉은색 와인이 가득 차 있었고 입에는 음식을 한입 물고 있었다. 음식을 먹으면서 떠드는지라 그의 말소리가 분명하게 들리지 않았다.

메이슨 옆에는 마이크 펄슨이 앉아 있었다. 그는 근엄한 얼굴에 미소를 띠고 자신의 앞에 있는 접시에 담긴 스테이크에 칼질을 하고 있었다. 최민이 자신을 응시하는 것을 느꼈는지 펄슨이 고개를 들어 그를 쳐다보았다. 그리고 웃음을 지으며 뭐라 최민에게 말을 걸었다. 그러나 아직도 그의 귓가에는 '윙윙' 하는 소리밖에 들리지 않았다. 그는 펄슨의 말에 아무런 응답을 하지 못하고 고개를 돌렸다.

그가 고개를 조금 돌려 메이슨과 펄슨의 옆자리를 쳐다보았다. 놀랍게도 그곳에는 제프가 앉아 있었다. 최민이 마지막으로 보았을 때 그는 괴물들에게 공격을 받고 있었다. 최민은 이미 제프가 죽었을 것이라고 생각하고 있었는데 뜻밖에도 무사한 것을 보자 무척 반가운 생각이 들었다.

제프는 죽지는 않았지만 많은 고초를 겪었는지 옷이 군데군데 찢어져 있었고 얼굴과 팔에 상처가 나 있었다. 그리고 온몸에는 핏자국이 있었다. 하지만 정신은 또렷한지 주위를 노려보고 있었다. 그의 얼굴에는 분노와 체념이 섞인 이상한 표정이 떠올라 있었다.

'비비안은…… 비비안은 어디 있지?'

최민은 그 무엇보다도 비비안의 안전이 걱정되었다. 그는 고개를 돌려 비비안을 찾았다. 다행히 그녀를 금방 찾을 수 있었다. 비비안은 최민의 바로 옆자리에 앉아 있었던 것이다. 그녀는 최민과 마찬가지로 이제야 정신을 차리고 있는 듯했다. 눈을 가볍게 감은 채로 고개를 좌우로 천천히 흔들고 있었다.

최민은 재빨리 비비안의 안색을 살폈다. 그녀는 별다른 부상을 입지 않은 듯이 보였고 얼굴색도 무척 좋았다. 최민은 마음속으로 크게 안도했다.

이제 그의 몸 감각이 거의 정상적으로 돌아오고 있었다. 최민은 비비안의 볼을 쓰다듬어주려 했다. 하지만 곧 팔이 움직이지 않는다는 것을 느꼈다.

'이게 뭐지?'

그는 팔이 의자 뒤편으로 꺾여있고 양 손목이 무엇인가로 꽁꽁 묶여 있는 것을 알았다. 또한 두 다리도 끈으로 묶여 있는 것을 알 수 있었다. 몸을 움직여 보려 했지만 전혀 움직일 수 없었다. 한동 안 손과 발을 움직여 보기도 하고 몸을 틀어 보기도 했으나 전혀 움직일 수 없었다. '제길!' 그는 속으로 욕을 하며 움직임을 포기 했다.

그나마 다행인 것은 그가 이제 정신을 거의 차려 귓속에서 윙윙 대던 것도 멈추고 주위의 소리도 차츰 선명하게 들리기 시작했다 는 것이다.

"데이비드! 내 말 듣고 있나?"

최민은 자신의 이름을 부르는 소리를 듣고 고개를 돌렸다. 그곳 에는 마이크 펄슨의 얼굴이 웃고 있었다.

"이제야 정신이 든 모양이군. 무척 걱정했다네."

그의 자상한 말투에 최민은 다시금 혼돈에 빠졌다.

지금 무슨 일이 벌어지고 있는 것인지 전혀 알 수 없었다. 그의 마음속 불안감은 차츰 커지고 있었다.

"회장님, 여기가 어디죠? 지금 무슨 일이 벌어지고 있는 겁니 까?"

펄슨은 최민의 말에 빙그레 웃었다.

"아마도 궁금한 것이 무척 많을 것이네. 하지만 기다리라구. 잠 시 후면 궁금한 것에 대한 해답을 다 찾을 수 있게 될 테니까. 지금은 같이 즐기세. 오늘은 기쁜 날이야."

최민은 몸을 뒤척였다.

"그런데 제 몸은 왜 묶어놓은 겁니까? 여기 누구 없나요?"

그의 말에 누군가 말을 내뱉었다.

"정말 시끄럽군. 조용히 좀 해!"

높은 톤의 목소리의 주인공은 바로 펄슨의 곁에 앉아 있던 메이슨이었다. 말하는 그의 표정이 무척 험악했다.

항상 웃는 메이슨의 얼굴만 기억하던 최민에게 달라진 메이슨의 모습이 무척 낯설었다.

"메이슨 씨, 지금 무슨 말을 하는 거요? 내가 무슨 잘못을 했다고 이렇게 취급하는 겁니까?"

최민의 말에 메이슨이 큰소리로 떠들기 시작했다. 그와 동시에 다른 사람들도 입을 열어 순식간에 사방이 시끄러운 말들로 가득 찼다. 그들이 한참 말싸움을 벌이고 있을 때 누군가 소리쳤다.

"조용히 하시오!"

단지 한 마디만 했을 뿐인데 그 말에는 거역할 수 없는 마력이 있었다. 목소리는 남자의 목소리라고 보기에는 너무 부드럽고 톤이 높았고, 여자의 목소리라 보기에는 훨씬 위압감이 있었다. 한 가지 분명한 것은 그 목소리가 매우 선명하게 울려 퍼져 시끄러운 좌중의 소음을 뚫고 모두의 귀에 분명하게 들렸다는 것이다.

그 목소리와 함께 테이블 주위가 다시 조용해졌다. 최민은 말을 뱉은 사람을 찾으려 고개를 두리번거렸다.

"당신이 바로 최민 박사님이시군요. 반갑습니다."

같은 목소리가 다시 들려왔다.

최민은 목소리의 진원지를 찾아 고개를 돌렸고 곧 누군지를 찾아냈다. 한 남자가 테이블의 맨 끝 즉, 상석에 앉아 있었다. 최민은 그를 자세히 관찰했다. 그리고 그의 눈은 놀라움에 곧 크게 떠졌다.

남자는 매우 아름다웠다. 대개의 남자들에게 아름답다는 표현은 어울리지 않겠지만, 지금 상석에 앉아 있는 남자는 아름답다는 단어 이외에는 표현할 길이 없을 정도로 정말 아름다웠다.

그는 백인 남자였는데 마치 여자처럼 하얀 피부는 윤이 흐르고, 매력적인 파란 눈동자는 맑게 빛나고 있었다. 입술은 피처럼 붉었고, 갸름한 턱 선은 마치 조각상에서나 볼 수 있을 정도로 완벽한 곡선을 그리고 있었다. 무엇보다도 그의 머리카락이 눈에 띄었는데 잡티 하나 없는 금발이 부드러운 웨이브를 그리며 그의 양 어깨로 늘어져 있었다. 샹들리에의 조명을 받은 그의 머리카락은 눈부신 금색으로 빛나고 있었다. 그야말로 보기 드문, 정말로 세상에 존재할 것 같지 않은 미남자였다.

그는 한 손에 와인 잔을 들고 있었는데 그 잔을 들고 있는 손마저도 예술작품처럼 아름다웠다. 길게 뻗은 손가락은 마치 여자의 손처럼 매끄러워 보였다. 그는 잔을 들어 와인을 한 모금 마셨다.

"정말 좋은 와인이군. 오래간만에 맛보는 좋은 술이야. 캘리포니아의 나파(Napa) 지역에서 생산된 것이라고 했지? 평생 보르도 지방의 와인만 마셨었는데 이렇게 미국에서 생산된 술을 마실 줄은 몰랐군."

말을 마친 그는 최민을 다시 돌아다보았다.

"최 박사님. 지금 여러 가지로 궁금하신 점이 많겠지요? 하지만 그게 중요한 것이 아니라 최 박사님이 세상을 바꾸는 위대한 일을 하셨다는 것이 중요합니다. 최 박사님 덕분에 인류는 한 단계 더 발전할 수 있는 위대한 발걸음을 내딛게 되었습니다."

"당신은 누구십니까? 저는 한 번도 뵌 기억이 없는데요."

최민이 말했다. 당연했다. 저렇게 보기 드문 미남자를 만나고도 기억하지 못할 만큼 최민의 두뇌가 나쁘지는 않았기 때문이다.

남자는 최민의 질문에 가볍게 미소를 띠었다. 그가 미소를 짓자 가만히 있어도 잘생긴 얼굴이 정말로 같은 남자까지도 매혹시킬 만큼 매력적으로 바뀌었다.

"물론 최 박사님은 저를 만난 적이 없습니다. 저도 마찬가지로 최 박사님을 뵌 적이 없지요. 하지만 오랜 기간 동안 최 박사님의 연구에 대해서 매우 감명 깊게 관찰해 온 사람이 바로 접니다. 그리고 관찰에서 끝난 것이 아니라 박사님이 제대로 연구하실 수 있도록 여러 가지 배려를 해 드렸지요."

최민은 자신도 모르게 펄슨을 돌아보았다. 펄슨은 최민이 자신을 보자 고개를 끄덕여 보였다.

"저분 말씀대로이네. 내가 자네를 고용한 것도 전부 저분의 뜻이었지."

"도대체 저분이 누구시기에……."

그러나 아무도 최민의 질문에 대답하지 않았다.

상석의 남자가 미소를 지우지 않고 말을 이어갔다.

"한 가지 분명히 말씀드릴 수 있는 것은 최 박사님의 연구로 인해서 인류는 한 단계 더 진화할 수 있게 되었다는 것입니다. 생각해 보세요. 지금 인류가 어떤 위치에 와 있는지."

그는 잠시 말을 멈추고 와인을 한 모금 들이킨 후 다시 말을 이었다.

"인류는 지금 멸종의 바로 전 단계에 와 있습니다. 1989년도에 사람들은 공산주의가 무너지면 세상이 평화로워질 것이라고 믿었습니다. 하지만 막상 공산주의가 사라진 지금, 지구는 평화로워졌나요? 아니죠. 더 많은 전쟁과 갈등이 벌어지고 있지요. 더 많은 테러로 수많은 사람들이 죽어가죠. 미국과 알 카에다 사이의 전쟁은 20년 가까운 시간이 흘렀지만 아직도 끝나지 않았죠. 유럽은 재정 위기 때문에 정신없고, 중동의 갈등은 점점 더 심각해지고 있어요. 동아시아는 중국의 패권력이 강화되면서 한국과 일본 역시 군사력을 강화하고 있지요.

지금 세계는 언제 전쟁이 터져도 이상하지 않을 정도로 갈등으로 가득 차 있어요. 그리고 경제는 어떤가요? 전 세계적인 경제 침체가 벌써 몇 년째 지속되고 있지요. 가난한 사람은 점점 더 가난해지고 극소수의 부자들만이 점점 더 부를 늘려가고 있죠."

그의 말은 갈수록 연설에 가까워지고 있었다. 그는 더 이상 최민을 의식하지도 않는 것 같았다. 흥분에 쌓인 그의 말투가 점차 격앙되어 갔다.

"가장 큰 문제가 뭔지 아세요? 그건 바로 지구가 더 이상 인류를 감당할 수 없을 지경에 이르렀다는 것이죠. 이미 화석 연료는 바닥을 드러내고 있어요. 원자력 발전으로 부족한 에너지를 채우려 하고 있지만…… 일본에서 벌어진 일을 기억하고 있지요? 원자력 발전소는 화약고와 같죠. 언제 터질지 모르고 한 번 터지면 재앙을 초래하죠.

그리고 식량은 어떤가요? 지구에서 자연적이나 인공적으로 생산되는 식량은 이미 전 인류를 먹여 살리기에 부족해지고 있어요. 지구온난화 혹은 다른 원인으로 초래된 기상이변으로 인해 갈수록 경작지는 줄어만 가는데, 지구의 인구는 기하급수적으로 증가하고 있죠. 조만간 에너지 부족과는 비교할 수 없을 정도로 큰 위기가 초래될 것이 분명해요."

그는 열변을 토하다가 갑자기 자리에서 벌떡 일어섰다. 최민은 그의 몸을 보고 감탄과 놀라움을 금치 못했다. 남자의 몸은 얼굴 못지않게 아름다웠다. 키가 매우 컸는데 보기에 2m 정도 되어 보이는 장신이었다. 큰 키임에도 전혀 이상하거나 우악스럽게 보이지 않았는데, 그것은 몸의 각 부분이 거의 완벽하다고 할 만큼 이상적인 비율이었기 때문이다.

그는 마치 고대 그리스 시대에나 나올 법한 천으로 몸을 휘둘러 감고 있었다. 그 덕분에 신체의 많은 부분이 노출되어 있었다. 그의 넓은 어깨 밑으로 양팔이 적당한 근육으로 덮여 보기 좋게 뻗어 있었다. 그리고 넓은 가슴은 근육이 너무 많지도, 적지도 않게 적당히 발달되어 있었고, 날렵한 허리 밑으로 단단한 하체가 연결되어 있었다. 보이지는 않지만 그의 복부도 보기 좋은 복근으로 잘 단련되어 있을 것 같았다. 그리고 길게 뻗은 양다리의 허벅지는 마치 종마의 다리 근육처럼 근육이 보기 좋게 잘 발달되어 있었고, 쭉 뻗은 종아리 밑에 멋지게 생긴 발이 있었다. 한마디로 마치 고대 그리스의 조각상을 그대로 옮겨 놓은 듯한 모습이었다.

그는 자신의 연설에 도취된 것 같았다. 정신없이 열변을 토하고 있었다.

"최 박사님, 지금 인류가 이렇게 위기에 처한 이유가 뭔지 아시나요? 세계가 정치적으로, 경제적으로 불안한 이유 말입니다."

최민은 아무런 대답도 할 수 없었다. 마치 미치광이처럼 말을 쏟아내는 남자에게 맞장구를 쳐줄 만큼 마음의 여유가 없었다.

"모르시겠죠. 아니, 대다수의 지식인들은 그 이유를 알면서도 입 밖에 내지를 못하고 있어요. 하지만 소수의 현명한 사람들은 오래 전부터 인류가 이러한 위기에 처할 것을 알고 있었어요. 선각자들이었죠. 그분들은 모든 문제의 원인을 명확하게 설명해 주셨어요."

최민은 자신도 모르게 남자의 말에 귀를 기울이고 있었다. 남자의 말은 궤변이었지만 묘하게 사람을 끌어당기는 점이 있었다.

"이유를 말씀드리죠. 첫 번째 원인은 인간이 완벽하지 않다는 것에 있어요. 인간은 분명 평등하게 태어나지 않아요. 체력과 두뇌에 있어서 우수한 부모의 유전자를 타고나는 자녀는 역시 우수한 인간으로 자라날 확률이 높지요. 하지만 열등한 체력과 두뇌를 가진 인간들은 그 열등한 유전자를 자식들에게 물려주죠. 그런데 심각한 점은 그러한 열등한 인간들이 더 많은 자녀를 만들어 낸다는 것이에요. 이런 열등하고 무능력한 인간들을 먹여 살리기 위해 지구의 소중한 자원과 에너지, 식량이 낭비되고 있는 겁니다. 그리고 이런 저능한 인간들이 인류의 고귀한 이상은 이해하지 못하고 헛된 선동과 종교에 넘어가서 테러와 분쟁을 일으키고 있는 것입니다."

최민은 갑자기 과격해진 남자의 말투에 어안이 벙벙해지고 있었다. 최민 따위는 아랑곳하지 않고 남자는 자신의 말에 도취된 듯이 연설을 이어갔다.

"두 번째 문제는 바로 민주주의라는 제도에 있어요. 민주주의, 민주주의라니! 모든 인간이 평등하다고? 그런 말도 안 되는 헛소리 때문에 지금 인류가 이 지경이 된 것이야. 저능하고 열등한 인간이 위대하고 뛰어난 우수한 인간과 똑같은 한 표의 권리를 행사하고 사회에서 똑같은 목소리를 내는 것이 과연 올바르다고 생각하나요? 교활한 정치인들은 이런 무지한 인간들을 만족시키기 위해서 쓸데없는 자원과 돈을 낭비하죠. 지금의 경제 위기도 다 이러한 이유에서 촉발된 것이에요. 열등한 인간들을 왜 국가와 사회가 책임져야 하나요?"

그의 말은 갈수록 과격해져 갔다.

"민주주의란 것은 전부 허상에 불과한 것이에요. 인간이 평등하지 않다는 진실을 외면한 제도에 불과한 것이지요. 인류가 발전하기 위해서는 진정으로 새로운 제도와 혁신이 필요한 것이지요."

"그래서, 당신이 말하는 이상적인 인류는 어떤 것이지?"

누군가가 날카로운 목소리로 질문했다. 최민이 고개를 돌려보니 제프가 분노에 찬 눈으로 남자를 노려보고 있었다.

"오호, 허드슨 요원이라고 했나요? 좋은 질문이에요. 잠시 후에 좋은 질문을 해준 대가로 상을 주도록 하겠어요. 하지만 일단 질문에 대답해 주기로 하지요."

남자는 제프를 향해 웃어 보였다.

"인류는 우수한 종족입니다. 하지만 어느 종족에도 열등한 부류는 있게 마련이죠. 아까 말한 대로 이러한 열등한 부류를 없애야만 우수한 유전자만 남게 되어 자원이나 에너지 고갈에서 벗어날 수 있지요. 하지만 그것으로는 아직 부족하죠. 지금보다 더 우수한 인류를 새롭게 '창조' 해 나가야 합니다."

그는 말을 이었다.

"그러나 인간은 원래 이기적인 존재이죠. 그것을 비난할 수는 없습니다. 개인적인 이익의 추구는 인간의 본능이니까요. 하지만 이런 이기적인 인간 하나하나가 모여서 조직을 이루게 되면 그 조직 역시 이기적인 조직이 되고, 그 조직이 커져서 국가가 되면 역시 이기적인 국가가 됩니다. 그래서 개인들이 서로의 이익을 위해서 싸우듯, 국가들 혹은 조직들도 서로의 이익을 위해 싸울 수밖에 없는 것이죠. 이러한 분쟁은 인간의 본능이라서 영원히 없앨 수 없습니다. 그렇다면 그 해결책은 무엇일까요?"

그는 자신의 연설을 매우 즐기는 듯이 보였다. 그는 테이블에 앉아 있는 사람들을 한 번 둘러보고 다시 미소를 지었다.

"무지한 어린아이는 본능적으로 이기적이죠. 그래서 주위에 비슷한 또래의 어린아이들이 있으면 서로 사소한 이익을 위해서 계속 싸우게 되죠. 이럴 때 싸움을 그치려면 어떻게 해야 하죠?"

"저 사람 무슨 말을 하고 있는 거지? 어린아이가 싸우면 부모가 말리면 되는 거지, 그런 것을 질문이라고 하네?"

최민의 옆에서 어느새 정신을 차린 듯 비비안이 최민에게 작은 목소리로 속삭였다.

그러나 최민이 뭐라 대답하기도 전에 멀리 상석에 서 있던 남자가 최민과 비비안을 쳐다보았다.

"심슨 박사님. 정확히 보셨습니다. 바로 그렇죠. 어린아이들 싸움은 어른이 나서면 다 해결됩니다."

비비안은 깜짝 놀라서 '헉' 하고 숨을 들이켰다. 그녀는 최민에게만 들릴 정도로 작은 목소리로 속삭였는데 남자는 멀리서도 그 목소리를 선명하게 들은 것 같았다. 놀라운 청력이었다.

"심슨 박사님이 좋은 대답을 하신 답례로 잠시 후에 상을 드리도록 하지요. 하지만 일단 결론을 내 보도록 할까요?"

그는 비비안을 쳐다보고 빙그레 웃었다. 그 매력적인 웃음에 비비안은 매우 놀랐으나 금방 평정심을 찾았다.

'정말 대단한 미남이군.'

그녀는 더 이상 속의 생각을 입 밖으로 내뱉지 않았다.

"심슨 박사님이 지적하신 대로 인간이란 존재는 자신이 도저히 거역할 수 없는 뛰어난 존재에게는 복종합니다. 어린아이에게 부모란 존재는 절대적인 존재이죠. 마찬가지로 평범한 인간에게 자신보다 훨씬 위대한 절대적인 인간이 있다면 자연스럽게 그 절대자의 말을 따라서 더 이상 불만이나 분쟁을 일삼지 않게 되는 것입니다. 위대한 철학자 니체는 그런 위대한 인간을 '초인'이라고 불렀죠.

그렇습니다. 현재 인류에 존재하는 문제는 이러한 초인이 등장해야만 해결되는 것입니다. 지금의 열등한 인간까지 동등한 권리를 주는 민주주의 제도는 인간의 문제점을 해결할 수 없습니다. 평범한 인간은 어린아이와 같습니다. 불만도 많고 문제도 일으키지만 부모와 같은 위대한 초인이 등장하면 잘 순종하고 더 이상 분쟁을 일으키지 않습니다."

그는 연설을 계속했다.

"또한 인간은 부모의 보호 아래에 있을 때 가장 편안함을 느낍니다. 마찬가지로 인간 모두는 이러한 초인의 보호 하에 있을 때 가장 안도감을 느끼고 평안한 삶을 누리게 될 것입니다. 이러한 사회야말로 인간이 수천 년 동안 갈구해 왔던 '유토피아'라고 볼 수 있겠죠."

"그래서 당신이 바로 그 초인이란 말인가?"

누군가가 날카로운 목소리로 질문했다. 그 목소리가 자신의 등 뒤에서 들려오자 최민은 고개를 최대한 돌려서 뒤를 돌아보았다.

최민의 등 뒤 바닥에 한 남자가 쓰러져 있었다. 온몸이 피투성이여서 쉽게 알아볼 수 없었지만 최민은 그가 누구인지 알아보았다. 바로 죽은 줄만 알았던 '이토 오카다'였다. 그는 바닥에서 움직이지 못하고 있었는데 상처는 치료받았는지 많이 아물어 있었다. 그는 바닥에 쓰러진 채 카랑카랑한 목소리로 미남자를 향해 소리를 질렀다.

"대답해 보시오. 당신이 바로 그 초인이 되려고 하는 것이오?"

그의 거듭된 질문에 남자가 웃었다.

"이토, 목숨이 아주 질기군. 자네가 오랫동안 우리를 방해한 것을 생각하면 벌써 죽였어야 하지만 내가 옛정을 생각해서 살려두도록 했네. 그리고 오늘은 기쁜 날이니만큼 자네도 파티를 즐길 수 있도록 하겠네."

그는 이토에게서 고개를 돌려 테이블 주위의 사람들을 쳐다보았다.

"질문에 대답하도록 하지. 그렇다네. 바로 내가 그 초인이지. 아니 '초인들' 중의 하나라고 해야 하나?"

"당신이 무슨 초인이란 말인가. 당신은 '괴물'이야!"

이토가 다시 부르짖었다.

"내가 초인이 아니면 누가 초인이겠나? 나는 평범한 인간들보다 훨씬 우수한 신체를 가지고 있네. 운동능력이나 지구력, 힘은 아마도 일반인의 몇십 배는 될 것이야. 더구나 나는 평범한 인간보다 몇 배 우수한 두뇌를 가지고 있네. 그리고 자네도 인정하겠지만 난 인내력도 매우 강한 편이지. 나는 돈이나 여자에 욕심도 없어. 이런 내가 아니라면 그 누가 인간들을 올바르게 인도할 수 있겠나?"

그는 고개를 돌려 최민을 바라보았다.

"최 박사님, 내가 누군지 궁금하겠지요? 나는 이름이 없습니다. 하지만 오늘부터 나를 '오메가'라고 불러 주세요. 바로 인류를 올바르게 이끌 최후의 인간이라는 뜻이지요. 신이 인간을 구원하기 위해 내려보낸 존재라고 생각하시면 됩니다."

최민은 남자를 멍청하게 쳐다보았다. 그는 평생 이렇게 비정상적인 말을 침착하게 이야기하는 사람을 본 적이 없었다.

"이토가 최 박사님에게 뭔가 말을 한 것이 있다고 하더군요. 아마도 물건의 위치를 말해준 것이겠죠. 그 위치를 알려주세요. 이토는 극히 위험한 자입니다. 박사님도 보셨지 않나요? 저자가 일당을 이끌고 이곳에 와서 얼마나 많은 사람을 죽였나요? 더구나그것도 부족한지 더 무서운 음모를 꾸몄지요. 그것을 막으려면그 '물건'을 찾아야 한답니다.

아쉽게도 이토 본인은 그 위치를 말할 것 같지 않군요. 오로지박사님만이 저를 도와주실 수 있답니다. 만약 박사님이 도와주신다면 이곳에서 안전하게 나가실 수 있는 것은 물론이고 나중에 제가 세상을 바꿀 때에 큰일을 할 수 있도록 도와드리도록 하지요."

스스로를 '오메가'라 밝힌 남자가 부드럽게 말했다. 그의 목소리가 마치 천상에서 들려오는 것처럼 달콤하게 들려 최민은 최면에 걸린 듯이 자신도 모르게 이토가 실험실에서 자신에게 어떤말을 해주었는지 실토할 뻔했다.

"데이비드! 저자의 말을 듣지 말게. 저자는 절대 자네를 살려주지 않을 거야. 내가 저 괴물의 정체를 알려주지. 저건 사람이 아니야. 저건 인공적으로 만들어진 것으로, 사람도 아니고 기계도 아니고 짐승도 아닌 괴물에 불과해."

최민은 최면에서 풀려난 것처럼 정신을 차렸다. 그리고 이토를돌아보았다. 이토는 깡마른 체구 어디에서 그런 힘이 나오는지 몸을 떨면서 고함을 지르고 있었다. 눈에는 핏발이 서 있고 아랫배에서 아물어가던 상처가 터졌는지 피가 다시 조금씩 몸에서 흘러나오고 있었다. 그러나 그는 그런 것은 아랑곳하지 않고 계속해서 큰소리로 말했다.

"저자의 몸은 순수한 사람의 몸이 아니야. 보기에는 좋아 보여도 실제로는 몸 전체가 로봇공학을 이용한 기계장치에, 수많은 짐승들과 근력이 강한 사람들의 몸을 유전자 조작과 외과 수술로 조합하여 만들어 낸 인공물이네. 기계도 아니고 그렇다고 사람도 아니지. 아름답게 보이지만 실제로는 사람들을 죽이기 위해 만들어진 킬링 머신이야. 아니 그 킬링 머신 중에서도 가장 최악이지."

그는 말을 이어갔다. 웬일인지 남자를 비롯해 누구도 이토가 소리치는 것을 막지 않았다.

"그러나 정말 끔찍한 것은 저자의 몸이 아니야. 바로 저 머리통이지! 저자는 스스로 자신의 머리에 자기가 개발한 유전공학과 생체공학 기술을 적용했네. 더구나 뇌세포 활성화를 통해서 인간의 뇌보다 훨씬 우월한 지능을 가지게 되었지. 그것을 위해서 저자가 자신한테 무슨 짓을 했는지 아는가? 바로 자신의 머리를 잘랐다네!

오래전에 저자는 아직 기술이 무르익지 않아 자신이 원하던 존재가 되지 못할 것 같고 육체가 나날이 노쇠해가자, 스스로 머리를 자르고 그 자른 머리를 누군가가 보관하도록 했지. 언젠가 자신이 진행하던 연구가 무르익어 자신을 되살려줄 것이라 생각한 것이지. 저자를 위해서 그 머리통을 보관했던 자가 누군지 알겠나?"

최민은 자신도 모르게 자신의 앞좌석에 앉아있던 사람들을 쳐다보았다.

"더 이상 숨길 필요가 없겠군. 그렇다네. 바로 나야. 내가 오메가님의 신성한 머리를 보관했지."

최민의 정면에 앉아 있던 펄슨이 담담하게 말했다.

"내게 무척 영광스런 일이었다네. 가장 존귀하시고 세상을 구원하실 오메가님이 가장 중요한 임무를 나에게 맡겨주신 것이었지. 나는 오메가님의 신성한 머리를 오랫동안 귀중하게 보관하고 오메가님이 진행하던 연구를 물려받아서 계속 이어갔지. 물론 오메가님께는 계속해서 그 진척상황을 보고했다네.

오메가님은 초월적인 존재시네. 비록 머리만 존재하셨지만 갈수록 그 통찰력은 높아만 가셨지. 데이비드, 자네가 별 볼 일 없을 때 자네가 진행 중이던 연구의 가치를 알아보시고 자네를 회사에 영입하여 연구하도록 한 것도 오메가님의 지시셨네."

"어떻게 저에 대해서 알아낼 수 있었던 것인가요?"

최민은 '머리만 남은 사람이 어떻게 정보를 얻을 수 있었냐'는 질문을 돌려서 물었다.

"인터넷이지. 오메가님은 스스로를 인터넷에 연결하셨네. 그리고 컴퓨터와 인터넷을 통해서 세상을 관찰하고 필요한 지식을 쌓아 오셨네. 그리고 자네의 연구야말로 오메가님과 내가 가장 필요로 했던 연구임을 알아내신 것이지."

"제 연구가 어떻게 도움이 되었다는 것입니까?"

최민이 당황하여 질문했다.

펄슨이 껄껄 웃었다.

"오메가님의 두뇌는 완벽했네. 원래도 뛰어나셨지만 오랜 기간 동안 스스로 뇌를 개발하시고 연구하셔서 인간의 사고력을 훨씬 뛰어넘으셨지. 또한 오메가님을 위해 준비한 완벽한 육체도 완성되었었네. 강력한 금속재질의 로봇 골격에 생체조직을 조합했지. 지구상 모든 동물의 장점 즉, 곰의 강인한 근력, 파충류의 재생력, 치타 같은 고양이과 동물의 주력, 하마 같은 동물의 방어력, 원숭이의 유연성과 균형감 등, 모든 장점을 종합하여 인간의 유전자와 결합하여 배양한 완벽한 육체지.

하지만 문제는 그 육체와 오메가님의 두뇌를 연결할 수 없었다는 것이지. 육체의 복잡한 신경망과 오메가님의 인간을 초월한 두뇌 신경망을 제대로 연결할 수 없었지. 그런데 자네의 연구가 나온 것이네."

"애니(ANNI)를 이용한 것이군요."

최민이 한숨을 쉬면서 말했다.

"그렇지. 바로 자네의 이론을 적용한 것이네. 자네의 연구는 CBI 즉, 컴퓨터와 두뇌 사이의 복잡한 신호를 에러나 손실 없이 연결하는 것이었지. 바로 우리가 가장 필요로 하던 것이었네. 오메가님의 두뇌와 저 완벽한 육체를 연결하는 데 키(key)가 되었던 것이지. 자네 덕분에 이렇게 오메가님이 드디어 육체를 얻으신 것이 아닌가. 자네가 개발한 애니는 완벽히 동작했네. 오메가님이 육체를 얻으실 때 거의 부작용이 없었다네."

최민은 그 말을 듣고 오메가의 머리 부분을 다시 살펴보았다. 그는 목 부분에 화려하게 장식된 목걸이를 착용하고 있었는데 자세히 살펴보니 일반 목걸이보다 훨씬 두터운 금속 재질로 되어 있는 것을 알아차릴 수 있었다. 펄슨의 말대로 저 목걸이가 바로 오메가의 뇌와 인공적으로 엔지니어링이 되어 창조된 육체를 연결하는 장치임에 틀림없었다. 최민 자신이 컴퓨터를 통해 로봇을 통제했듯이 오메가의 두뇌는 최민이 개발한 애니를 통해 저 육체를 통제하고 있는 것이 분명했다.

오메가는 최민이 자신을 쳐다보자 웃으면서 가볍게 목을 쓰다듬었다.

"다시 한 번 최 박사님께 고맙다는 말을 하고 싶군요. 이 기계는 완벽해요. 내 몸이 의도대로 완벽하게 컨트롤되는군요. 덕분에 정말로 오랜만에 이렇게 내 두 다리로 걸어 다닐 수 있게 되었어요."

최민은 아무 말도 하지 못하고 고개를 숙였다. 그의 평생의 연구가 이런 목적으로 이용되었다는 사실에 허탈감을 감출 수가 없었다.

"도대체 왜 저런 괴물을 도운 거요? 당신에게 무슨 도움이 된다고!"

계속해서 오메가를 노려보고 있던 제프가 펄슨을 향해 소리쳤다.

"당신은 모든 것을 가진 사람이지 않소? 돈과 명예, 그리고 원

160

한다면 여자도. 무엇 하나 부족함이 없는 사람이 왜 이런 짓을 하는 거요?"

제프의 말에 펄슨이 웃음을 지었다. 그는 손사래를 치면서 말했다.

"내가 모든 것을 가졌다고? 아니네. 나는 가장 중요한 것을 가지지 못했지. 그것이 무엇인지 아나?"

그는 제프와 비비안, 그리고 최민을 번갈아 쳐다보며 말했다.

"바로 영생이지! 나도 언젠가는 죽을거네. 아니, 이미 왕성히 활동할 나이는 끝나가고 있지. 조만간 내 육체가 쇠하면 나는 아마도 휠체어에 앉아서 쓸쓸히 아무도 쳐다보지 않는 곳에서 늙어가다가 죽겠지. 자식들은 내 관 앞에서 서로 재산을 차지하려고 싸우면서 내 기억 따위는 쓰레기통에 던져버리겠지. 내가 죽은 후에 돈이 무슨 소용이 있겠나?"

그는 말을 이어갔다.

"오메가님은 나에게 영생을 약속해 주셨네. 바로 오메가님과 같은 '초인'이 될 수 있도록 허락해 주셨다네. 나는 머지않아 이 못생기고 병든 육체를 버리고 완벽한 초인의 육체를 가질 것이네. 더구나 데이비드 자네 덕분에 그 육체에 문제가 생기거나 노화가 진행되면 새로운 육체로 다시 바꾸는 것이 가능하게 되었지 않나? 나는 영원한 삶을 영위하게 될 것이야. 오메가님이 다스리는 세상에서 인간들을 교화하면서 말이지."

최민은 그의 황당한 말에 멍청히 펄슨을 쳐다보았다.

"더구나 내가 지금 이룬 모든 부가 어디서 나왔다고 생각하나?

바로 오메가님이지. 별 볼 일 없는 평범한 회사원이던 나에게 부를 주시고 길을 안내해 주셔서 오늘날의 내가 있도록 인도해 주셨다네. 내가 가진 모든 것은 바로 오메가님이 이룩해 주신 것이지."

그의 말에 누군가가 혀를 '쯧쯧' 하고 찼다.

"모두 다 미쳤어! 정신병자들 같으니. 영생이라고? 스스로를 괴물로 만드는 것이 영생이란 말인가?"

바닥에 쓰러져 있던 이토가 소리 지르고 있었다.

"이토 오카다, 아니 이시이 오카다라고 해야 하나? 네가 내 친구의 자손이라서 지금까지 살려준 거다. 더 지껄이면 네 사지를 갈기갈기 찢어 시체도 찾기 힘들게 만들어 주지."

오메가가 이토를 향해서 잔인하게 말했다.

"그래! 내가 바로 이시이 오카다다. 이시이 시로 중장의 손자다. 네가 얼마나 잔인한 인간인지는 나도 잘 알고 있다. 오늘 살아남을 것이란 생각은 전혀 하지 않으니 마음대로 날 죽여라. 하지만 죽을 때 죽더라도 할 말은 할 것이다!"

목소리가 점점 떨리더니 그의 눈에 눈물이 고였다. 그는 최민과 비비안을 돌아보고 힘이 조금 빠진 목소리로 말했다.

"놀랐나? 놀라게 했다면 미안하군. 그래! 내가 이시이 오카다, 바로 만주 731부대를 이끌던 이시이 시로의 손자라네. 내 조부는 지금 이곳에서 벌어지고 있는 모든 생체실험을 오래전에 처음으로 시작한 사람이기도 하지. 난 내 친조부가 누구인지 알아낸 다음부터 죄책감에 시달렸네. 내 조부 때문에 죽어간 수많은 사람

들의 영혼이 밤마다 나를 괴롭히는 것 같았어. 그래도 내가 위안
을 삼은 것은 그런 잔인한 짓은 2차 대전이 끝나면서 멈췄다는 것
이었지."

오메가와 펄슨은 이토의 말을 가로막지 않았다. 도리어 오메가
는 이토를 재미있다는 표정으로 쳐다보고 있었다. 이토는 다시
말을 이었다.

"그런데 어느 날, 난 우연히도 조부가 남긴 글을 보고 731부대
가 진행하던 연구가 그때 끝난 것이 아니라는 것을 알아냈네. 일
본은 나치 독일과 손을 잡고 731부대가 있던 만주가 아닌 다른 곳
에서 비밀리에 실험을 계속하려 계획했던 것이지. 그래서 난 자
세한 것을 알아보기 위해서 미국 국방성을 해킹하고 자료를 빼냈
지. 그래서 이곳 연구소의 위치를 파악한 후에 이곳을 영구히 파
괴하려 했네. 그런데 놀랍게도 벌써 누군가가 이곳의 개발권을
따내어 동굴을 개발하고 있었고, 난 직감적으로 그 목적이 바로
이 동굴 깊숙한 곳에 있는 연구소라는 것을 알아냈네."

잠시 침으로 목을 축이고 나서 그는 말을 이었다.

"그래서 내 재력을 이용해 펄슨에게 접근했고, 멍청한 펄슨을
비롯한 이사회가 날 의장으로 임명해준 덕분에 많은 것을 조사할
수 있었지. 그래서 난 펄슨, 이자가 이곳 연구소를 재가동하여 저
오메가란 자를 비롯한 많은 괴물을 만들어내고 있다는 것을 알아
냈지.

그 다음은 자네가 본 대로일세. 난 비밀리에 예전 731부대로 인
해 희생당한 사람들의 자손들을 모아서 하나의 모임을 만들었고

그들을 이용해 비밀 결사 조직을 만들었지. 그리고 그들을 투입하여 이곳 연구소의 개발을 방해하기 시작했네."

펄슨이 이토를 노려보면서 이를 갈았다.

"그래! 네놈 때문에 일정에 차질이 빚어지지만 않았어도 이미 예전에 '초인'들이 완성되었을 것이다."

이토는 최민을 바라보았다.

"자네를 속인 것은 미안하네. 나는 저 오메가란 자가 완성되는 시간이 가까워진 것을 알고 더 이상 결단을 늦출 수 없었네. 그래서 무리를 할 수밖에 없었지. 내 조직원을 투입해서 이곳의 공사를 방해하고 이사회를 움직여 이곳이 감사를 받도록 했네. 내가 직접 이곳에 조직을 이끌고 들어와서 연구소를 파괴할 생각이었지. 작전은 잘 성공했네.

멍청한 펄슨이 눈치 채고 자신의 보안팀을 이끌고 왔지만 이미 내가 동굴 내부를 장악한 후였지. 일은 계획대로 흘러갔네. 최민 자네와 비비안이 내가 힘들게 장악한 로봇들을 파괴하기 전까지 말이지. 자네와 비비안이 내가 통제하던 로봇들을 그렇게 빨리 파괴하지만 않았어도 이곳은 지금 내 손에 의해 완전히 박살나 있을 텐데……. 정말 아쉽군!"

최민은 공연히 죄책감이 들어 아무런 말을 하지 못했다.

"하지만 당신은 내 형을 죽였어. 왜 그런 거지?"

제프가 이토를 쳐다보며 소리쳤다.

이토는 제프를 슬픈 눈으로 쳐다보았다.

"그 점은 정말 미안하게 생각하네. 그때 누구도 죽일 생각은 없었어. 우리가 원한 것은 트럭 안에 있던 무기였네. 그것을 운반하던 사람들을 죽여서 우리한테 이로울 것이 뭐가 있겠나. 하지만 자네 형이 워낙 우수한 요원이라서 우리 사람들을 제압하는 바람에 무기 탈취 계획이 전부 틀어질 위기였네. 우리에게 더 이상 시간이 없었고 그 무기는 꼭 필요했지. 그래서 어쩔 수 없이 무력으로 사람들을 제압한 것이네. 그 과정에서 자네 형이 죽은 것은 다시 한 번 사과하겠네. 그 잘못은 내가 오늘 죽더라도 저승에서 갚도록 하겠네."

"도대체 그 무기가 무엇이기에 사람의 목숨까지 빼앗은 거지?"

제프가 절규했다.

"그게 무슨 무기냐고?"

이토는 갑자기 킥킥대고 웃기 시작했다.

"왜 그 무기가 그토록 중요했냐고? 내가 지금 말해주지."

이토는 오메가를 똑바로 쳐다보았다.

"바로 저 괴물, 스스로를 오메가라고 자처하는 저 괴물을 죽일 무기는 세상에 바로 그 무기밖에 없단 말일세. 저 괴물의 몸은 아름답게 보이지만 실제로는 최첨단 과학의 총집결체이지. 어떤 총이나 폭탄 따위로도 붕괴시킬 수 없네. 저놈의 몸에 수류탄을 명중시켜도 죽지 않을 거야. 고성능의 개인 화기나 미사일이라면 어쩌면 작은 상처를 낼 수는 있겠지. 그러나 저 몸은 불가사의한 자체 재생 능력이 있다네. 금방 상처를 스스로 치료해 버리지."

이토는 웃음을 멈추지 않았다.

"오로지 바로 그 무기 즉, 첨단 SMW Gun만이 저 괴물의 세포를 분열시키고 그 세포를 연결하는 전자 회로를 동작 불능으로 만들어 괴물을 해치울 수 있는 것이지. 아까 내가 몇몇 괴물들에게 시험해보니 아주 잘 듣더군. 아쉽게도 저 오메가란 놈한테 써먹기 전에 이 지경이 되었지만 말이야. 그리고 내가 가지고 온 무기는 분명 두 개인데 저놈들은 아직까지 내가 잡힐 때 지니고 있던 무기 하나밖에 회수하지 못했거든.”

그제야 최민은 아까 비비안과 실험실에 숨어 있을 때 밖에서 보이던 섬광과 굉음을 이해할 수 있었다. 아마도 이토가 괴물들과 마주치자 그 SMW Gun을 사용했던 것이리라.

“이제 할 말은 다 했나? 이토? 그럼 그것을 어디다가 숨겼는지 말해주는 것이 어때? 그럼 특별히 오늘 널 죽이지 않고 살려주겠다.”

오메가가 나긋한 목소리로 말했다.

“내가 네 말을 믿을 것 같은가? 어서 날 죽여라. 널 죽이지 못해서 원통하지만 적어도 이렇게 방해한 것으로 위안을 삼도록 하지.”

이토가 냉랭하게 대답했다.

오메가는 서늘한 눈으로 이토를 보다가 고개를 돌려 최민을 쳐다보았다.

“최 박사님, 이건 어떤가요? 이토가 아까 자신이 죽을 것이라 생각하고 최 박사님께 그 물건을 숨긴 곳을 말해주었겠죠? 그곳이 어딘지 말해주면 최 박사님을 살려주는 것은 물론, 최 박사님을 특별히 ‘초인’으로 만들어 주겠어요. 바로 나와 같은 초월적인 존재가 되는 것이죠. 최 박사님의 뛰어난 두뇌라면 충분히 나와 같이 저 열등한 인간들을 교화하고 다스리는 데 도움이 될 거에요. 그리고 추가로 당신의 애인도 살려주도록 하지요. 그녀도 분명 내가 이렇게 부활하는 데에 도움을 주었으니까요. 제 제안을 어떻게 생각하나요?"

최민은 오메가의 뜻밖의 제안에 당황했다. 그는 자신도 모르게 비비안을 돌아보았다. 자신은 이곳에서 죽어도 좋았다. 그러나 비비안이 죽는다는 생각만 해도 그의 가슴이 먹먹해졌다. 그는 비비안을 살릴 수 있다는 생각에 흔들리는 것을 느꼈다.

이때 비비안이 최민에게 조용히 머리를 기대면서 속삭였다.

"데이비드, 난 괜찮아. 그리고 저렇게 괴물이 되어 살아가느니 차라리 죽는 것이 더 낫다고 생각해."

최민은 그녀를 잠시 쳐다보았다. 비비안은 전혀 두려움이 없는 표정이었다. 최민은 다시 오메가에게 고개를 돌리고 말했다.

"당신은 왜 그 무기를 찾으려는 겁니까? 어차피 지금 우리 모두가 당신 손에 잡혀 있으니 그 무기를 사용할 사람도 없는데 말입니다."

"좋은 질문이지만 한 가지 자네에게 해주지 않은 말이 있네."

오메가 대신 최민의 등 뒤에서 이토가 대답했다.

"만약 내가 정말 그 무기만 숨겼다면 벌써 나는 물론 자네와 비비안도 지금쯤 살해당했을 거네. 저놈은 사람 목숨을 파리처럼 생각하는 녀석이니 우리 목숨을 빼앗는 것쯤에는 전혀 양심의 가책을 느끼지 않을 거야. 저 괴물이 우리를 죽이지 않은 것은 내가 무기와 더불어 다른 한 가지도 같이 숨겼기 때문이지."

최민이 질문했다.

"그게 뭐죠?"

이토는 킥킥대고 웃으며 대답했다.

"내가 엄청난 돈과 노력을 들여서 구입한 것이지. 국제 암시장에서도 쉽게 구할 수가 없어서 얼마 전에 간신히 구입한 것이네. 그게 뭔지 아나?"

그는 자랑스럽게 말을 이었다.

"바로 소형 중성자폭탄이지. 바로 저런 괴물 같은 놈들을 대량으로 죽이는 데 최적화된 무기지. 저 괴물들이 이곳 동굴 어디에 숨던 간에 중성자 폭탄이 터지면 강력한 중성자가 동굴 벽을 뚫고 괴물 놈들의 DNA를 파괴해 버리지. 아마도 저 오메가란 놈 같이 말도 안 되는 몸을 가진 녀석을 제외한 다른 괴물 놈들은 견디기 힘들 거야."

오메가는 이토를 냉혹하게 노려보았다.

"정말 시끄러운 늙은이로군!"

그가 말을 마치자마자 그의 몸이 갑자기 쭉 늘어나는 것처럼 보였다. 그리고 어느새 그의 몸이 이토 바로 옆으로 이동해 있었다.

"으윽!"

낮은 신음이 들렸다. 최민이 고개를 뒤로 돌려 자세히 보니 오메가의 매끈한 오른팔과 손목 부위에서 굵은 가시 같은 것이 튀어나와 있었다. 그 가시는 길이가 꽤 길었는데 뾰족한 끝이 이토의 왼쪽 어깨를 관통해 있었다. 이토의 어깨 뒤로 삐져나온 가시에서 피가 뚝뚝 떨어지고 있었다. 오메가는 웃으면서 말했다.

"어때, 이토? 이제 좀 조용히 할 생각이 드나?"

그는 말을 하면서 천천히 오른팔을 공중으로 치켜들었다. 그와 동시에 어깨를 관통당한 이토의 몸도 같이 공중으로 들려졌다. 오메가는 어깨의 빗장뼈 바로 밑을 관통한 가시를 이리저리 비틀었다. 그것은 이토에게 말로 형연키 어려운 고통을 주고 있었다.

"아악! 이 잔인한 놈. 어서 나를 죽여라!"

그러나 오메가는 이토는 무시한 채 최민을 향해 고개를 돌리고 부드러운 말투로 말했다.

"최 박사님, 저 미친 늙은이의 말을 들을 필요는 없습니다. 아까 제가 말씀드린 것은 지금도 유효합니다. 제게 그것이 어디 숨겨져 있는지 말씀해 주세요. 이제 사랑하는 사람이 생겼는데 같이 시간을 보내기도 전에 죽는 것은 억울하지 않나요? 물론 거절하셔도 상관없습니다. 어차피 그까짓 거 찾지 못해도 우리는 당신들을 전부 죽인 다음 이곳을 나가면 그만이니까 말이죠. 구조대가 동굴 입구를 뚫을 때까지 시간이 좀 걸리겠죠? 그 사이에 천천히 즐길 시간이 많겠군요."

최민은 잔인한 말을 아무렇지도 않게 내뱉고 있는 오메가의 아름다운 얼굴을 멍청하게 쳐다보았다.

"도대체 당신의 정체는 무엇입니까?"

이때 비명을 지르고 있던 이토가 오메가 대신 대답했다.

"아직도 그것을 눈치 채지 못했단 말인가? 잘 생각해 보게. 주위를 잘 둘러보고."

최민은 그의 말에 잠시 기억을 되돌려 보았다. 그리고 오메가의 얼굴을 방금 전 어디선가 본 듯하다는 것을 생각해 냈다.

"내가 어디서 오메가의 얼굴을 보았던 것이지?"

최민은 본능적으로 연회장을 둘러보았다. 그들이 앉아 있는 기다란 테이블 주위의 벽은 많은 벽화와 장식으로 꾸며져 있었다. 최민의 정면, 연회장 출입구 바로 위에 거대한 깃발 두 개가 교차되어 걸려 있었다. 바로 나치 깃발과 일본의 욱일승천기였다. 그리고 그 깃발들 바로 밑에는 커다란 액자 둘이 걸려 있고 그 안에는 두 명의 사진이 들어 있었다. 그 사진들은 매우 오래되었는지 빛이 바래 있었다. 하지만 아직도 크게 손상된 곳이 없어 사진 속 남자들의 얼굴이 비교적 선명하게 보였다. 사진 속에는 동양인 한 명과 서양인 한 명의 상반신 사진이 들어 있었다.

최민은 그중 백인 남자의 사진을 쳐다보았다. 사진 속의 백인 남자는 나치 독일의 장교 복장을 하고 있었는데, 군복에 온통 훈장을 주렁주렁 매달고 있었고 눈부신 금발에 대단한 미남이었다. 최민은 그 백인 남자를 자세히 살펴보다가 깜짝 놀라 고개를 돌려 오메가를 돌아보았다. 그리고 그제야 깨달았는지 눈이 갑자기 커졌다. 사진 속의 남자와 오메가는 놀랍도록 닮아 있었다. 오메가가 더 아름답기는 했지만 사진 속의 남자가 10년 정도만 젊어지면 바로 오메가의 얼굴과 거의 일치할 것 같았다.

이토가 신음을 내며 이를 악물로 말했다.

"이제야 깨달았나 보군. 그렇다네. 저 사진 속의 남자가 바로 여기 서 있는 오메가란 녀석이야. 저자가 괴물이 되기 전, 사람일

170

때의 원래 이름은 바로 요세프 멩겔레*, 일명 죽음의 천사라 불리
던 자라네!"

---

* 요세프 멩겔레(Josef Mengele, 1911. 3. 16~1979. 2. 7): 나치 친위대(SS) 장교이자 아우슈비츠-
비르케나우(Auschwitz-Birkenau) 나치 강제 수용소의 내과의사였다. 그는 수용소로 실려 온
수감자들 중 누구를 죽이고 누구를 강제노역에 동원할지를 결정하였으며 수용소 내에서 수
감자들을 대상으로 생체실험을 하였던 것으로도 악명이 높다. 그러한 그의 별명은 죽음의 천
사(Angel of Death)로 알려져 있다.

죽음의 천사

오메가는 이토의 말에 긍정도 부정도 하지 않고 입가에 미소를 띠운 채로 서 있었다. 최민은 너무나도 놀라운 사실에 충격을 받고 아무런 소리도 내지 못하고 있었다.

정면에 앉아 있던 제프가 최민을 보며 질문했다.

"저자의 이름이 요세프…… 멩…… 뭐라는 거요? 그가 어떤 사람이기에 놀라시는 겁니까?"

최민이 침울한 목소리로 대답했다.

"2차 세계대전 때 히틀러가 이끌던 나치 독일이 유태인 수백만 명을 수용소에 집단 감금하고 살해한 것은 아십니까?"

"물론 압니다만. 미친놈들이죠."

제프의 말에 최민이 계속해서 설명했다.

"그 당시 히틀러는 우생학에 심취해 있었어요. 그는 우수한 인간의 종을 더 번창시키고 열등한 인간은 박멸해야 한다고 생각했지요. 그리고 그 우수한 인간들이 세계를 정복하고 다스려야 한다고 생각했어요.

우스운 것은 많은 학자들이 이 우생학이라는 터무니없는 학문을 뒷받침할 연구결과를 발표했던 것이죠. 예를 들어 어떤 영국 학자는 아리안 인종 즉, 독일인의 뇌의 크기가 다른 종족보다 크기 때문에 더 우수하다고 주장했죠. 이런 정신병자적인 이론을 숭배한 대표적인 사람이 히틀러인데 그는 유태인 종족은 인류 발전에 해악이 되므로 아예 말살시켜 버려야 한다고 믿었습니다. 그래서 그는 아우슈비츠 수용소 등으로 유태인들을 강제격리 시킨 후에 가스를 이용해 집단 살해하고 그 시신을 불태워 버렸어요. 히틀러의 그러한 인종 말살을 실질적으로 총지휘한 자가 요세프 멩겔레라는 자입니다."

그는 잠시 말을 멈추고 오메가를 쳐다보았다.

"그는 수백만 명의 유태인을 죽음으로 몰고 간 당사자이고 유태인을 생체실험의 도구로 사용하기도 하였죠. 그 때문에 그는 '죽음의 천사'라는 별명으로 불렸습니다. 바로 저 앞에 서 있는 자가 과거에 요세프 멩겔레라고 불렸던 바로 그입니다."

제프는 최민의 말에 경악을 금치 못한 듯이 입을 조금 벌리고 오메가를 멍하니 쳐다보았다. 오메가는 최민의 말에 싱긋 미소를 지었다.

"그래. 내가 한때 그런 이름으로 불렸던 것도 같군. 아직도 미개한 인간의 탈을 쓰고 있을 때 말이야. 하지만 지금의 나는 인간을 초월한 존재. 어떤 인간의 이름도 나에겐 어울리지 않지."

그는 말을 마치고 아직도 이토의 어깨를 관통하고 있던 오른팔을 천천해 내렸다. 이토의 입에서 다시 비명이 터져 나왔으나 그는 마치 어린아이가 벌레를 가지고 장난치듯이 오른팔의 가시를 이토의 왼쪽 어깨에서 빼더니 이번에는 이토의 얼굴에 대고 좌우로 그어댔다. 이토의 얼굴이 순식간에 피로 뒤덮였다. 그는 고통에 비명을 질렀으나 오메가는 멈출 생각이 없어 보였다.

"당장 멈춰! 이 잔인한 놈 같으니!"

어디선가 터져 나온 호통에 오메가가 고개를 돌렸다. 제프가 의자에 묶인 채로 오메가를 노려보고 있었다.

"재미있군. 이자는 네 형을 죽인 자라는 걸 잊었나 보군. 내가 이토를 이렇게 다루는 것을 너는 고마워해야 하지 않을까?"

제프가 몸을 뒤틀면서 소리쳤다.

"난 너 같은 괴물이 아니야. 이토가 내 형을 살해했다고 해서 너처럼 사람을 잔인하게 고문하는 것까지 동의할 수는 없어!"

오메가가 제프를 보면서 웃었다.

"참으로 오래간만에 들어보는 정의감이 가득한 목소리로군. 저 의지가 얼마나 오래갈지 무척 궁금한걸?"

그는 이제 재미가 없어졌다는 듯, 피투성이가 된 이토를 내버려둔 채 자리에서 천천히 일어났다. 그는 연회석의 상석으로 되돌아가서 자신의 자리에 앉았다.

"이렇게 즐거운 파티에 볼거리가 없으면 말이 되지 않죠. 손님들에게 실례가 되지 않도록 지금부터 여흥을 한번 즐겨 볼까요?"

'짝짝!'

그는 말을 마치고 양손을 들어 손뼉을 크게 두 번 쳤다.

그 소리가 홀에 울려 퍼짐과 동시에 어디선가 '우웅' 하는 기계음이 나기 시작했다. 최민은 등 뒤쪽에서 소리가 나자 고개를 돌려 소리가 나는 곳을 쳐다보았다. 그의 등 뒤에는 좌우로 길게 뻗은 벽이 있었는데 그 벽은 우아한 무늬가 새겨진 커튼으로 장식되어 있었다. 그런데 그 커튼이 좌우로 서서히 열리고 있었다.

잠시 후 커튼이 완전히 열리자 그 뒤쪽의 벽이 드러났다. 그곳에는 높이가 사람의 키 정도 되고 좌우로 수십 미터는 되어 보이는 커다란 유리벽이 달려 있었다. 유리벽 밖은 어두워서 아무것도 보이지 않았다.

오메가가 다시 '짝' 하고 손뼉을 쳤다. 그러자 멀리서 '쿵쿵' 하는 기계음이 들려 왔다. 그리고 갑자기 유리벽 바깥쪽이 환하게 밝아졌다. 그와 동시에 유리벽 건너편의 광경이 눈에 들어왔다.

"아아……"

비비안이 나직한 신음을 흘렸다. 최민은 유리벽을 통해 보이는 광경을 보고 자신도 모르게 식은땀을 흘리고 있었다.

유리벽 바깥은 거대한 계곡이었다. 크기가 얼마나 되는지 짐작도 되지 않았다. 좌우로 높은 절벽이 솟아 있었고 그 절벽 꼭대기에 조명장치가 되어 있는지 계곡이 환하게 보였다. 좌우의 벽은 여러 개의 층으로 구분되어 있었는데 각 층마다 커다란 유리관들과 철제 장비가 복잡하게 설치되어 있었다.

그러나 최민이 보고 경악한 것은 그러한 장치가 아니었다. 계곡 중앙은 거대한 공터인데 그곳에 '괴물'들이 빼곡히 들어차 있었기 때문이었다.

언뜻 보기에 적어도 수백 마리는 되어 보였다. 크기와 생김새가 각양각색이었는데, 작은 놈은 사람의 키만 한 것들부터 몇몇은 크기가 거의 7미터는 되어 보이는 거대한 놈들까지 있었다. 이들 괴물들의 머리 부분은 전부 사람의 형상 비슷했는데 일부 괴물의 경우 머리통이 두세 개씩 붙어 있는 경우도 있었다. 이 괴물들은 거대한 계곡 중앙에서 어슬렁거리고 있었다.

"초인 군단을 여러분께 소개합니다!"

오메가가 외쳤다. 그와 동시에 테이블 사방에서 박수소리가 울려 퍼졌다. 최민의 맞은편에 앉은 펄슨과 메이슨도 열렬히 박수를 치고 있었다.

"저들이야말로 새로운 초인 제국을 건설할 주역이 될 것입니다. 새로운 세계를 창조하기 전에 기존의 인간 세상의 질서를 파괴할 파괴자이지요."

오메가의 말에 이어 펄슨이 자부심에 찬 목소리로 말했다.

"저 초인 군단은 우리 뉴로 엔터테인먼트 사의 총력을 기울인 작품이지. 로봇 따위와는 차원이 다른 생체병기. 웬만한 무기로는 상처도 낼 수 없고 상처가 나도 곧 스스로 치유하지. 먹지도, 자지도 않고 한 달을 움직일 수 있네. 두려움도 없고 주저함도 없어. 거기다가 매우 영리해서 로봇과는 다르게 상황에 따라 최선의 대응을 할 수 있지. 아마도 저 군단이 지금 밖으로 나간다면 어느 누구도 대적하지 못할 걸세."

펄슨의 말에 최민은 온몸에 소름이 돋는 것을 느꼈다. 그가 겪

어본 괴물은 사람이 상대할 수 있는 존재가 아니었다. 필립이 이끄는 최정예 요원들도 대항 한 번 제대로 못해보고 순식간에 전멸하지 않았던가? 생각이 필립에 미치자 그는 펄슨을 보고 물었다.

"필립은? 당신의 명령에 따라서 이곳에 들어왔다가 저 괴물들에게 죽었어요. 왜 그들을 죽음으로 내몬 것입니까? 그들은 충실하게 당신의 말을 따랐을 뿐인데."

펄슨은 최민을 보고 냉혹하게 웃었다.

"필립은 참으로 좋은 부하였네. 나에게 고용된 이후로 내가 맡긴 임무를 한 번도 실패한 적이 없었지. 나도 그를 참 좋아했네. 하지만 한 가지 문제가 있었지."

그는 말을 이었다.

"필립은 너무 욕심이 많았어. 내가 시킨 비밀스런 임무들을 수행하다 보니 밖에선 알아서는 안 되는 일들을 너무 많이 알게 되었지. 그런데 그 친구, 은근히 돈을 좋아해서 말이야. 나한테 와서 자신에게 돈을 더 주지 않으면 그만두고 나가서 세상에 내 비밀을 떠벌릴 것이라고 협박하더군. 그래서 내가 대답했지. 이번 임무만 완료하면 그가 원하는 대로 해 주겠다고. 물론 그 임무란 것이 자신의 목숨을 내놓아야 하는 것인지는 몰랐겠지. 그렇지 않아도 그 녀석이 내 비밀을 너무 많이 알고 있는 것이 마음에 걸렸는데 스스로 무덤을 팠지 뭔가. 하하하."

비비안은 펄슨을 보면서 몸을 떨었다. 그가 알던 펄슨은 냉정하기는 했어도 측근의 사람들을 배려할 줄 아는 사람이었다. 그래서 그녀는 그의 실체가 이런 사람인 것은 전혀 짐작도 하지 못했었다.

오메가가 펄슨을 쳐다보며 말했다.

"그대는 지금까지 잘해 주었다. 그대의 공은 절대 잊지 않겠다. 나는 공정하다. 나에게 충성을 바치는 자는 사랑으로 보답할 것이며 나에게 반항하는 자는 죽음으로 다스릴 것이다."

펄슨이 오메가에게 깊이 허리를 숙여 보였다.

"저는 그저 오메가님께 충성을 다할 뿐입니다."

오메가가 만족한 듯이 웃으며 말했다.

"너는 나의 오른팔이다. 앞으로 새로운 제국이 열릴 때 내 옆에서 영생을 누리면서 세상을 같이 다스릴 권능을 주겠노라. 그대는 영원히 죽지 않으면서 지구상의 모든 자들을 다스리고 심판할 수 있을 것이다."

펄슨은 감격에 겨운 듯 몸을 떨었다. 이때 오메가가 최민 일행을 보며 말했다.

"이제 파티를 계속해야겠죠? 여흥을 즐기려면 상대가 있어야 하는 법이죠. 우리 귀여운 아가들과 놀아줄 사람이 필요한데……"

그는 말을 멈추고 일행을 한 명씩 돌아보았다. 모두 극도로 긴장하여 숨을 죽이고 오메가의 시선을 피했다. 오메가는 웃음을 띠며 최민과 비비안, 그리고 제프를 번갈아 쳐다보았다. 그리고 그는 시선을 한 사람에게 고정했다.

"흠. 당신이 딱 좋겠어요. 딱 좋아."

그가 쳐다보는 곳에는 제프가 오메가를 노려보고 있었다. 오메가는 제프를 보면서 말했다.

"아까 내가 말했죠? 좋은 질문에 대한 상을 주겠다고. 지금 상을 주도록 하지요."

그러고는 손가락을 까딱댔다. 그의 신호에 맞추어 갑자기 연회장 문을 열고 몇몇 사람들이 들어왔다. 그들은 모두 유니폼을 입고 있었는데 짙은 곤색의 상하의에 가죽 부츠를 신고 있었다. 이들은 들어와서 제프의 양팔을 붙잡았다. 그리고 그를 부축해 일으켰다.

제프는 여기저기 상처가 나 있었지만 부상이 그리 심각한 것 같지는 않았다. 그는 자리에서 일어서서 오메가를 잠시 노려보았다. 그러나 곧 유니폼을 입은 남자들이 그를 떠밀었다. 그는 손이 묶인 채로 남자들에 이끌려 나갔다. 그들은 제프를 커튼이 젖혀진 유리벽 앞으로 데리고 갔다. 한 남자가 벽의 버튼을 누르자 유리벽 일부가 문처럼 열렸다.

"자네에게 큰 상을 주도록 하지. 저 계곡을 잘 쳐다보게. 건너편에 문이 보이나?"

오메가가 말했다.

연회장에 남아있던 사람들이 유리벽 너머 계곡을 살펴보았다. 최민이 자세히 보니 괴물들이 득실대는 중앙 광장 건너편에 있는 절벽 아래에 작은 문 같은 것이 보이는 것 같았다.

"저 문으로 나가면 이곳 연구소를 빠져나갈 수 있다. 네가 저 광장을 무사히 통과해서 문까지 도착하면 네가 살아나갈 수 있다는 것이지."

제프는 아무 말도 하지 않고 오메가를 계속 노려보고 있었다.

"네가 나의 초인 전사들과 그냥 싸우면 무척 불공정하다고 생각하겠지? 그래서 너를 도와주기로 했다."

그와 동시에 유니폼 입은 남자 한 명이 벽에 있는 어떤 장치를 조작했다. 그러자 환히 빛나는 광장 사방의 바닥 곳곳이 열리더니 무엇인가가 올라오기 시작했다. 바닥에서 올라온 것은 직경이 1m 정도 되어 보이고 높이가 1.5m 정도 되어 보이는 원형의 통이었다. 이러한 원형 통 약 십여 개가 광장 곳곳에서 솟아올랐다. 이윽고 통은 움직임을 멈췄다. 잠시의 정적 이후 통의 전면부가 세로로 갈라지더니 마치 옷장 문이 열리듯이 좌우로 활짝 열렸다. 열려진 원통들 안에는 공간이 있었는데 그곳에는 온갖 종류의 무기들이 있었다. 권총, 소총, 기관총 등의 개인 화기와 수류탄, 로켓포 같은 무기들도 보였고 칼과 창 같은 오래된 무기들도 있었다.

"자, 어떤가? 너는 저 무기들을 자유롭게 사용해서 초인들과 싸울 수 있다. 네가 무사히 광장을 통과하여 저 문까지 다다르면 더 이상 너를 쫓지 않겠다. 너는 이곳을 네 스스로 걸어서 나갈 수 있다."

제프는 오메가의 말을 들으며 마음을 진정시키고 있었다. 그는 아까 실험실에서 괴물들과 싸워본 경험이 있었다. 오메가가 나타나서 괴물들을 멈추지 않았다면 그는 틀림없이 이미 갈가리 찢겨 죽었을 것이었다. 괴물들을 절대 이길 수 없다는 생각이 들었으나 이대로 포기할 수는 없었다. 무엇보다 그는 오랜 기간 FBI에서 혹독한 훈련을 거친 정예요원이었고 제대로 된 무기만 손에 잡으면 어느 누구와도 싸워볼 자신이 있었다. 어쩌면 운이 좋아 저 문을 통과해서 탈출할 수 있을지도 몰랐다.

그는 오메가가 거짓말을 하고 있을지도 모른다는 생각을 했으나 선택의 여지가 없었다. 더구나 오랜 경험으로 오메가와 같이 자신에 대한 절대적인 자신감이 있는 자들은 굳이 이런 일에서까지 거짓말을 해서 자신의 권위를 떨어뜨리는 것을 원하지 않는다는 것을 알고 있었다.

"고맙군. 기꺼이 저 괴물들을 상대해 주도록 하지."

그는 주저 없이 오메가에게 말했다.

오메가가 큰소리로 웃었다.

"무척 기대되는군. 자네 정도면 열등한 인간 중에서도 그나마 우수한 편에 속하는 것이겠지. 무사히 살아나가기를 바라네!"

그가 고개를 끄덕였다. 그와 동시에 유니폼 남자들이 제프의 손을 묶고 있던 줄을 풀고 그를 문 밖으로 밀었다. 제프는 유리벽 밖의 공터로 밀려 나갔다. 그와 동시에 남자들이 유리문을 닫았다.

제프는 공터에 섰다. 좌우의 절벽이 높다랗게 솟아 있었고 머리 위의 높은 곳에는 동굴의 천장이 희미하게 보이고 있었다. 절벽 위에 설치된 조명으로 광장은 눈이 부실 정도로 환했다. 그는 조심스럽게 사방을 살펴보았다. 경험에 의해서 그는 이런 위기일수록 침착해야 한다는 것을 알고 있었다. 대부분의 사람들은 갑자기 닥친 사고나 사건에 제대로 대응하지 못하고 허둥대다가 허무하게 죽어가곤 했다. 서두르지 않는 침착한 정신이야말로 생존의 확률을 높여 주는 것이었다.

그는 움직이기 전에 몸의 자세를 낮추고 모든 전술의 기초인 정찰을 먼저 시작했다. 사방의 지형과 무기들이 놓여 있는 위치를 눈으로 재빨리 파악했다. 그리고 그 다음 괴물들의 움직임을 주시했다.

괴물들은 광장에 들어온 제프에게 관심이 없는 듯이 보였다. 제프에게 전혀 눈길을 주지 않고 광장을 어슬렁대며 천천히 걷고 있었다. 지형을 살펴보니 광장의 좌측 부분은 약간의 구릉지가 있을 뿐 비교적 평탄한 지역이었고, 우측 부분은 종유석 등이 많이 솟아나 있어 약간 험난한 지형이었다. 괴물들은 평탄한 좌측이 아닌 우측에 더 많이 몰려 있었다. 그리고 괴물들 중에 눈에 띄게 덩치가 거대한 놈들이 몇 있었는데 그놈들은 광장에 넓게 분포되어 있었다.

그는 잠시 생각에 잠겼다. 그가 우측으로 달린다면 몸을 숨길 곳은 많겠지만 더 많은 괴물들을 상대해야만 했다. 더구나 지형이 비교적 험난하므로 광장을 가로지르는 시간이 좀 걸릴 것 같았다. 그에 반해서 좌측은 평탄한 지형이어서 몸을 숨길 곳이 거의 없었다. 하지만 괴물들의 숫자가 오른쪽에 비해 매우 적은 편이므로 중간에 멈춰서 싸우지 않고 계속 달린다면 어쩌면 많은 괴물을 상대하지 않고도 빠르게 광장을 통과할 수 있을 것 같았다.

그는 결정을 마치고 몸을 일으켰다. 그리고 주저하지 않고 넓게 펼쳐진 광장 좌측으로 뛰기 시작했다.

"오메가님 예상대로군요. 역시 왼쪽을 선택했어요!"

연회장 내에서 와인을 마시면서 유리벽 밖을 구경하고 있던 메이슨이 펄슨을 보면서 말했다.

"인간의 판단이란 것은 언제나 예측 가능하지."

오메가는 펄슨과 메이슨을 보면서 짧게 말했다. 그는 이러한 놀이가 무척 재미있는 듯이 입가에 미소를 띠고 다시 고개를 돌려 제프를 지켜보고 있었다.

"얼마나 버틸 수 있을까요?"

메이슨이 펄슨에게 물었다.

"보통 사람이라면 1분도 못 버티겠지만 그래도 FBI가 자랑하는 요원이니만큼 3분은 버티지 않을까?"

펄슨의 말에 메이슨이 웃었다.

"3분을 못 넘긴다에 1달러 걸죠."

메이슨과 펄슨이 서로를 쳐다보며 웃었다.

제프는 매우 빠른 속도로 달렸다. 그리고 첫 번째 원통에 도착했다. 원통 안에는 자동 소총 한 자루와 탄창이 들어 있었다. 그는 총을 꺼내 들고 재빠른 솜씨로 탄창을 총에 장착했다.

그가 총을 꺼내고 다시 앞으로 전진하려는 순간 그의 앞에 그림자가 나타났다. 어느새 나타났는지 괴물 한 마리가 제프에게로 다가오고 있었다. 덩치가 사람보다 조금 더 큰 괴물인데 특이하게도 네 발로 걷고 있었다. 네 발에는 각각 발가락이 세 개씩 달려 있었고, 고양이과 동물처럼 무릎의 관절이 뒤로 꺾여 있었다. 그리고 발가락 끝에는 날카로운 발톱이 달려 있었다. 몸통에 달린 머리는 사람의 머리 같은 형상을 하고 있었지만 얼굴을 가리는 금속 헬멧 같은 것을 쓰고 있어서 어떻게 생겼는지 알아볼 수는 없었다.

괴물은 제프의 눈앞까지 다가오더니 몸을 땅에 움츠렸다. 제프도 움직임을 멈추고 손에 든 총을 양손으로 꽉 잡고 괴물을 노려보았다.

갑자기 괴물이 엄청난 속도로 허공으로 뛰어 올랐다. 그리고 양 앞발을 사용해서 제프를 공격했다. 거의 30cm는 되어 보이는 기다란 발톱이 튀어나와 허공을 갈랐다. 제프는 본능적으로 몸을 땅에 던졌다. 그리고 몇 바퀴 땅에서 굴러 괴물의 일격을 피해냈다. 대단히 빠른 반사 신경이었다.

"오! 저 친구 대단하군. 생각보다 몸이 빠른데!"

오메가가 감탄 어린 탄성을 내뱉었다.

"그래도 얼마 버티지 못할 겁니다."

펄슨이 말했다.

"과연 그럴까? 내가 보기에 생각보다는 오래 갈 것 같은데."

오메가가 흥분한 목소리로 말했다.

제프는 괴물의 공격을 피한 후에 몸을 일으키고 총을 괴물을 향해 겨누었다. 그러나 괴물의 움직임이 빨라 정확히 조준을 할 수 없었다. 순간적으로 괴물을 시야에서 놓친 그는 섬뜩한 느낌에 본능적으로 몸을 앞으로 던졌다. 그와 동시에 어느새 그의 뒤로 다가온 괴물이 그가 있던 곳에 나타나 발톱을 휘둘렀다. 제프는 재빨리 몸을 돌려 그대로 방아쇠를 당겼다.

'타타탕 타타탕' 총소리가 울려 퍼지면서 허공에 핏물이 튀어 올랐다. 괴물의 몸에 총알이 명중한 것 같았다. 제프는 그러나 몸

184

을 멈추지 않고 본능적으로 앞으로 뛰어 나갔다. 그리고 상반신을 돌려 자신이 있던 곳을 쳐다보았다. 아니나 다를까 괴물이 제프가 있던 곳에 발톱을 박고 있었다. 그곳에 그대로 있었다면 제프는 이미 이 세상 사람이 아니었을 것이다.

괴물이 발톱이 바위에 박혀 몸을 쉽게 움직이지 못하는 틈을 타서 제프가 괴물에게 총을 조준하고 빠르게 방아쇠를 당겼다. 괴물은 몸을 이리저리 돌리며 총알을 피하려 했지만 곧 온몸에 총알이 박혀 버리고 말았다. '털썩' 하는 소리와 함께 괴물의 몸이 땅으로 엎어졌다. 제프는 괴물의 생사를 확인하지도 않고 앞으로 달려갔다.

"역시 초기에 만든 것들은 성능이 많이 떨어지는군. 죽지는 않았지만 인간 하나 못 해치우고 총알에 맞아 움직이지도 못하느냔 말이야."

오메가의 말에 펄슨이 대답했다.

"오메가님의 말씀이 맞습니다. 저 케르베로스들은 초기 제작품이라 뇌와 몸통의 신경이 완벽하게 연결되어 있지 않습니다. 몸의 움직임은 빠르지만 순간 대응이 느려서 개선이 필요합니다. 물론 저 자체로도 충분히 군단의 정찰이나 전위 역할은 할 수 있겠지만요."

최민은 자신도 모르게 비비안을 돌아보았다.

"케르베로스라고? 그리스 신화에 나오는 지옥의 개 이름이 아닌가?"

그의 중얼거림을 들었는지 바닥에 쓰러져 있던 이토가 대답했다.

"그렇다네. 저 미친놈들은 자신들이 만든 괴물에다가 어울리지도 않게 그리스 신화에 나오는 신들이나 영웅 혹은 괴물들의 이름을 붙였다네. 케르베로스라 이름 지어진 저 괴물 종은 숫자가 아마도 백여 개는 될 거야."

이때 제프는 두 번째 원통에 다다르고 있었다. 그곳에는 사각형으로 생긴 방패가 들어 있었다. 그는 재빨리 방패를 꺼내어 들고 앞으로 뛰어갔다. 그의 전면에는 작은 구릉 같은 것이 있었고 그 위에 괴물 두세 마리가 어슬렁대고 있었다. 그중 두 놈은 덩치가 무척 커서 키가 거의 5m 정도는 되어 보였다. 온몸에 털이 부숭부숭 나 있고 기다란 양팔 끝에 엄청나게 커다란 손이 달려 있다. 이놈들은 제프가 실험실에서 마주친 놈들과 비슷하게 생겼는데 덩치는 더 컸다. 역시 이 괴물들도 머리 부위는 금속 헬멧으로 덮여 있었다.

"이번엔 헤라클레스와의 대결이군. 재미있겠는데."

오메가가 말했다.

헤라클레스라고 불린 괴물 두 마리는 다가오는 제프를 보면서도 아무런 동작도 취하지 않았다. 제프는 다른 곳보다 이곳에 있는 괴물들의 수가 적은 것을 확인하고 두 괴물의 사이로 뛰면서 총을 괴물의 머리를 향해 겨누었다.

'타타타타탕, 타타탕.'

제프는 가지고 있는 총알을 다 퍼부으려는 것처럼 총을 난사했다. 오른쪽 괴물의 머리 부분에서 불꽃이 튀었다. 괴물은 마치 눈앞에 윙윙대는 파리를 쫓으려는 것처럼 손으로 머리 앞을 휘

186

저었다.

오른쪽 괴물이 멈칫하는 사이에 제프는 이미 두 괴물 사이를 지나고 있었다. 사력을 다한 그의 몸놀림이 무척 빨라 보였다. 왼쪽의 괴물이 제프를 향해서 팔을 휘둘렀다. 엄청나게 긴 괴물의 팔이 다가오자 제프가 재빨리 허리를 숙였다. 괴물의 팔은 그의 머리 위를 스치고 지나갔다. 제프가 안도하는 사이에 또다시 바람을 가르는 소리가 들렸다. 거의 그의 몸통만 한 커다란 손바닥이 그를 향해 덮쳐오고 있었다. 괴물이 다른 팔로 그를 공격해온 것이었다. 그는 피할 수 없음을 느끼고 왼손에 든 방패를 들어 다가오는 손을 막았다.

'꽝' 하는 소리와 함께 제프의 몸이 땅바닥에 나뒹굴었다. 방패는 이미 그의 왼팔을 떠나 멀리 날아간 후였다. 제프는 땅에서 몸을 일으키려고 왼팔을 땅에 짚었으나 금세 '으윽' 하는 신음을 흘리고 말았다.

괴물의 일격을 막아내면서 왼팔이 완전히 부러진 것 같았다. 그는 이를 악물고 고통을 참았다. 그가 뒤를 돌아보자 괴물 두 마리가 그를 쳐다보면서 서 있는 것이 보였다. 웬일인지 그들은 제프를 더 이상 추적하지 않고 있었다.

제프가 고개를 돌려 정면을 쳐다보았다. 낮은 구릉의 정상이 앞에 보였다. 그는 사력을 다해 구릉을 기어 올라가기 시작했다. 종유석과 키 작은 나무들을 헤치며 제프는 낮은 구릉의 정상에 도달했다.

정상에는 작은 바위가 있었는데 그 바위 위에는 무엇인가가 걸

터앉아 있었다. 대단히 무서운 뭔가를 예상하고 긴장하면서 바위 위를 주시하던 제프는 자신의 예상과는 완전히 다른 것을 보고 순간 당황하고 말았다.

그것은 괴물이라고 불러야 할지 의아스러운 모습이었다. 바위 위에서 제프를 내려다보고 있는 것은 거의 완벽한 사람의 모습을 한, 그것도 그냥 사람이 아닌 절세미인의 모습이었다. 키가 2m 정도 되어 보이는 그녀는 다른 괴물들과는 다르게 하늘대는 망사 옷을 입고 있었는데 완만한 어깨 밑에 적당히 풍만한 가슴과 잘 록한 허리, 그리고 쭉 뻗은 미끈한 두 다리 등 멋진 몸매가 옷 사 이로 드러나 보였다. 그리고 그 몸매는 충격적일 만큼 매력적이 었다. 제프가 자신이 처한 상황을 잠시 잊고 멍하게 쳐다볼 정도 였다.

그 괴물, 혹은 그녀는 고개를 숙이고 있었는데 제프가 다가오자 고개를 들었다. 그녀의 얼굴을 쳐다보고 제프는 다시금 충격에 빠졌다. 그녀의 얼굴은 말로 형용할 수 없을 정도로 아름다웠다. 눈부신 금발을 어깨 좌우로 흘리고 푸른색으로 영롱하게 빛나는 눈과 오똑한 코, 그리고 윤기가 흐르는 입술이 완벽한 조화를 이 루고 있었고, 눈부시게 하얀 피부가 빛을 받아 마치 오오라를 뿌 리듯이 빛나고 있었다. 요사스럽게 아름다운 것이 아니라 마치 천사를 보는 듯한 모습이었다.

제프가 넋을 잃고 자신을 쳐다보자 그녀는 제프를 보고 웃었다. 그 웃음 또한 너무나 아름다워서 그는 멍하게 그녀의 얼굴만을 바라보고 있었다. 이상하게도 지금까지 제프를 공격하던 다른 괴물들은 멀리서 그들을 바라볼 뿐 더 이상 다가오지 않았다.

"어서 오세요. 이곳은 안전하답니다."

그녀가 제프에게 손짓을 하며 말했다. 제프는 무슨 마력에 빠진 것처럼 자신도 모르게 천천히 앞으로 걸어 그녀에게로 다가갔다. 몇 걸음을 걷다가 돌부리에 발이 걸려 비틀대었다. 이미 부러진 왼팔이 그 충격으로 흔들리며 엄청난 고통이 제프의 뇌에 전달되었다. 그 순간 제프는 정신을 차렸다.

'내가 왜 이러는 거지. 정신 차려, 제프!'

그는 속으로 자신을 책망하면서 손에 든 총을 그나마 멀쩡한 오른손으로 들어 정면의 미녀를 겨냥했다.

"뭐 하시는 거죠? 그 무서운 총으로 저를 쏘려는 건가요? 제발 그러지 마세요. 전 당신에게 아무런 해를 끼치지 않아요. 마음을 놓고 제게로 오세요. 무척 힘드시지 않나요? 여기 제 옆에 앉아서 편히 쉬세요. 제 손길로 어루만져 드릴게요."

그녀는 제프에게 살며시 미소를 지으며 말했다. 그녀가 말을 이어감에 따라 그녀의 눈빛이 푸른색에서 점차 짙은 검은색으로 천천히 변해가고 있었다.

잠시 정신을 차렸던 제프의 눈이 갑자기 초점을 잃었다. 그리고 마치 몽유병 환자처럼 흐느적대면서 천천히 바위 위의 금발 미녀에게 다가갔다. 그가 다가오자 그녀의 웃음이 짙어졌다. 그녀는 다가오는 제프에게 손을 내밀었다. 제프는 그녀의 앞에 서서 멍하게 그녀의 눈을 바라보고 있었다. 그가 들고 있던 총은 이미 땅에 떨어뜨린 지 오래였다.

그는 그녀가 양손을 내밀자 자신도 두 손을 내밀어 그녀의 손을 잡았다. 부러진 왼팔의 고통도 느끼지 못하는 것 같았다. 그리고 무척 기분이 좋아졌는지 얼굴에 미소를 띠었다.

"잘 왔어요. 이제 여기서 편히 쉴 시간이에요."

그녀가 계속 웃으며 말했다.

그녀가 말하는 동안 제프는 두 손을 그녀에게 잡힌 채로 계속 멍하게 서 있었다. 그런 그의 두 손은 점점 검은색으로 변하고 있었다. 검은 기운은 양손에서 시작해서 천천히 팔을 타고 올라왔다. 그리고 가슴, 목을 거쳐서 마침내 제프의 얼굴까지 천천히 검은색으로 물들이기 시작했다. 그러는 동안에도 그의 몸은 마치 동상이 된 것처럼 움직이지 않고 꼿꼿이 서 있었다.

제프의 얼굴이 시커멓게 변한 것을 본 금발 미녀가 입을 벌리면서 웃었다. 그와 동시에 그녀의 턱과 목 사이의 피부가 좌우로 갈라졌다. 그리고 그 틈 사이에서 뭔가가 튀어나왔다. 그것은 시커먼 털이 듬성듬성 나 있는 좁고 기다란 관, 혹은 빨대 같은 것이었다. 그 빨대의 끝은 무척 뾰족했는데, 천천히 나오던 그 빨대 끝이 갑자기 눈에 보이지 않을 만큼 빠른 속도로 길게 뻗어 나갔다. 그리고 그 뾰족한 끝이 제프의 미간에 박혀 버렸다.

제프의 몸이 순간적으로 부르르 떨렸다. 그러나 그는 아무런 고통도 느끼지 못하는 듯했다. 그의 눈은 아직도 흐릿한 상태로 입가에는 작은 미소까지 띠고 있었다. 그리고 점차 그의 머리 모양이 이상하게 변해갔다. 머리가 마치 풍선처럼 부풀어 오르더니 갑자기 흐물흐물해졌다. 제프의 얼굴은 눈, 코, 입이 사방으로 뒤

190

틀린 기괴하고 소름끼치는 모습으로 변해가고 있었다.

금발 미녀의 턱에서 나온 빨대가 약간 부풀어 오르더니 그녀는 빨대를 통해서 뭔가를 빨아들이기 시작했다. 그리고 부풀어 올랐던 제프의 머리가 점차 바람 빠진 풍선처럼 쪼그라들기 시작했다. 마침내 제프의 머리는 가죽만 조금 남은 채로 완전히 흐물흐물해지고 쪼그라들었다. 이미 그의 머리 윗부분은 사라지고 말았다. 당연히 그는 저세상 사람이 된 지 오래일 것이었다.

제프의 머리를 빨아먹은 금발 미녀가 제프의 머리통이 없어져버리자 그때까지도 잡고 있던 제프의 양손을 놓았다. 그러자 제프의 머리 없는 몸통은 그대로 바닥에 허물어지듯이 쓰러졌다. 그리고 놀랍게도 잠시 후에 그 몸통마저 흐물흐물대기 시작하더니 마치 오래된 비누가 수돗물에 녹아버리듯 천천히 녹기 시작했다. 팔, 다리, 몸통이 녹아내리면서 바닥에는 그의 몸통에서 나오는 검은 액체가 흘러내리고 있었다.

마침내 제프의 몸은 완전히 녹아버렸다. 바닥에는 시커먼 액체만 남아 천천히 땅에 스며들고 있었다. 완전히 녹지 않은 제프의 옷만이 땅바닥에 남았다.

처참한 제프의 최후를 연회장의 사람들은 그때까지도 쳐다보고 있었다. 비비안은 이미 눈을 감고 고개를 최민에게 기대고 있었다. 최민은 지난 며칠 동안 같이 고난을 겪은 제프가 눈앞에서 비참하게 죽는 것을 보고 비통함과 분노와 놀라움, 그리고 공포가 뒤섞인 감정을 느끼고 있었다. 그는 침착하려 애쓰고 있었지만 몸은 가볍게 떨리고 있었다.

"하하하, 참 운도 없군 그래. 하필이면 초인들 중에서도 가장 무서운 존재 중 하나인 아프로디테에게 걸리다니."

오메가가 큰 소리로 웃었다.

"멍청한 저 녀석이 오메가님의 예상대로 초인들의 수가 적은 왼쪽 구릉지를 선택한 것이 불행이었습니다. 그리 넓지 않은 저 골짜기 분지 안에서 유독 초인들이 없는 지역은 그만큼 다른 초인들이 두려워하는 존재가 그곳에 있기 때문이란 것을 몰랐던 것이겠지요."

오메가는 펄슨의 말에 웃음을 지었다. 그가 만든 초인들 중에서 그가 특별히 애착을 가지는 것들이 몇 있었는데, '아프로디테' 라이름 지어진 괴물도 그중 하나였다.

그녀는 원래 평범한 가정의 여자 아이였다. 그녀는 오메가에게 아주 어린 나이에 납치당한 후에 오랜 시간 동안 격리된 공간에서 그가 특별히 설계한 과정을 통해 오로지 그의 명령만을 듣는 꼭두각시로 키워졌다. 그녀의 머리는 잘려졌고 생체공학과 로봇공학을 이용하여 만들어진 육체와 연결하여 완성되었다. 그가 심혈을 기울인 만큼 다른 일반적인 초인들과는 다르게 외모도 무척 아름답게 만들어졌고, 높은 지능을 가졌으며, 다른 어떤 괴물들보다도 강인한 육체를 지녔다. 특별히 강한 독성을 가진 수십 가지의 약물을 혼합하여 단련된 육체는 상상할 수 없을 만큼 강한 독성을 띠고 있었다. 그녀가 몸에 가지고 있는 독만 가지고도 웬만한 대도시의 인구를 전부 몰살시킬만한 위력을 가지고 있었다.

"정말 무섭고도 잔인한 일입니다."

최민이 침통한 목소리로 말했다.

"저 여자 괴물은 다른 괴물들과 비교도 되지 않을 정도로 무섭지. 그런데 저런 무서운 괴물이 십여 개나 더 있다는 것을 믿을 수 있겠나?"

이토가 최민에게 말했다.

"십여 개나 더 있다고요?"

최민이 놀라 반문했다.

"맞네. 저자들은 저런 말도 안 되는 괴물을 십여 개 더 만들었지. 하나하나가 가공할 위력을 지녔네. 저 아프로디테라는 괴물도 만약 이곳을 빠져나가 세상에 나가면 상상할 수 없는 결과를 초래할 것이네. 내가 왜 이곳을 완전히 파괴하려고 애썼는지 알겠나?"

"정말 상상만 해도 끔찍하군요."

최민이 침통한 목소리로 말했다. 하지만 그의 말을 받은 것은 이토가 아니라 펄슨이었다.

"그렇다. 아프로디테님과 같은 일반 초인들보다 훨씬 강력한 분들이 열한 분 계신다. 오메가님은 그 한 분 한 분에게 그리스 신화의 12주신의 이름을 주셨지. 이분들이야말로 새로운 세계가 오면 오메가님과 더불어 세상을 다스릴 분들이시지."

그리고 펄슨의 옆에 있던 메이슨이 펄슨을 보며 비굴한 웃음을 지으며 말했다.

"회장님께서 바로 그 12주신 중의 한 분이 되실 것 아닙니까?"

펄슨이 껄껄대며 웃었다.

"그렇다. 오메가님의 자애로운 결정으로 나도 머지않아 지금의 나약한 육체를 버리고 새로운 생명을 얻게 된다. 그리고 나는 지금의 이름이 아닌 새로운 이름을 가지게 되지. 그 이름은 영광스럽게도 오메가님이 이미 정해 주셨다. 바로 오메가님의 뜻을 세상에 알리는 전도자, 오메가님을 대신해서 세상을 심판할 신인 헤르메스가 바로 나의 새로운 이름이 되는 것이다."

최민은 너무나도 달라진 펄슨의 모습에 아무 말도 하지 못하고 고개를 돌렸다. 오메가는 득의에 차서 웃고 있는 펄슨을 바라보다가 고개를 돌려 최민을 쳐다보았다.

"최 박사님, 어떤가요? 이제 나에게 그 무기들을 숨긴 위치를 말할 생각이 들었나요? 아까 내가 질문했을 때 곧바로 대답하지 않은 죄가 크니 안타깝지만 최 박사님을 살려줄 수는 없겠네요. 하지만 당신이 대답한다면 옆에 있는 아리따운 당신의 연인은 살려주도록 하죠. 아까도 말했지만 난 굳이 그 대답을 알 필요 없어요. 어차피 당신들을 다 죽여 버리면 그 무기들이 있어도 소용없을 테니까. 하지만 최 박사님이 이 위대한 '초인군단'을 만드는 데 매우 혁혁한 공로를 세웠으므로 기회를 주려는 것이에요."

최민은 순간적으로 대답할 뻔했다. 그 자신이 죽는 것보다 그가 사랑하는 비비안이 죽는다는 상상은 참을 수 없이 고통스러운 일이었다. 하지만 이토가 그의 입을 막았다.

"믿지 말게. 어차피 말해도, 말하지 않아도 저놈은 우리 모두를 다 죽일 거야. 차라리 죽을 때 죽더라도 조금이나마 저 녀석을 괴롭히는 것이 더 좋은 생각일 것이네."

최민은 이토의 말에 아무런 대답도 하지 못하고 고개를 숙이고 말았다. 그가 생각하기에도 과거 수백만 명을 죽음으로 몰고 갔었고, 지금도 사람 목숨을 파리 목숨보다도 하찮게 생각하는 저 오메가에게 관용을 기대하기는 불가능할 것 같았다.

　최민이 아무 말도 하지 않고 고개를 흔드는 것을 보고 있던 오메가가 웃음을 지으며 자리에서 천천히 일어났다.

　"시간이 다 되었어요. 이제 기회는 지나갔고, 약속한 대로 당신들 모두를 천천히 죽여주도록 하지요. 최대한 고통스럽게 천천히 죽일 테니 기대해 보세요."

　그는 잔인한 말을 아무렇지도 않게 지껄이고 나서 고개를 돌려 유니폼을 입은 남자들을 향해 고개를 끄덕여 보였다. 그러자 남자들이 달려와서 최민의 양팔을 잡았다.

　"안 돼!"

　비비안이 발버둥을 치며 소리를 질렀으나 의자에 묶여 있는 그녀의 몸은 움직이지 못했다. 최민의 몸은 남자들에게 질질 끌려나가서 다시 제프가 나갔던 유리문 앞에 섰다.

　"최 박사님은 그래도 내게 조금은 도움이 되었으니까 깔끔한 죽음을 내리도록 하지요. 그리고 운이 좋다면 살 수도 있어요. 아까의 약속은 유효해요. 최 박사님이 저 광장을 무사히 가로질러 반대편의 통로까지 다다른다면 이곳을 빠져나갈 수 있어요. 작별인사는 하지 않도록 하지요. 부디 아까의 저 멍청이보다는 오래 버텨서 나를 즐겁게 해 주면 좋겠군요."

　오메가의 말이 끝나기 무섭게 남자들이 최민을 묶고 있던 결박을 풀어주고는 유리문을 열고 문 밖으로 떠밀었다. 최민은 그 힘에 떠밀려 딱딱한 돌바닥으로 넘어졌다. 환하게 비치는 조명 아래에서 최민은 돌바닥에 쓰러진 채로 잠시 움직이지 못했다. 그는 지금 그가 처한 상황이 꿈이기를 바랐다. 불과 며칠 전만 해도 그는 잘나가는 엔지니어 겸 학자였고 세상에 부러울 것이 없는 인생을 즐기고 있었다. 이렇게 비참한 몰골로 격리된 동굴 깊숙한 곳에서, 아무도 알아주지 않는 채로 인생을 마감하게 될 줄은 상상도 하지 못했었다.

그는 제프의 죽음을 보고 자신이 이곳을 무사히 빠져나갈 확률은 거의 없다는 것을 알고 있었다. 제프는 보통 사람들보다 훨씬 우수한 신체 조건을 가지고 있었는데도 불구하고 괴물들에게는 힘도 제대로 써보지 못하고 비참하게 죽음을 맞이했다. 제프보다 운동신경이 떨어지는 자신이 저 수많은 괴물들을 뚫고 무사히 탈출한다는 것은 기적에 가까웠다.

일반인이었다면 여기서 무너져서 자포자기 상태로 울며불며 살려달라고 빌거나 했을 것이다. 그러나 최민은 비범한 정신력을 가지고 있었다. 이미 절망감에 싸여 있었지만 그대로 포기할 생각은 들지 않았다. 죽을 때 죽더라도 적어도 최선을 다해 보려는 의지가 강하게 꿈틀거리고 있었다.

순간적인 패닉상태에서 벗어난 최민은 천천히 바닥에서 일어났다. 마찬가지로 괴물들은 최민을 무시하고 광장 이곳저곳에서 천천히 움직이고 있었다. 그 엄청난 숫자를 보며 최민은 한숨을 내쉬었다.

저런 괴물이 단 한 마리만 있다고 해도 이곳을 무사히 빠져나갈 수 있을지 장담할 수 없을 텐데, 저렇게 득실대는 엄청난 숫자의 괴물들을 보니 다시금 절망적인 생각이 들었다. 그는 고개를 돌려 자신이 나온 유리문을 돌아보았다. 연회장 안에서는 바깥이 잘 보였으나 밖에서는 안쪽이 전혀 보이지 않았다.

최민은 잠시 고민을 하다가 오른쪽 방향으로 뛰기 시작했다. 오른쪽 방향에는 석회암과 종유석이 빼곡히 올라와 있었고 키가 큰 잡목들도 많이 자라 있었다. 그리고 엄청난 숫자의 괴물들이 이곳저곳에서 어슬렁거리고 있었다.

그는 일단 가장 가까이 솟아 올라온 원통이 있는 곳으로 움직였다. 통 안을 살펴보니 최신식 기관총과 탄창이 들어 있었다. 그는 손을 뻗어 총을 뺀 후에 탄창을 총에 끼웠다. 그리고 정면으로 뛰어가는 대신, 갑자기 몸을 돌려 자신이 나온 유리문 쪽으로 달려 되돌아왔다.

유리문 앞에 선 그는 문을 향해 기관총을 들고 방아쇠를 당겼다. 문에 불꽃이 튀었다. 탄창 한 개의 탄환을 다 소비할 때까지 총을 쏘았으니 문은 부서지지 않고 미세한 흠집만 나는 데 그쳤다.

"나이스 트라이!"

연회장 안에서 지켜보던 오메가가 웃으며 소리쳤다.

"아쉽게도 저 문은 섬유강화유리 소재로 만들어진 특수 방탄유리라는 것을 최 박사님에게 깜빡하고 알려주지 않았군요."

'핑, 핑' 하면서 총알이 유리문을 때리는 소리가 연회장 안에서도 들렸으나 곧 잠잠해졌다.

최민은 자신의 시도가 실패하자 가볍게 한숨을 쉬었다. 그리고 몸을 돌려 광장을 쳐다보았다. 그리고 가슴이 섬뜩해지는 것을 느꼈다. 총소리를 듣고 수많은 괴물들이 그를 향해 고개를 돌리고 있었던 것이다. 더구나 그에게서 가까운 몇몇 괴물들은 그를 향해서 다가오고 있었다.

그는 상황 판단을 한 후에 재빨리 움직였다. 이미 괴물 두 마리가 그를 향해 빠른 속도로 다가오고 있었다.

다가오는 괴물들은 키가 그리 크지 않았으나 몸통이 길게 뒤로 뻗어 있었다. 길이가 4m는 넘어 보였다. 괴물의 몸통은 악어가죽처럼 거칠고 두꺼운 가죽으로 덮여 있었다. 그리고 그 몸통에서 네 개의 다리가 좌우로 튀어나와 있었는데 마치 파충류의 그것처럼 매우 두꺼웠다. 그리고 끔찍하게도 몸통에는 두 팔이 또 달려 있었는데, 그 팔 끝에는 가재의 집게처럼 생긴 것이 큼직하게 달려 있었다. 집게는 크기가 사람의 몸통만 해서 그것에 걸리면 사람의 몸통 따위는 단번에 두 동강이 나버릴 것 같았다. 몸통의 머리 부분에는 역시 헬멧으로 감싸진 머리통이 달려 있었다. 언뜻 보기에 거대한 악어에 사람의 머리통이 붙어있는 것과 비슷한 모습이었다.

이 괴물 두 마리는 네 발을 무섭게 움직여 놀라운 속도로 이미 최민에게서 십여 미터 정도의 거리까지 접근했다. 최민은 몸을 오른쪽 방향으로 움직이면서 괴물들에게 총을 쏘았다.

'퍼퍼퍽.'

괴물들의 몸에 총알이 명중했으나 최민이 예상한 대로 괴물들

198

의 두껍고 견고한 가죽을 뚫지 못하고 총알이 튕겨져 나가고 있었다. 다만 괴물들이 달려오는 속도를 약간 늦출 수는 있었다. 최민은 절망적인 심정이었으나 멈추지 않고 총을 쏘았다. 그가 뛰어가는 방향에는 커다란 석회암 바위 두 개가 솟아 있었는데 그 사이에 좁은 틈이 보였다.

괴물들은 불과 몇 미터 앞까지 접근했다. 괴물들 중 한 마리가 앞다리를 휘둘렀다. 거대한 집게가 최민을 향해 뻗어왔다. 날카로운 톱니같이 생긴 날이 달린 집게에 물리면 사람 다리쯤은 그대로 끊겨나갈 것 같았다. 그는 몸을 재빨리 움직여 간신히 그것을 피해냈다. 그와 동시에 바위들 사이의 좁은 틈으로 뛰어들었다. 틈 사이는 성인 남자 한 명이 간신히 들어갈 만큼 비좁았는데 최민은 있는 힘을 다해 틈 사이를 기어들었다. 그러나 그 틈은 깊이가 불과 4m 정도에 불과하여 더 이상 갈라진 공간이 없이 막혀 있었다.

'팡' 하는 굉음과 함께 괴물의 두 번째 일격이 최민을 맞추지 못하고 빗나가서 집게 팔이 바위를 후려쳤다. 먼지가 피어오르면서 바위 일부분이 박살났다. 괴물은 집게 팔을 틈 속으로 밀어 넣어 최민을 붙잡으려 했다. 그는 최대한 바위틈 속으로 몸을 더 깊숙이 밀어 넣었다. 몸을 끝까지 밀어 넣자 괴물의 집게 팔을 간신히 피할 수 있었다. 최민을 붙잡지 못한 괴물은 무척 화가 난 듯이 바위를 집게 팔로 마구 내려쳤다. 그때마다 바위가 조금씩 부서지면서 틈이 점점 넓어지고 있었다.

더 이상 도망칠 곳 없이 바위틈에 갇혀 버린 최민은 절망적인 생각이 들었다. 석회암 바위는 그리 단단하지 않아서 괴물의 무지막지한 집게발 공격에 오래지 않아 전부 부서져 버릴 것 같았다. 그때가 오면 그는 어떤 요행도 없이 저 괴물에게 몸이 두 동강 나서 최후를 맞이할 것이었다. 그는 억울함과 분노를 느꼈으나 절망적인 상황이 되자 도리어 마음이 차분해졌다.

그는 기관총의 탄창을 갈아 끼웠다. 그리고 그 총을 괴물에게 겨냥하는 대신, 바닥에 개머리판을 고정한 후 총구를 자신의 머리를 향해 겨냥했다. 괴물이 바위를 깨고 그를 잡기 전에 스스로 최후를 맞이할 생각이었다. 최민은 심호흡을 하고 눈을 감았다.

구원의 손길

최민은 희망을 잃은 채로 총을 바닥에 고정하고 방아쇠에 손가락을 걸었다. 좁은 바위틈 사이에서 몸을 가누기가 무척 힘들었지만 용케도 총구를 머리에 정조준할 수 있었다. 이미 바위는 괴물의 집게발 공격에 마구 허물어져가고 있어서 몇 초 후면 괴물의 집게가 그의 몸을 충분히 잡을 수 있을 것이었다.

그가 눈을 감고 방아쇠를 당기려 할 때였다.

'쾅' 하는 폭음과 함께 지면이 '우르릉' 하고 울렸다. 최민은 놀라서 방아쇠에 걸려 있던 손가락을 풀었다. 괴물이 틈의 입구를 막고 있어서 밖을 쳐다볼 수는 없었지만 밖에서 들리는 소리에 괴물도 주의가 분산되었는지 바위 부수는 것을 멈추고 고개를 돌려 다른 곳을 바라보고 있었다.

최민이 상황 판단을 하지 못하고 멍하니 괴물을 주시하고 있을 때였다.

'펙' 하는 소리와 함께 주위가 갑자기 칠흑같이 어두워졌다. 절벽 위에서 광장을 비추고 있던 조명이 일제히 꺼진 것 같았다. 최민은 자신의 손가락도 알아보기 힘들 정도로 어두워지자 잠시 당황했으나 즉시 바닥에 고정되어 있던 총을 빼내었다. 어두워서 쉽게 찾지는 못했지만 손가락으로 더듬어서 총 위에 설치되어 있던 라이트의 조명을 켤 수 있었다. 그는 총구를 밖으로 돌리고 총에서 나오는 빛으로 바위틈 입구를 살폈다.

바위틈 입구에는 아직도 괴물이 있었으나 더 이상 그 머리는 최민 쪽을 보지 않고 다른 쪽을 향해 있었다. 괴물도 어두움에 당황했는지 사방을 두리번거리면서 경계하고 있었다. 최민의 귀에 멀리서 폭음과 함께 요란한 총소리가 울려 퍼지는 것이 들렸다. 어디선가 총격전이 벌어진 것 같았다. 하지만 그는 꼼짝도 하지 못하고 바위틈 속에 웅크리고 앉아서 입구의 괴물의 움직임만 살피고 있었다.

이때 '두르르륵' 하는 소리와 함께 바위틈을 막고 있던 괴물의 몸이 움찔대는 것이 느껴졌다. 최민은 직감적으로 무슨 일이 벌어진 것을 알아채고 총구를 바위 입구를 향해 돌렸다.

'두르륵' 소리가 다시 나면서 괴물의 몸이 갑자기 바위틈에서 떨어졌다. 그와 동시에 요란한 소리가 나면서 괴물의 갑옷 같은 몸에 총알이 마구 박히는 것이 보였다. 어둠 속에서 총알이 괴물의 피부에 튕겨져 나가면서 불꽃놀이 같이 화려한 불꽃을 피워내고 있었다. 총알은 괴물의 피부를 뚫지는 못했지만 무척 강력한 총인 듯, 괴물의 몸이 충격에 뒤로 밀려나고 있었다. 그와 동시에

'꽝' 하는 굉음이 울려 퍼지면서 엄청나게 밝은 섬광이 번쩍였고, 자욱하게 안개 같은 것이 주위를 뒤덮었다. 그러고는 다시금 짙은 어둠 속으로 빠져들었다.

최민은 엄청난 소음에 귀가 먹먹해지고 너무나도 환한 빛에 순간적으로 시력을 잃자 본능적으로 몸을 구부리고 귀를 막았다. 고막이 터질듯 윙윙대고 눈도 침침해져서 사물을 분간하기가 힘들었다. 그는 간신히 눈을 가늘게 뜨고 앞을 보려고 노력했다. 이때 무엇인가 흐릿한 물체가 그에게로 다가오는 것이 보였다. 최민은 총을 얼른 집어 들고 다가오는 상대에게 조준했다.

"@^%$#@*^&"

무슨 소리가 들렸으나 아직도 고막이 윙윙대면서 소리를 구분할 수 없었다. 이때 흐릿한 형체가 그에게로 아주 가깝게 다가오는 것이 보였다. 그 형체는 갈라진 바위틈 안으로 들어오고 있었다. 최민은 형체를 노려보면서 총을 들었다.

그때 조금은 충격에서 벗어난 그의 귀에 사람의 목소리가 선명하게 들리기 시작했다.

"최 박사님, 총 내리세요. 저예요!"

그는 익숙한 목소리에 자신도 모르게 총구를 아래로 내렸다. 그리고 총구에서 나오는 빛을 비춰서 가까이 온 형체를 드디어 알아볼 수 있었다. 그에게 팔을 내밀고 있는 사람은 검은색 전투복에 고글과 헬멧까지 쓰고 있었다. 그러나 최민은 목소리와 조금 노출된 얼굴만으로도 그 사람이 제니퍼라는 것을 한눈에 알아보았다.

"추우 요원, 어떻게 여기까지!"

최민은 놀라움과 반가움이 뒤섞인 목소리로 외쳤다.

"설명할 시간이 없어요. 빨리 저를 따라오세요!"

그녀는 급하게 최민의 손을 잡아끌었다.

그는 몸을 구부려 재빨리 기어서 바위틈을 빠져나갔다. 그를 괴롭히던 괴물은 아직도 섬광으로 인해 눈이 보이지 않는지 연막탄의 연기 속에서 허둥대고 있었다. 밖은 아직도 칠흑같이 어두웠고 그의 총에서 나오는 빔만이 주위를 비추고 있었다.

"불을 끄세요!"

제니퍼의 명령에 최민은 총의 전등 스위치를 내려 조명을 껐다. 주위는 다시금 아무것도 보이지 않는 어둠으로 뒤덮였다.

제니퍼는 최민의 손을 이끌고 재빨리 뛰었다. 제니퍼는 적외선 고글을 끼고 있어 어둠에 구애받지 않는지 어느 한 방향으로 계속 뛰었다. 최민은 발을 헛딛지 않으려 조심하면서 그녀와 함께 뛰었다. 사방에서 괴물들이 지르는 괴성이 들렸고 육중한 발걸음 소리가 울려 퍼지고 있었다.

그들은 발걸음 소리를 내지 않으려 조심하며 그러나 최대한 재빨리 뛰었다. 한동안 뛰고 나서 제니퍼가 발걸음을 멈추었다. 그리고 그녀는 누군가에게 나직하게 말했다.

"조셉은 어떻게 되었나요?"

어둠 속에서 침울한 남자의 목소리가 들려왔다.

"그는 이미 죽었어요."

"이런 제길……."

나직하게 제니퍼가 이를 가는 소리가 들렸다. 그녀는 최민의 손을 놓았다. 잠시 부스럭대는 소리가 들리더니 그녀가 최민의 손에 무엇인가를 쥐어 주었다.

"빨리 머리에 쓰세요!"

최민은 군말 없이 제니퍼가 준 물건을 머리에 썼다. 그것은 바로 적외선 고글이었다. 고글을 눈에 쓰자 비로소 앞이 보이기 시작했다.

최민은 주위를 살펴보았다. 그들은 광장 구석의 커다란 종유석 바위틈 사이에 있었다. 높게 솟아오른 바위들 때문에 주위가 가려져서 보이지 않았다. 그 작은 공간에 꽤 많은 사람들이 있었다. 제니퍼와 같이 전투 복장에 고글을 쓰고 있는 건장한 남자들이 보였다. 대략 일곱 명 정도로 보였는데 바닥에는 한 남자가 쓰러져 있었다. 아마도 조셉이라고 불렸던 남자인 것 같았는데 한쪽 팔이 잘려서 없었고 이미 숨이 끊어진 듯 자신이 흘린 피 속에 누워 있었다.

그는 고개를 돌리다가 자신도 모르게 안도와 기쁨의 탄성을 내질렀다. 종유석 밑의 구석에 몇 명이 웅크리고 앉아 있었는데 그곳에서 비비안의 모습을 발견한 것이다. 그녀는 종유석에 등을 기대고 누워 있는 이토를 간호하고 있었다. 그녀도 눈에는 적외선 고글을 끼고 있었다. 이토는 얼굴이 무척 창백해 보였고 어깨에 관통상을 입은 상태였으나, 의지력은 살아있는지 눈을 부릅뜨고 허공을 노려보며 고통을 참고 있었다. 비비안은 붕대로 그의 상처 부근을 감아주고 있었다.

최민은 그녀에게로 다가가서 나직한 목소리로 말했다.

"비비안, 나야. 어디 다친 곳은 없어?"

비비안은 최민을 돌아보았다. 그녀는 지금에야 그의 모습을 발견한 것 같았다.

"데이비드! 무사했구나. 정말 다행이야. 무척 걱정했어."

그리고 그녀는 자리에서 일어서서 최민의 가슴에 달려들었다. 그는 그런 그녀를 꼭 안아주었다. 그들은 서로의 온기를 느끼면서 그 자리에 잠시 그대로 서 있었다.

이윽고 비비안이 최민의 품에서 빠져나오면서 말했다.

"잠시만 기다려. 치료를 마무리해야 돼."

그녀는 다시 몸을 돌려 이토에게로 허리를 굽혔다. 그녀는 FBI 요원이 가지고 온 구급 용기를 열고 주사를 꺼냈다. 그리고 주사액을 투입한 후에 이토의 팔에 주사바늘을 찔렀다.

"임시 처방이지만 고통은 많이 줄어들 거예요."

비비안이 말했다.

이토는 아무 말도 하지 않고 고개를 끄덕였다.

한편 제니퍼는 종유석 바위로 조금 기어 올라가서 조심스럽게 고개를 내밀어 주위를 살펴보고 있었다. 아직 주위는 칠흑같이 어두웠으나 그녀의 눈에는 사방에 깔려 있는 괴물들이 보였다. 괴물들은 어둠 속에서도 공기 중의 냄새를 맡으며 그들의 위치를 파악하려는 것 같았다.

이때 그녀의 눈에 멀리서 환하게 빛나는 빛이 보였다. 그들로부터 약 백 미터 정도 떨어진 곳에 연회장으로 통하는 입구가 있었는데, 그 문이 열리면서 몇 명이 광장으로 걸어 나오는 것이 보였다.

그들은 바로 펄슨과 메이슨이였다. 메이슨은 LED 손전등을 들고 있었는데 그 빛이 무척 환해서 주위 수십 미터를 비추고 있었다. 그리고 그들의 뒤에는 부하들이 역시 손에 전등과 총을 들고 나오고 있었다. 펄슨은 무척 분한 듯이 화난 목소리로 뭐라고 소리치고 있었다. 그 모습을 보면서 제니퍼는 문득 통쾌함을 느꼈다. 그러나 동시에 그녀는 가장 사랑하던 제프를 잃었음을 깨닫고 가슴이 저려오는 슬픔 또한 느꼈다.

'내 잘못이야. 내가 조금만 더 빨리 움직였다면 그가 죽지 않았어도 되었을 텐데.'

그녀는 속으로 자책했다.

3시간 전

제니퍼와 알파팀은 무사히 스튜디오3 천장의 구멍을 통해서 동굴 내부로 진입할 수 있었다. 구멍을 통과하자마자 낙하산을 펴고 천천히 하강하면서 그녀는 주위를 둘러보았다. 옅은 구름을 뚫고 내려가자 보이는 광대한 동굴 내부의 숲은 상상 이상의 멋진 광경이었다. 그러나 그녀는 그런 전망을 즐길 마음의 여유가 없었다.

그녀는 팀장인 제임스의 지휘에 따라 천천히 땅으로 하강했다. 이때 제임스가 손가락으로 전방을 가리켰다. 제니퍼가 그 방향을 보니 검은 연기가 허공으로 높이 피어오르는 것이 멀리서 보였다. 무슨 일이 생긴 것임이 분명했다. 그녀의 마음이 조급해졌다.

그들은 낙하산을 조종해서 검은 연기가 뿜어져 나오는 방향으로 날아갔다. 연기에 가까워질수록 치열한 전투의 흔적을 볼 수 있었다. 일행은 하나둘씩 착륙했다. 제니퍼도 땅에 내려선 후 재빨리 낙하산을 떼어내고 먼저 착륙한 제임스에게 달려갔다. 제임스는 일행이 한 명도 빠짐없이 착륙을 완료하고 자신의 주위에 모인 것을 확인한 후 수신호로 일행을 전진시켰다.

치열한 전투가 벌어졌던 스튜디오4 입구는 처참했다. 절벽 사이 통로에 설치되었다가 부서진 바리케이드 주변 곳곳에 총알과 수류탄 자국이 나 있었다. 사방에는 부서진 로봇들의 잔해가 널려 있었다. 그리고 중간중간에는 꽤 많은 시체가 발견되었는데 일부는 형체를 알아보기 힘들 정도로 훼손되어 있었다. 제니퍼는 쓰러져 있는 시체 중에 제프가 있을 것만 같아 마음을 졸였으나 현장을 둘러 본 이후에도 제프의 시체는 발견되지 않았다. 그녀는 안도의 한숨을 내쉬었다.

제임스는 가지고 온 동굴의 지도를 펴서 한동안 살펴보았다. 그리고 일행에게 명령했다.

"일단 중앙통신 관제센터로 갑시다. 그곳에서 입구와의 통신망을 복구하는 것이 좋을 것 같습니다."

그들은 이의 없이 제임스의 지휘에 따라 재빠르게 스튜디오4 구역으로 진입했다. 일행은 별다른 저항 없이 엄청나게 자라있는 석회암 바위들 사이를 통과해서 마침내 중앙통신 관제센터에 다다랐다.

그들은 혹시나 적들이 나올까 봐 긴장하여 사방을 경계하면서 천천히 건물로 다가섰다. 그러나 아무도 만날 수 없었다. 입구의 유리문은 처참히 박살나 있었다. 제임스는 팀을 둘로 나누어 건물을 수색하도록 명령했다.

제니퍼는 제임스와 같은 팀이 되어 건물 내부를 수색했다. 하지만 누구도 만나지 못했다.

"다들 어디로 간 것일까요?"

제니퍼의 질문에 제임스가 대답했다.

"허드슨 요원이나 데이비드 최 박사님 등이 보이지 않고, 더구나 아까 입구의 방문센터와 통신을 할 때 이곳에 있었던 펄슨 회장님까지 보이지 않는 것을 보니 무슨 일이 발생한 것 같습니다."

그들은 마침내 통신센터 관제실로 진입했다. 제니퍼는 방 안을 재빨리 훑어보았다. 정면의 거대한 스크린은 박살이 나서 파편 조각이 바닥에 널려 있었다. 그리고 스크린을 중심으로 반원형으로 배치된 책상들 위에 있는 컴퓨터 등 장비도 전부 파괴되어 있었다.

"누군가 고의로 장비들을 부쉈군."

제임스가 나직하게 말했다.

그의 말에 제니퍼는 더더욱 제프가 걱정되었다. 이때 일행 중에 먼저 방에 진입하여 수색하던 요원 한 명이 일행을 향해 수신호를 보냈다. 제임스는 주위를 둘러보며 '조용히' 라고 주의를 주었다.

그들이 소리를 내지 않고 귀를 기울이자 어디선가 은은하게 소리가 나는 것이 들렸다. '텅…… 텅…… 텅……' 하는 소리였다. 제임스와 제니퍼는 소리가 나는 곳으로 천천히 이동했다. 소리는 관제실 바로 옆에 있던 작은 문 안쪽에서 들려오고 있었다. 제임스는 손짓으로 문 주위에 요원들을 배치했다. 그리고 준비가 끝난 것을 확인하고 발로 문을 세게 걷어찼다. 문은 '쾅' 소리와 함께 활짝 열렸다. 문이 열림과 동시에 요원들이 총을 들고 방 안으로 진입했다.

제니퍼는 손에 기관총을 들고 방 안으로 뛰어 든 후에 소리가 나는 곳을 쳐다보았다. 방은 좌우 길이가 4~5미터 정도 되어 보이는 그리 크지 않은 방이었는데, 안에는 갖가지 기계 장치가 가득 차 있었다. 그 기계 앞에서는 한 남자가 손에 망치를 들고 멍청하게 그들을 돌아다보고 있었다. 아마도 그 망치로 자신의 앞에 있던 기계를 부수고 있었던 것으로 보였다.

"움직이지 마! 손에 든 무기를 버려라!"

요원이 그에게 총을 겨누면서 외쳤다.

그 말에 남자는 손에 들고 있던 망치를 '쿵' 하는 소리와 함께 바닥에 떨어뜨렸다.

"손을 위로 들고 천천히 엎드려!"

요원이 다시 소리를 질렀다.

이때 제니퍼가 앞으로 나서면서 요원의 어깨를 잡았다.

"제가 아는 사람이에요. 일단 총을 내리세요. 위협이 되는 사람은 아니니까요."

그녀의 말에 요원이 총구를 내리고 뒤로 물러났다. 제니퍼는 아직도 멍청하게 서 있는 남자에게로 걸어갔다.

"챙 씨, 이곳에서 뭐하고 있는 건가요? 다른 사람은 다 어디 있지요?"

그녀의 질문에 중년의 동양 남자, 월터가 제니퍼를 쳐다보더니 고개를 떨어뜨리고 바닥에 주저앉았다. 제니퍼는 아직도 경계를 풀지 못하는 요원들에게 손짓으로 괜찮다는 신호를 보냈다. 그리고 그녀는 월터의 곁에 쪼그리고 앉아 월터의 어깨에 손을 얹었다.

"말해주세요. 다른 사람들은 다 어디 있나요? 데이비드 최 박사님과 비비안 심슨 박사님은요? 그리고 펄슨 회장님 일행은 어디 있죠? 제프 허드슨 요원은 어디 있나요? 도대체 이곳에서 무슨 일이 일어난 거죠?"

그녀의 추궁에 월터는 대답하지 않았다. 그는 쪼그리고 앉아 양손을 두 귀에 대고 무릎에 고개를 파묻었다. 제니퍼가 거듭해서 질문했으나 그는 대답하지 않고 점점 더 고개를 숙이고 있었다.

"챙 씨, 이곳은 당신이 관리하던 곳이잖아요. 제발 우리를 도와주세요. 이토 씨가 무서운 음모를 꾸며서 많은 사람이 죽었어요. 그리고 그는 상상할 수 없는 괴물을 창조해서 이제 세상에 풀어놓으려 하고 있어요. 시간이 없어요. 잠시 후면 이곳은 불바다가 될 거예요."

제니퍼는 속이 타들어 갔지만 최대한 침착하게 말하려 애를 썼다.

이때 월터가 갑자기 고개를 쳐들며 외쳤다.

"전부 다 죽었어. 모두 죽었다고! 아니 지금 죽지 않았다고 해도 곧 다 죽을 거야! 당신들도 다 죽을 거야!"

그는 미친 듯이 외치다가 다시 머리를 양손으로 잡고 울음을 터뜨렸다. 제니퍼는 그의 돌발적인 행동에 당황했으나 곧 손으로 그의 어깨를 토닥여 주었다. 월터는 제니퍼의 어깨에 기대어 한동안 울다가 다시 고개를 들었다.

"미안하군요. 추우 요원. 이런 추태를 보여서."

"괜찮아요. 이제 무슨 일인지 설명해 주실 수 있나요?"

월터는 이성을 찾은 듯이 한숨을 내쉬었다. 그리고 그녀를 보면서 천천히 입을 열었다.

"어디서부터 말을 해야 할지 모르겠습니다. 하지만 전 큰 죄를 지었어요."

그는 다시 한숨을 내쉬더니 말을 이었다.

"먼저 이 모든 음모를 꾸민 것은 이토가 아닙니다. 바로 펄슨 회장이에요. 그가 모든 범죄를 저지른 겁니다. 이곳 스튜디오4를 지나 동굴 더 깊은 곳으로 들어가면 알려지지 않은 다른 거대한 공간이 있습니다. 그곳에는 오래전부터 존재해왔던 놀랍고 거대한 시설물이 건축되어 있었어요. 전 그것을 발견하고 펄슨 씨에게 즉시 보고했습니다. 그런데 펄슨 씨는 그 사실을 절대 아무에게도 말하지 말라고 저를 협박했어요.

저는 그때 거액의 빚을 지고 있었는데 펄슨 씨가 그 빚을 갚아주겠다면서 자신에게 협조할 것을 요구했습니다. 선택의 여지가 없었어요. 그가 시키는 대로 할 수밖에 없었어요."

일행은 이제 총을 다 내리고 월터 주위에 둘러서서 그의 말에 귀를 기울이고 있었다.

"펄슨 씨는 천문학적인 회사의 자금을 빼돌려 그 비밀 시설물을 복구하기 시작했습니다. 그는 따로 정체를 알 수 없는 조직을 거느리고 있었는데 시설물의 복구는 그 사람들이 주도해서 진행했어요. 하지만 공식적으로는 회사를 통해서 물건을 반입해야 했으므로 제 결제가 필요했지요. 전 그런 행위를 하면 안 된다고 생각했지만 펄슨 씨가 제시한 유혹을 뿌리치지 못했어요.

그렇게 몇 년간 엄청난 비용과 노력을 들여서 마침내 안의 시설물이 전부 완공되었습니다. 저도 우연히 그 안에 들어가볼 기회가 있었는데…… 그곳에는 정말…… 상상도 할 수 없는 끔찍한 것들이 만들어지고 있었어요."

월터는 말을 잠시 멈추었다. 그리고 한숨을 한 번 내쉬고는 다시 말을 이어갔다.

"펄슨 씨는 제게 자랑 겸 협박을 하려는지 어느 날 그 괴물 한 마리를 스튜디오4에 풀어 놓고 저와 같이 그 광경을 지켜보았어요. 괴물은 사람들을 정말 간단하고 잔인하게 죽여 버리더군요. 그리고 펄슨 씨는 이렇게 말했어요.

'정말 아름답지 않나? 저것은 세상을 바꿀 엄청난 존재가 될 거네. 그리고 자네는 그것에 큰 공헌을 한 것이지. 하지만 지금은 숫자가 너무 부족해. 더 많이 만들어야 해. 그러려면 자네의 도움이 필요하네.'

펄슨 씨가 말한 도움이 무엇이었냐고요? 그는 저에게 '사람들'을 이곳에 유인해 오기를 요구했어요. 그것도 가능하면 비밀리에요. 저는 이미 깊숙이 그 일에 관여되어 있었기 때문에 빠져나올 수가 없었어요. 그냥 펄슨 씨가 시키는 대로 할 수밖에요.

전 비공식적으로 인부를 모집한다는 광고를 다른 회사 이름으로 내고 사람을 모집했어요. 그리고 그들에게 후한 계약금을 주고 이곳으로 데리고 왔어요. 그 다음에 그 사람들을 펄슨 씨가 원하던 대로 스튜디오4 너머 깊숙한 동굴로 보냈어요. 그들에게 무슨 일이 생겼는지 전 모릅니다. 하지만 아무도 돌아오지 않았어요."

"그래서 도대체 몇 명이나 유인해서 보낸 거지?"

제임스가 월터를 노려보며 물었다.

"제가 모집한 사람이 적어도 수백 명은 됩니다. 그 사람들 모두 저를 원망할 텐데……. 전 큰 죄를 지었어요."

말을 마친 월터는 다시금 눈물을 흘렸다.

제니퍼는 어처구니없는 월터의 말에 분노를 금치 못했으나 지금은 사태를 파악하는 것이 더욱 중요했다.

"계속하세요!"

제니퍼의 말에 월터는 울음을 멈추고 다시 말을 시작했다.

"지난주에 이곳 스튜디오3이 정체불명의 사람들에게 장악되었어요. 이자들은 오래전부터 인부나 직원으로 위장하고 이곳에 잠입해 있었던 것 같아요. 제가 전혀 눈치를 채지 못했으니까요. 저는 그때까지도 그들이 펄슨 씨가 보낸 사람들인 줄 알았어요. 그런데 관찰해 보니 새로 진입한 사람들이 이미 저 깊은 곳에서 시설물을 관리하고 있던 펄슨 씨의 조직원들과 무섭게 싸우는 겁니다. 안쪽의 펄슨 씨 사람들이 막으려 했으나 중과부적인지 조금씩 밀리더군요.

그런데 며칠 전에 펄슨 회장님이 제게 연락을 취해 왔어요. 이곳에 자신이 직접 비밀리에 올 생각이니까 스튜디오3에 아지트를 준비하라고요. 전 그가 시키는 대로 했습니다. 펄슨 씨가 도착하고 나서 바로 당신들 일행이 도착했어요. 그리고 최 박사님 등 몇 명이 스튜디오3을 조사한다고 들어왔죠. 그런데 펄슨 씨가 제게 갑자기 지시를 하더군요. 스튜디오3 입구를 폭파해서 막아버리라고요."

그의 말에 일행은 경악을 금치 못했다.

"그럼 입구를 폭파한 것이 이토 일당이 아니라 당신이었다는 말인가요?"

"그래요. 그 당시에 이미 스튜디오4와 중앙통신 관제센터가 이토 일행에게 장악되어서 로봇 통제권이 그들에게 넘어간 상태였어요. 그들은 눈치를 채었는지 로봇들을 보내서 저를 막으려 했지만 제가 조금 빠르게 비축해 놓았던 플라스틱 폭탄을 원격으로 조종해서 입구를 파괴한 것이죠."

다시금 한숨을 내쉰 월터가 말했다.

"어떻게 생각하고 계신지 모르지만 이토 씨는 펄슨 씨의 음모를 막으려 했던 것이 분명해요. 하지만 그는 실패했어요. 최 박사님과 회장님이 데리고 온 사람들에 밀려 이곳 관제센터를 다시 빼앗기고 나자 이토 씨는 저 동굴 깊은 곳의 시설물 쪽으로 도망을 쳤어요. 그러자 펄슨 씨는 아무것도 모르는 최 박사님과 자신이 데리고 온 요원들에게 이토 씨를 추격할 것을 명령했어요. 그래서 그들은 지금 그곳에 가 있답니다.

그들을 보내고 나자 펄슨 씨는 메이슨과 같이 그들을 뒤따라 떠났어요. 그리고 떠나면서 제게 명령했어요. 이곳 중앙통신 관제센터의 모든 통신장비를 파괴하고 지금까지 녹화 혹은 녹음되어

216

있던 모든 자료를 파기하라고 했죠. 더는 그의 말을 따르기 싫었지만 이미 모든 것이 너무 늦었어요. 그래서 그가 말하는 대로 따를 수밖에 없었어요. 이게 전부예요. 지금까지 벌어진 일입니다."

일행은 너무나도 충격적인 월터의 말에 할 말을 잃고 잠시 우두커니 서 있었다. 먼저 정신을 차린 것은 제니퍼였다.

"그러니까 이곳에 있던 사람들이 지금 동굴 더 깊은 곳으로 들어갔다는 말이죠?"

월터가 고개를 끄덕였다. 제니퍼는 월터의 손을 잡았다.

"챙 씨, 우리는 그 사람들을 구출하려 왔어요. 그러려면 당신의 도움이 절실히 필요해요. 그곳의 위치와 구조를 당신보다 더 잘 아는 사람은 없을 거예요. 우리를 그곳으로 안내해 주세요."

월터는 몸을 부르르 떨었다.

"그곳에는…… 가면 안 됩니다. 안 돼요……. 가면 다 죽어요……. 여러분들은 지금 빨리 이곳을 빠져나가야 됩니다. 제 말을 믿으세요."

제니퍼는 고개를 가로저었다.

"그럴 수는 없어요. 우리는 반드시 안에 있는 사람들을 구해야만 해요. 그러려고 저희가 온 것이니까요. 챙 씨가 직접 가기 싫으시다면 저희에게 자세한 위치와 구조를 알려주세요. 저희끼리라도 들어갑니다."

그 말에 월터는 다시금 고개를 수그렸다. 그는 아무런 말도 하지 않고 그렇게 고개를 다시금 무릎에 파묻었다. 기다리던 요원 한 명이 다가가 월터를 잡아 일으키려고 했으나 제니퍼가 손을 들어 그를 막았다. 그러고는 손짓으로 다시 뒤로 물러서도록 했다.

한동안 조용히 고개를 파묻고 있던 월터가 고개를 들었다. 그의 눈은 눈물로 젖어 있었으나 무슨 결심을 했는지 이상한 빛으로 반짝이고 있었다.

"아닙니다. 제가 안내하겠습니다. 지은 죄가 너무 커서 그동안 괴로웠습니다. 저 때문에 너무나 많은 사람들이 희생되었어요. 제길, 펄슨 이 나쁜 자식. 나를 이렇게 만들다니!"

그는 말과 함께 자리에서 일어났다. 그리고 제니퍼에게 말했다.

"시간이 없으니 곧바로 안내하죠. 저를 따라오세요."

제니퍼는 고개를 끄덕이고 월터의 어깨를 토닥여 주었다. 월터는 일행을 앞질러서 방을 빠져나갔다. 알파팀 요원들이 그의 뒤를 따랐다.

그들은 월터의 안내로 스튜디오4에서 더 깊은 동굴로 통하는 길로 들어섰다. 여전히 암흑에 잠긴 공간은 그들에게 두려움을 안겨주었다. 일행은 일제히 나이트비전 고글을 착용했다. 그리고 월터를 앞세우고 내부로 진입했다. 어둠 속을 한동안 걸은 후에 마침내 비밀 연구소가 있는 곳까지 다다랐다. 앞서 최민 일행이 조심스럽게 들어온 길을 월터는 주저하지 않고 빠르게 지나갔다.

거대한 동굴 내부는 아직도 칠흑같이 어두웠으나 일행은 모두 적외선 고글을 끼고 있어 활동에 큰 제약을 받지는 않았다.

"이곳에는 조명이 설치되어 있지 않나요?"

제니퍼가 월터에게 물었다.

"비밀 연구소에 조명이 설치되어 있습니다만 지금은 꺼져있는 것 같습니다."

그가 간단히 대답했다. 제니퍼는 더 이상 질문하지 않았다.

그들은 월터의 안내를 받아 마침내 연구소 건물 앞에 도착했다. 그 거대한 철제 구조물에 위압 당한 제니퍼는 나직이 탄성을 질렀다.

"정말 엄청난 건물이군요. 도대체 어떻게 이렇게 동굴 깊숙한 곳에 이런 건물을 지을 수 있었을까요?"

월터가 대답했다.

"이 공간 뒤편으로 가면 다른 동굴로 통하게 되는데 더 들어가면 양쪽에 높은 절벽이 솟아 있는 광장이 나옵니다. 그 광장 천장 부위는 외부로 통하는 구멍이 뚫려 있었어요. 마치 여러분들이 들어온 스튜디오3의 천장처럼 말이지요. 일제는 그 구멍을 통해 장비와 시설물 재료들을 공수해 온 것 같습니다. 하지만 지금 그 구멍은 막혀 있습니다. 시설이 완공된 다음 펄슨이 천장의 구멍을 두꺼운 철판으로 완전히 막아 버렸거든요. 두께가 십 미터 가까운 철판으로 막아놓았으니 핵무기가 아닌 이상에는 뚫을 수가 없어요. 지금 외부와 연결된 유일한 통로는 여러분들이 들어온 입구밖에 없습니다."

이때 제임스가 그들에게 다가왔다.

"이제 어디로 가면 사람들을 찾을 수 있겠습니까?"

월터가 대답했다.

"짐작 가는 곳이 있습니다. 만약 들어온 사람들이 아직 죽지 않았다면 아마도 펄슨 씨에게 잡혔을 거예요. 펄슨 씨가 이 연구소 내부에서 유달리 신경을 많이 쓴 곳이 있었어요. 저도 알지 못하는 어떤 대단한 실험을 진행하고 있었죠. 그곳은 이 건물 뒤쪽, 가장 깊은 곳에 위치해 있습니다. 제가 그곳으로 안내하죠."

"그렇게 무서운 괴물들이 이 안에 있다면 우리가 무사히 그곳까지 갈 수 있을까요?"

제니퍼가 걱정스럽게 말했다.

월터가 어둠속에서 득의양양하게 미소를 짓는 것이 보였다.

"비록 제가 펄슨에게 협박을 당해 어쩔 수 없이 그를 돕긴 했지만 저도 나름대로 준비한 것이 있습니다. 저도 펄슨을 완전히 믿지는 않았어요."

그는 더 이상 펄슨에게 '씨' 자를 붙이지 않았다.

"그것이 뭔가요?"

제니퍼가 물었다.

"처음 이곳을 발견하고 나서 저도 호기심을 누르지 못했습니다. 그래서 저 혼자 몇몇 인부들만 데리고 들어와서 한동안 내부를 조사했지요. 그러다가 우연하게 비밀 통로를 발견했습니다. 워낙 정교하게 만들어져서 눈에 거의 띄지 않았었는데 인부들 중한 명이 실수로 조작 버튼을 건드린 거죠. 그 비밀 통로로 들어가보니 그 통로는 연구소 곳곳과 연결되어 있었어요. 저는 그 통로가 있다는 사실을 아무에게도 이야기하지 않았어요. 펄슨에게도 당연히 보고하지 않았어요. 바로 지금 같은 일이 벌어질지도 모른다고 생각했거든요."

"그것 참 다행이군요. 그럼 그 비밀 통로로 저희를 안내해 주실 수 있나요?"

제니퍼가 급히 물었다.

"물론이죠. 저를 따라오세요."

월터는 자신 있게 먼저 일행 앞으로 나섰다.

그들은 창문 없는 거대한 시설물 앞으로 다가섰다. 입구의 철문이 보였다.

"최 박사님 일행이 저 입구로 들어갔던 것 같습니다."

요원 한 명이 제임스에게 말하면서 땅바닥을 가리켰다. 평평한 바닥에 쌓인 먼지에 최근에 난 사람들의 발자국들이 선명하게 보이고 있었다. 그리고 그 발자국은 정면의 철문을 향하고 있었다.

그러나 월터는 문으로 가지 않았다. 그는 입구 옆으로 건물 벽을 따라 오른쪽으로 걸어갔다. 일행은 묵묵히 월터의 뒤를 따랐다. 한동안 걷던 월터는 어느 한 지점에 멈춰 서더니 손으로 벽을 쓰다듬기 시작했다. 잠시 더듬던 그가 무엇인가를 찾은 듯이 나직이 말했다.

"여기다!"

그와 동시에 나직한 기계음이 나더니 평평하던 벽의 일부분이 좌우로 갈라지기 시작했다. 그리고 나타난 것은 사람 한 명이 간신히 들어갈 만한 통로였다.

"이리로 오세요."

월터는 주저하지 않고 그 통로로 들어섰다. 일행은 한 명씩 그의 뒤를 따라서 안으로 들어섰다. 모두가 자신의 뒤를 따라온 것을 확인한 월터가 통로 내부의 벽 어딘가를 건드리자 입구의 문이 다시 소리를 거의 내지 않고 닫혔다.

제니퍼는 문득 불안한 생각이 들었다.

'월터를 정말로 믿어도 되는 걸까?'

그러나 이미 그들에게는 선택권이 없었다. 제니퍼는 고개를 흔들고는 앞서 걸어가고 있는 월터의 뒤를 따랐다.

일행은 한참을 걸었다. 좁은 통로는 곧게 뻗다가 좌우로 굽기도 하고 어떤 곳은 사방으로 뚫려있는 다른 통로와 만나기도 했다. 그럴 때마다 월터는 자신 있게 일행을 앞장서서 이끌었다. 만약 월터가 없었더라면 그들이 이 비밀 통로를 발견했을지라도 미로 같은 내부에서 방향을 잃고 말았을 것이 분명했다.

통로 내부는 빛 한 점 없이 어두웠으나 그들은 적외선 고글을 이용해서 계속 걷고 있었다. 적외선 고글로는 간신히 사물을 구분할 정도로밖에 보이지 않았으나 걷는 것에는 지장이 없었다. 이때 통로 멀리서 빛이 보이기 시작했다. 그와 함께 월터가 일행을 향해 나직이 말했다.

"지금부터는 소리를 내지 않도록 조심하세요. 거의 다 왔습니다."

그의 말에 따라 일행은 발걸음 소리를 최대한 내지 않으려 조심스럽게 천천히 걸었다.

마침내 환한 빛이 비추고 있는 곳까지 다다랐다. 그 빛은 통로에 난 구멍들로부터 뿜어져 나오고 있었다. 이 구멍들은 통로에서 밖을 살필 수 있도록 만들어진 것으로 보였는데 직경이 약 5cm 정도였다. 제니퍼와 제임스는 고글을 벗고 구멍에 눈을 가져다 대었다. 처음에는 빛에 익숙하지 않아 잘 보이지 않았으나 잠시 시간이 지나자 앞이 보이기 시작했다.

구멍은 그리 크지 않았으나 밖을 보기에는 지장이 없었다. 구멍을 통해서 커다란 홀이 그녀의 눈에 보였다. 홀은 매우 우아하게 장식되어 있었고 천장에는 커다란 샹들리에까지 달려 있었다. 홀 내부에는 기다란 테이블이 놓여 있었는데 그 위에는 갖가지 음식들이 놓여 있었다.

그녀의 눈에 테이블에 앉아 있는 펄슨과 메이슨이 보였다. 그리고 그 바로 옆에는 그녀가 그토록 찾고 있던 제프가 앉아있는 것이 보였다. 그녀는 자신도 모르게 눈물이 날 것만 같아 숨을 천천히 쉬면서 스스로를 진정시켰다. 그리고 펄슨의 맞은편에는 그녀를 향해 등을 보이고 있는 한 쌍의 남녀가 있었는데 제니퍼는 그들이 최민과 비비안이라는 것을 한눈에 알아보았다. 하지만 그들은 의자에 몸이 묶여 있었다. 최민의 바로 뒤쪽 바닥에 한 사람이 쓰러져 있었는데 제니퍼는 그가 바로 그들이 그토록 찾던 이토라는 것도 알아챘다. 하지만 이토는 부상을 당했는지 꼼짝도 못하고 바닥에서 움직이지 못하고 있었다.

내부에서는 여러 사람들이 무어라고 말하는 것 같았지만 그들이 숨어 있는 곳에서는 잘 들리지 않았다.

이때 테이블 끝에 있던 한 남자가 자리에서 일어나는 것이 보였다. 눈부신 금발을 지닌 대단한 미남자였다. 역시 구멍을 통해서 안쪽을 관찰하던 월터가 깜짝 놀라 '헉' 소리를 내었다. 제임스가 월터에게 나지막하게 물었다.

"무슨 일입니까?"

월터는 얼굴이 백지장처럼 창백해졌다.

"저…… 저……."

"무슨 일인지 말해보세요."

월터가 말을 더듬자 제임스가 대답을 재촉했다. 월터는 잠시 말을 못하고 숨을 고르다가 입을 열었다.

"여러분. 지금 저 안에 있는 사람들을 구하기는 어렵겠어요. 아니, 지금 당장 이곳을 빠져나갑시다. 저자의 눈에 띄면 우리는 살아남지 못해요!"

"그게 무슨 말인가요?"

제임스가 월터를 쏘아보았다.

"저기 저 백인 남자는 사람이 아닙니다."

제니퍼가 월터에게 고개를 돌렸다.

"사람이 아니라니 무슨 말이죠?"

월터가 대답했다.

"간단히 말씀드리죠. 제가 아까 펄슨이 이곳 연구소 가장 깊은 곳에서 제가 잘 알지 못하는 어떤 연구를 진행하고 있었다고 말씀드렸죠? 그 연구의 목적이 바로 저 남자입니다. 펄슨이 여기서 괴물들을 만들었다고 말씀드린 것 기억나시죠? 그 괴물들보다 수백 배는 더 무서운 것이 바로 저 남자입니다.

저자는 여기 연구소의 모든 역량을 동원해서 만들어진, 사람도 동물도 아니고 기계도 아닌 그 모든 것을 합친 존재입니다. 저는 직접 본 적이 없지만 우연하게 펄슨이 보관하고 있던 기록물을 볼 기회가 있었어요. 동영상에서 저 남자가 괴물들과 장난삼아서 대결을 벌이는 것을 본 적이 있는데, 사람들이 도저히 대적할 수 없던 그 괴물들을 저 남자는 장난감처럼 순식간에 해치우더군요. 그 동영상에서 저 남자는 하반신이 완전하지 못해서 저렇게 걷지 못하는 상태였어요. 상체와 머리만 있는 상태였는데도 정말 무시무시했어요. 벌써 펄슨이 저 괴물을 완성한 줄은 몰랐어요. 저자가 우리를 발견하면 살아남기 힘듭니다."

일행은 월터의 말에 아무런 대답을 하지 못했다. 제니퍼는 월터의 말을 무시할 생각은 없었지만 그렇다고 해서 월터처럼 겁에 질리지는 않았다. 그녀는 방 안에 있는 사람들을 구할 방법을 생각해 보았다. 그리고 재빨리 방 안에 있는 사람들의 숫자를 헤아렸다. 백인 남자를 제외하고도 적으로 생각되는 유니폼을 입은 사람들이 적어도 10여 명은 되어 보였다. 그리고 그들 모두는 중무장을 하고 있었다. 무섭다는 백인 남자를 고려하지 않더라도 이대로 그들이 안으로 진입한다고 해도 승산은 없었다.

그들이 주저하고 있을 때 갑자기 그들이 숨어 있던 통로 내부에서 이제까지 막힌 줄로만 알고 있던 반대쪽 벽이 갑자기 환해졌다. 그쪽에도 작은 구멍들이 뚫려 있었는데 그곳에서도 이제 밝은 빛이 새어 나오고 있었다. 제임스는 재빨리 그 구멍을 통해서 밖을 관찰했다. 제니퍼도 그의 뒤를 따라 구멍에 눈을 가져다 대었다. 그리고 그녀는 자신도 모르게 '헉' 하는 신음을 흘리고 말았다.

그녀의 눈에는 거대한 광장이 보이고 있었다. 양쪽의 높은 절벽 사이에 조성된 광장은 무척이나 넓어 보였다. 그러나 그녀가 놀란 것은 그 광장의 크기 때문이 아니라 그곳 광장에서 천천히 움직이는 엄청난 숫자의 '괴물'들을 발견했기 때문이다. 그녀는 이미 일제가 남긴 비디오 영상을 통해서 일제가 개발하던 괴물들이 어떤 것인지 알고 있었다. 그러나 눈앞에 보이는 그 괴물들은 그녀의 상상을 초월했다. 저렇게 수많은 괴물들이 달려든다면 그들이 살아남을 확률은 아예 없을 것이었다.

제임스도 그 엄청난 광경에 할 말을 잊은 듯이 아무 말도 하지 못하고 있었다. 하지만 그는 알파팀의 팀장답게 곧 마음의 평정심을 되찾았다. 그리고 연회장 안의 사람들을 구할 방법을 생각했다. 잠시 생각에 잠겨 있던 그는 월터를 돌아보았다.

"챙 씨, 혹시 저 밖의 조명을 다 끌 수 있는 방법이 있습니까?"

월터가 의아한 얼굴로 제임스를 쳐다보았다.

"이 비밀 통로가 아래층의 기계실로 연결되어 있긴 합니다. 그곳에서 전원 공급 장치 스위치를 내리면 될 것 같습니다만······."

제임스가 일행을 돌아보며 말했다.

"정면 대결로는 저들을 이길 수 없습니다. 기습을 해서 적들을 당황하게 만든 사이에 인질들을 구출해야 합니다. 그러려면 일단 빛을 차단해서 우리의 움직임을 최대한 은폐하는 수밖에 없습니다. 챙 씨는 저희 요원들과 같이 기계실로 가서 전력 공급을 끊어 주세요."

그리고 그는 요원들을 보면서 명령했다.

"연회실 안과 저 광장의 조명이 꺼지는 순간 진입한다. 일단 진입하면 교전은 가능한 피하고 인질들을 먼저 확보한 후에 신속하게 이곳 비밀 통로로 다시 귀환한다. 알겠나?"

"네, 알겠습니다."

작은 목소리로 요원들이 응답했다.

"그럼 조셉, 자네는 챙 씨를 데리고 기계실로 지금 가게. 곧바로 움직여!"

그의 명령에 조셉이라고 불린 요원이 월터와 함께 비밀 통로의 어둠 속으로 사라졌다.

이때 '아…… 아……' 하는 신음이 들렸다. 제임스가 돌아보니 제니퍼가 구멍을 통해 광장을 쳐다보며 몸을 떨고 있었다. 그는 깜짝 놀라 제니퍼 옆에 섰다. 그리고 구멍을 들여다보았다. 그리고 그도 깜짝 놀라고 말았다.

제프가 광장에 있었다. 그들이 보고 있는 사이에 제프는 재빨리 움직이면서 괴물들과 싸우고 있었다. 제니퍼가 갑자기 광장으로 통하는 비밀 문을 여는 스위치로 달려갔다. 그러나 그녀의 팔을 제임스가 꽉 잡았다.

"안 됩니다. 지금 나가면 우리 모두 개죽음이에요. 잠시 기다리세요. 적들의 시야를 가리고 은밀하게 움직여야 합니다."

"안 돼! 놔두면 제프가 위험해!"

그녀는 제임스의 팔을 뿌리치려고 했으나 제임스는 그럴수록 그녀의 팔을 더 꽉 잡았다. 그리고 요원들에게 명령했다.

"모두 고글을 쓰고 발포 준비!"

그의 말에 일행이 일제히 눈에 적외선 고글을 착용했다. 그리고 각자의 무기에 탄알을 장전했다. 그러나 일행이 기다려도 아직 조명은 꺼지지 않았다.

'무슨 일이 발생한 것인가? 왜 이리 시간이 걸리지?'

제임스가 내심 초조해하고 있을 때 제니퍼가 '악' 하고 나직이 비명을 질렀다. 제임스는 그녀의 비명에 놀라 다시 구멍을 통해 광장을 쳐다보았다.

그리고 그는 보았다. 제프가 멀리서 처참하게 죽어가는 것을. 머리가 녹아 버리고 바닥에 쓰러지는 제프를 보면서 제니퍼의 안색이 창백해졌다. 그녀는 아무 말도 못하고 석고상처럼 몸이 굳은 상태로 멍하게 제프의 최후를 바라만 보고 있었다.

"아……"

제임스는 자신도 모르게 나직하게 신음을 냈다. 제프는 그가 존경하던 상관이었고 동료였다. 그가 시체도 남기지 못하고 죽어가는 것을 눈으로 보자 그도 충격에 빠졌다. 제프의 죽음이 자신의 잘못처럼 생각되어 자책감에 순간 아무 생각도 할 수 없었다.

그들이 아무 것도 하지 못하고 굳어 있는 사이, 이번에는 최민이 광장에 끌려 나가는 것이 보였다. 최민이 머뭇대다가 총을 집어 들고 유리문을 향해 발포하는 것, 그리고 그가 괴물들에게 쫓겨 바위틈으로 피해 달아나는 것이 보였다.

제임스는 정신을 차리고 일행들에게 명령했다.

"다들 집중해. 불이 꺼지는 순간 빨리 연회장으로 진입해서 1조는 인질을 구출하고 2조는 적을 막는다. 알겠나?"

하지만 명령을 내리는 순간에도 그는 제프의 죽음을 막지 못했다는 죄책감에 제니퍼를 똑바로 쳐다볼 수 없었다. 그는 입술을 깨물었다.

이때 갑자기 지하에서 '쾅' 하는 커다란 소음이 들렸다. 그와 동시에 그들 주위의 빛이 일제히 꺼져 버렸다. 사방은 깜깜한 암흑으로 돌변했다.

"지금이야. 움직여!"

제임스가 마침내 요원들에게 명령했다. 그들은 연회장으로 통하는 비밀 문을 여는 스위치를 눌렀다. 문이 열리자 요원들이 일제히 연회장 안으로 뛰어들어갔다.

어둠 속에서 적들이 당황하는 것이 보였다. 유니폼을 입은 적들은 순간적으로 방향감을 잃고 무기를 꺼내 경계 태세를 취하고 있었다. 제임스는 재빨리 뛰어 비비안에게 다가갔다. 그리고 품 속에서 칼을 꺼내어 비비안을 묶고 있던 줄을 끊었다. 비비안의 좌우에 있던 유니폼 입은 남자들이 낌새를 채고 비비안 쪽으로 달려왔다. 알파팀 요원들의 총구가 불을 뿜었다.

'타타당' 소리와 함께 남자들이 피를 흘리며 바닥에 쓰러졌다. 알파팀 1조 요원들이 신속하게 비비안과 바닥에 쓰러져 있던 이토를 부축하여 일으켰다. 그리고 그들이 진입했던 비밀 통로 쪽으로 이동했다. 그 사이에 2조 요원들은 총을 들고 다가오는 적들을 향해 발포했다. 어둠 속에서 섬광이 번쩍이면서 유니폼 입은 남자들 몇 명이 다시 쓰러졌다. 적들은 이제 섣불리 움직이지 않고 테이블이나 의자 뒤에 숨은 후에 총에 달린 라이트를 켜고 요원들에게 응사를 하고 있었다. 그러나 당황한 탓인지 한 명의 아군도 쓰러뜨리지 못했다.

'됐어!'

제임스는 인질들을 데리고 비밀 통로에 가깝게 다가서자 안심이 되었다. 이제 저 통로로 진입하기만 하면 그들은 이 지옥 같은 곳을 빠져나갈 수 있었다. 물론 광장에서 바위틈에 갇혀 있는 최민이 마음에 걸렸으나 그는 더 이상 이 지옥 같은 곳에 머물 생각이 없었다. 인질도 중요했지만 팀원들의 생사도 그에게는 중요했다.

그가 비밀 통로 입구에 다다르자 기계실에서 전력을 끊고 돌아온 월터와 조셉이 그들을 기다리는 것이 보였다. 그들이 인질들을 데리고 막 비밀 통로 입구에 도달했을 때였다. 갑자기 '쾅' 하는 소리와 함께 비밀 통로가 위치해 있던 벽이 무너져 내렸다. 제임스가 쳐다보니 부서진 벽돌 잔해와 먼지 속에서 키가 커다란 남자 한 명이 걸어 나오는 것이 보였다. 금발에 장신인 미남자…… 바로 월터가 그토록 두려워했던 오메가였다.

"오호…… 이곳에 이런 쥐구멍이 있었군요. 재미있는데."

오메가가 어떻게 벽을 박살내었는지는 보지 못했지만 이미 일행이 탈출할 비밀 통로는 무너져 버리고 말았다. 알파팀 2조가 총구를 돌려 오메가에게 총을 난사했다.

'타타당, 타타당' 요란한 소음과 함께 오메가가 입고 있던 옷 여기저기가 터져 나갔다. 그러나 그의 매끈한 피부는 총알을 맞은 곳만 약간 붉게 변했을 뿐, 고성능의 최신 화기로도 전혀 타격을 입히지 못했다.

오메가는 어둠 속에서도 행동에 제약을 받지 않는 듯이 보였다.

그는 천천히 걸어오다가 갑자기 움직였다. 움직임이 너무 빨라 마치 그 자리에서 사라지는 것처럼 보였다. 그의 몸은 요원 한 명의 앞에 나타났다. 요원이 놀란 얼굴로 오메가에게 총을 겨누려 했으나 이미 늦었다. 오메가가 손을 뻗었는데 손목에서 예의 그 기다란 가시 같은 것이 튀어나왔다. 그리고 그 가시는 요원의 머리를 정확히 관통하고 말았다. 요원은 비명 한 번 지르지 못하고 그대로 숨이 끊어졌다. 그 광경을 본 다른 요원들이 오메가에게 총을 쏘았다. 오메가가 팔을 치켜들자 머리를 꿰뚫린 요원의 몸이 허공에 들렸다. 총알들은 요원의 몸에 박혔다. 요원의 몸 여기저기가 터져 나가면서 순식간에 사람의 형체를 잃어버리고 말았다.

오메가는 어린아이가 귀찮은 장난감을 집어 던지듯이 팔을 휘둘렀다. 요원의 시체가 허공을 날아 바닥에 뒹굴었다. 그리고 그는 다시 움직였다. 다른 요원 하나가 순식간에 오메가에게 또다시 몸을 꿰뚫렸다.

이때 월터와 같이 비밀 통로 입구에서 나오던 조셉이 알아들을 수 없는 괴성을 지르며 총을 오메가에게 난사했다. 방금 죽은 요원은 그와는 둘도 없는 친구였다. 그는 분노에 차서 자신도 위험하다는 사실은 잊고 비밀 통로 입구에서 뛰어 나오면서 총알을 오메가에게 퍼부었다. 총알이 그의 몸에 명중했으나 오메가는 눈 하나 깜빡하지 않았다. 그는 입가에 비웃음을 띠고 어느새 조셉 앞에 나타났다. 그가 팔을 휘둘렀다. 손에는 어느새 길게 자란 손톱이 튀어나와 있었다. 그의 손톱이 조셉의 몸을 그었다. 처절한 비명과 함께 허공에 피분수가 솟았다. 조셉의 몸이 바닥에 쓰러졌다. 그러나 그는 아직 숨이 끊어지지 않은 듯 무릎을 꿇고 총을 오메가에게 겨누었다.

오메가가 그런 조셉을 비웃으며 최후의 일격을 가하려고 팔을 들었다. 이때였다. 갑자기 방금 무너진 벽에서 검은 인영이 튀어 나왔다. 그리고 그가 오메가를 향해서 손에 든 무기를 발사했다. '위잉' 하는 벌레가 날아다니는 듯한 소리와 함께 아지랑이 같은 빔이 총구에서 발사되었다. 그리고 빔은 오메가의 몸에 명중했다.

오메가는 이상한 표정을 짓고 있었다. 그는 팔을 치켜든 상태로 굳어 팔을 아래로 내려치지 못하고 그 자리에 멈춰서 있었다. 그의 몸 여기저기에서 작은 스파크가 튀고 있었다.

"지금이에요. 빨리 광장으로 나가요!"

날카로운 여자의 목소리가 들렸다.

그때까지도 동료들의 죽음에 공포와 분노에 휩싸여 이성을 잃고 있던 제임스는 정신을 차리고 그 목소리의 주인공을 찾았다. 방금 전에 무너진 통로에서 나타난 사람은 몸에 딱 달라붙는 검은색 가죽 옷을 입고 붉은 머리카락을 가진 여자였다. 그녀는 얼굴에 적외선 고글을 착용하고 손에는 총구가 엄청나게 커 보이는 이상하게 생긴 총을 들고 있었다.

"뭐해요! 이 총으로도 저 괴물을 오랫동안 막을 수 없어요. 빨리 나가요! 이 비밀 통로는 이미 막혔어요!"

그녀는 그 말과 함께 다시 한 번 총을 발사했다. 막 움직이려던 오메가가 다시 총에 맞고 자리에 멈춰 섰다. 처음으로 오메가의 아름다운 얼굴이 일그러졌다.

제임스는 재빨리 일행에게 명령했다.

"모두 후퇴!"

그의 말과 함께 일행은 광장으로 통해 있는 유리문으로 달려갔다. 요원들이 비비안과 이토를 부축해서 같이 재빠르게 움직였다.

마침내 일행은 유리문을 통과해서 광장으로 나섰다. 광장은 아직도 칠흑같이 어두웠다. 제임스가 월터에게 말했다.

"이곳 광장에서 잠시라도 숨을 만한 곳이 있나요?"

그의 말에 월터가 대답했다.

"광장 구석에 종유석 바위로 둘러싸인 작은 공터가 있어요. 저 멀리 상어 이빨처럼 종유석이 바닥에서 솟아 있는 곳이 보이죠? 바로 그 종유석 뒤쪽입니다. 그곳이라면 쉽게 발각되지 않을 겁니다."

"그곳으로 갑시다."

제임스가 재빨리 판단을 내렸다.

그러자 월터가 앞장서면서 말했다.

"모두 저를 따라오세요."

그는 재빨리 광장의 좌측으로 뛰었다. 일행은 그의 뒤를 따라 이동했다. 이때 묵묵히 일행을 뒤따라오던 제니퍼가 제임스에게 말했다.

"먼저 가세요. 저는 최 박사님을 구해서 같이 갈게요."

제임스는 제니퍼의 얼굴을 잠시 쳐다보았다. 그녀의 얼굴은 눈물로 얼룩져 있었지만 눈은 분노와 복수심으로 불타오르고 있었다.

제임스가 나직이 한숨을 쉬었다.

"제니퍼, 부디 무사히, 그리고 빨리 돌아와요."

그는 제니퍼에게 다른 요원도 같이 보내고 싶었으나 부상자들을 데리고 이동하는지라 마땅히 같이 보낼 요원이 없었다. 그 자신은 이 일행을 지휘해야만 했다.

제니퍼는 그의 말에 고개를 끄덕였다. 그녀는 손에 들고 있던 총과 가슴에 달고 있던 섬광탄, 그리고 고성능 수류탄을 점검했다. 그리고 최민이 갇혀 있는 바위 쪽으로 달려갔다. 그녀의 몸은 어둠 속으로 순식간에 사라졌다. 그 뒷모습을 지켜보던 제임스는 작게 한숨을 내쉬다가 고개를 돌렸다. 그리고 곧바로 일행을 이끌고 반대 방향으로 달려갔다.

죽음의 천사

2권

탈출

최민은 이토의 치료를 마치고 나서 자리에서 일어선 비비안을 다시 꼭 안고 있었다. 한 번 죽을 고비에서 살아온 그였기에 다시 만난 비비안을 다시는 놓치고 싶지 않았다. 그때 그들의 곁으로 한 사람이 다가왔다. 붉은색 머리카락을 한 젊은 여자였다. 그녀는 최민 옆 바위에 등을 기대고 있던 이토에게 다가갔다.

"이토 상, 몸은 어떠세요?"

그녀가 나직하게 말했다. 그녀의 말에 눈을 감고 있던 이토가 눈을 떴다.

"도쿠마, 내 기대를 저버리지 않았구나. 잘했다."

그는 도쿠마라 불린 여자를 보며 희미하게 웃음을 지었다.

최민은 그들을 쳐다보다가 도쿠마가 들고 있는 이상하게 생긴 총을 쳐다보았다.

"당신은 누구입니까? 그리고 그것이 바로 SMW Gun입니까?"

그의 질문에 이토가 대신 대답했다.

"그렇다네. 이 아이는 내 양녀인 도쿠마라네. 지금까지 나를 가장 잘 도와준 아이지. 이 아이가 없었다면 벌써 펄슨은 음모를 완성해서 세상으로 저 괴물들을 이끌고 나갔을 거야."

그는 말을 이었다.

"멍청한 펄슨과 오메가라고 불리는 괴물은 내가 SMW Gun을 어디엔가 숨겨 놓았을 것이라 생각했지. 내가 그것을 이 아이에게 맡겼다는 것은 생각도 못하고 말야. <u>흐흐흐</u>."

그는 나직하게 웃었다.

도쿠마는 최민에게 손을 내밀어 악수를 청했다.

"최 박사님이시죠? 몇 번이나 마주쳤는데도 이제야 서로 통성명을 하게 되는군요. 저는 도쿠마 미오라고 합니다."

최민은 그녀와 악수를 하면서 인생이 참으로 아이러니하다고 생각했다. 그녀는 베트남에 도착하자마자 이곳 동굴로 이동하던 최민을 도로상에서 따라잡아 총질을 했고, 스튜디오3과 4에서는 로봇들을 동원해 서로 싸우기도 했으며, 마지막에는 그의 로봇을 SMW Gun으로 부수기도 했다. 어찌 보면 가장 최악의 적이었던 셈이다. 하지만 이제 그녀 덕분에 모두의 목숨을 구할 수 있었으니, 영원한 적이란 것은 없는 것일지도 몰랐다. 중앙통신 관제센터 입구에서 벌어진 마지막 전투에서 그녀는 죽은 것처럼 보였지만 실제로는 이토가 꾸민 속임수였던 것이 분명했다.

"한 가지 궁금한 것이 있는데 지금 물어봐도 될까?"

비비안이 최민에게 말했다. 최민은 긍정의 뜻으로 고개를 끄덕였다.

"이토 씨가 아까 수술실에서 너에게 귓속말로 뭐라고 한 거야?"

비비안이 그동안 무척 궁금했는지 물었다. 최민은 쓴웃음을 지으며 대답했다.

"솔직히 말하지. 이토 씨는 나에게 아무 말도 하지 않았어."

비비안은 멍하게 그를 쳐다보았다.

"이토 씨는 내 귓가에 입술을 대고 무어라 중얼거렸는데 입만 벙긋대었을 뿐 아무 소리도 들리지 않았어."

그 대답에 이토가 다시 웃었다.

"흐흐흐. 그것은 내가 무기를 어디엔가 숨겨 놓았다고 펄슨을 믿게 만들려는 술책이었지. 멍청한 펄슨이 감쪽같이 속아 넘어간 것이고. 그래서 그자는 나를 생포하고도 곧바로 죽이지 않은 것이네. 그들에게 위협이 되는 무기들인 SMW Gun이나 중성자 폭탄이 어디 있는지 그자들도 무척 궁금했을 것이거든. 나 이외에는 내가 데리고 온 사람들이 모두 죽었다고 생각했겠지. 여기 있는 도쿠마도 체형이 비슷한 시체를 미리 준비해서 그자들을 속였지. 나로서는 승부수를 던진 것인데 그것이 통한 것이야."

이토의 대담함과 교활함에 최민은 자신도 모르게 감탄을 했다. 짧은 시간에, 더구나 몸에 부상까지 입은 상태에서 자신의 목숨을 걸고 그렇게 도박을 할 만한 사람은 많지 않을 것이었다.

"본의 아니게 자네를 속이게 되어 미안하네. 하지만 그 덕분에 모두 아직까지 살아있다는 것으로 위안을 삼으면 좋겠군."

그의 말에 최민은 이토를 다시 쳐다보았다. 분명 그는 선한 사람은 아니었다. 자신의 목적을 위해서 사람들을 해치는 것을 주저하지 않는 사람이 선할 수는 없었다. 그러나 그는 자신의 조상이 지은 죄를 갚으려 스스로를 희생한 사람이었다. 자신의 신념을 위해서 모든 것을 건 사람임에는 틀림없었다.

이때 그들에게 사람들이 다가왔다. 제임스와 제니퍼였다. 제니퍼가 입을 열었다.

"적들이 이곳을 수색하기 시작했어요. 이곳에 숨어 있더라도 머지않아서 발각될 것이 분명해요. 그리고 저들이 끊어진 전력망을 복구해서 이곳에 조명이 다시 들어온다면 우리는 이곳을 빠져나갈 생각을 버려야 할 거예요."

제임스가 응답했다.

"추우 요원의 말이 맞습니다. 이곳에 오래 머물 수는 없어요. 지금 당장 빠져나가야 합니다."

비비안이 물었다.

"그럼 어디로 가야 하죠?"

이미 생각해 놓은 것이 있었던 듯이 최민이 대답했다.

"제가 생각하기에 가장 좋은 방법은 이곳 광장 반대편에 있다는 출구로 탈출하는 것입니다. 오메가란 자가 저를 이곳에 내몰 때 그곳 출구로 나가면 연구소를 빠져나갈 수 있다고 말했죠. 그 자는 제가 이미 죽은 목숨이라고 생각했을 것이므로 저에게 거짓말을 할 이유가 없었다고 생각합니다."

그의 말에 이토가 대답했다.

"그래, 그 오메가란 자와 펄슨은 모두 자존심이 강한 자들이지. 아마도 그런 사소한 것에까지 머리를 쓰지는 않았을 거야."

제니퍼가 조금 떨어져 있던 월터를 보며 물었다.

"챙 씨, 광장 반대편 출구로 나가면 어디로 통하죠?"

월터는 잠시 생각하다가 대답했다.

"저도 지도로만 봐서 정확히는 모릅니다. 하지만 저 절벽 뒤편으로 지하 동굴을 따라 흐르는 작은 강이 표시되어 있었던 것 같습니다."

제임스가 급히 물었다.

"그 강은 어디로 통하나요?"

월터는 기억을 되살리려 애쓰는 듯이 보였다.

"그것이…… 그러니까…… 음……."

잠시 주저하던 그가 고개를 들었다.

"아! 생각났습니다. 그 강은 절벽 뒤편을 빙 돌아서 이곳 연구소 입구 쪽으로 통합니다. 그곳에서 강물은 작은 폭포를 타고 지하로 흘러나가죠. 그 폭포 바로 옆에 쓰레기 소각장이 건설되어 있습니다. 이곳에서 나오는 쓰레기를 소가해서 잔해를 그 폭포를 통해 버리도록 되어 있거든요. 소각장을 지나서 계속 직진하면 여러분들이 들어왔던 입구로 도달하게 됩니다."

일행을 이끌게 된 제임스가 말했다.

"그곳으로 갑시다. 연구소 입구의 소각장으로부터 스튜디오4로 통하는 입구까지는 그리 먼 거리가 아닙니다. 빨리 움직이면 이곳을 빠져나갈 수 있을 겁니다."

그는 일행에게 잠시 후에 미국 측이 이곳을 파괴할 것이라는 것을 말하지 않았다. 너무 많은 것을 알게 되면 사람들이 패닉 상태에 빠질 위험이 있었다. 그러나 그들에게 시간이 많이 남아 있지 않다는 것을 잘 알고 있었다.

"곧바로 움직입시다. 최 박사님과 심슨 박사님이 이토 씨를 잘 부축하기 바랍니다."

그의 말과 함께 일행은 분주히 이동할 준비를 했다. 최민과 비비안이 이토를 좌우에서 부축하고 도쿠마가 SMW Gun을 들고 제임스와 같이 일행의 선두에 섰다.

일행 모두가 적외선 고글을 제대로 착용했는지 확인한 제임스가 명령했다.

"일단 이곳에서 나가면 최대한 신속하게 움직입니다. 소리를 내지 않도록 주의하세요. 알파팀 1조는 정면에서 나와 함께 움직이고, 2조는 후위에서 추격하는 자들을 맡도록 합시다. 자, 움직입시다!"

그의 말과 동시에 일행은 이제까지 숨어 있던 공터에서 종유석 바위 사이를 통해 빠져나왔다. 그리고 재빨리 광장 반대편에 있는 출구로 움직이기 시작했다.

빠르게 걷던 제니퍼는 고글을 통해 전방을 살폈다. 적지 않은 수의 괴물들이 어둠 속에서 어슬렁거리는 것이 보였다. 괴물들은 그녀 일행을 찾고 있는 것이 분명했다. 몇몇 놈들이 코를 하늘에 치켜들고 냄새를 맡고 있는 것이 보였다. 뒤쪽을 쳐다보니 멀리서 밝은 손전등 빛이 어지럽게 사방을 비추고 있는 것이 보였다.

펄슨과 메이슨이 이끄는 사람들이 그들을 찾으려 움직이는 것이 틀림없었다.

일행은 마침내 제프가 죽음을 당한 작은 언덕에 다다랐다. 출구로 가려면 이곳 언덕 옆을 거쳐 가야만 했다. 제니퍼는 죽은 제프의 복수를 하고 싶었으나 지금은 빠져나가는 것이 우선이었다. 그녀는 이를 악물고 일행과 같이 뛰었다.

이때 언덕 위에서 갑자기 괴성이 들렸다. 놀란 일행이 고개를 돌리자 언덕 위에서 하얀 형체가 나타나는 것이 보였다. 하늘대는 옷을 입고 있는 금발의 절세미인, 바로 아프로디테라 불린 괴물이 언덕 위에서 그들을 내려다보고 있었다. 그녀는 어둠 속에서도 일행의 위치를 파악한 듯했다.

"꺄악-!"

그녀가 입을 열었는데 사람의 목소리가 아닌 고음의 괴성이 터져나왔다. 그와 동시에 언덕 뒤에서 거대한 형체들이 나타났다. 엄청난 크기의 괴물들이었다. 키가 5m는 되어 보이는, 거의 작은 산만한 덩치의 괴물들, 바로 헤라클레스라고 불린 괴물들이었다. 헤라클레스 두 마리가 여자 괴물의 신호에 맞추어 일행들이 있는 곳을 향해 빠르게 언덕을 뛰어 내려왔다. 아마도 아프로디테가 그 괴물들의 움직임을 조종하는 것 같았다.

헤라클레스들은 키가 큰 만큼 보폭도 커서 순식간에 일행을 따라잡았다. 일행의 뒤에서 엄호를 하던 알파팀 2조 조원들은 거대한 괴물들이 다가오자 공포에 질렸다. 그들은 제임스의 명령도 기다리지 않고 총을 들어 괴물들을 향해 발포했다.

'타다다다다다당, 타다다다당'

요란한 총소리가 광장에 울려 퍼졌다. 그와 동시에 광장에 우글대던 괴물들이 일제히 최민 일행 쪽으로 고개를 돌렸다. 그중 일부는 이미 이쪽으로 움직이기 시작했다. 일행의 뒤에서 정신없이 사방을 비추던 LED 전등 빛이 잠시 움직임을 멈추더니 곧바로 일행 방향으로 따라오기 시작했다. 펄슨과 메이슨 역시 이 총소리를 듣고 추격을 시작한 것이 분명했다.

"제길! 전원 발포하라!"

제임스는 원래는 2조에게 발포를 자제하라고 명령하려 했지만 이미 늦었다. 그는 큰 소리로 명령한 후에 자신도 총을 들고 2조 방향으로 뛰어갔다.

헤라클레스 두 마리는 이미 2조 조원들을 덮치고 있었다. 조원들은 피하려 했지만 괴물들의 덩치가 크고 속도가 매우 빨라서 쉽지 않았다. 다만 아직도 어두운 암흑이라서 괴물들은 일행 한 명 한 명의 위치를 정확하게 파악하지는 못하고 있는 것처럼 보였다. 그들은 총소리와 총에서 나오는 불빛을 겨냥하여 마구잡이로 양팔을 휘둘렀다. 정확하지는 않지만 대충 휘두른 괴물들의 팔에 요원 한 명이 가슴을 격타당했다. 그는 방탄복을 입은 가슴이 움푹 파여 허공을 날아 종유석 바위에 부딪혔다. 가까이 가서 보지 않아도 즉사가 분명했다.

총이 큰 효력을 발휘하지 못하자 두 명밖에 남지 않은 2조 대원 중 한 명이 품에서 섬광탄을 꺼내어 괴물에게 던졌다. '퍽' 하는 소리와 함께 주위가 순간 대낮처럼 환해졌다. 어둠에 익숙해져 있던 괴물들은 갑자기 눈앞이 대낮처럼 밝아지자 순간 눈을 감고 동작을 멈췄다. 이 틈을 타서 일행은 다시 재빨리 앞으로 빠져나갔다.

섬광탄은 헤라클레스 괴물 두 마리의 움직임을 순간 멈추는 데 성공했지만 대신 뒤를 따라오던 아프로디테에게 그들 일행 모두의 위치를 정확하게 알려주고 말았다. 그녀는 마치 발이 허공에 떠 있는 듯이 빠른 속도로 달려왔다. 그리고 정신없이 달리고 있는 일행의 뒤로 다가가서 갑자기 입을 벌렸다.

'쉭' 하는 소리와 함께 그녀의 입에서 검은색 액체가 뿜어져 나왔다. 그 액체는 마치 소방관이 쏘는 소방호스에서 나오는 물줄기처럼 강력한 힘으로 허공을 날아 후위에서 달리던 요원 한 명에 명중했다.

"으아악!"

비명과 함께 요원이 바닥에 나뒹굴었다. 그가 입고 있던 전투복에 검은 액체가 달라붙더니 순식간에 옷에 구멍이 나기 시작했다. 그리고 그 구멍을 통해 피거품이 뿜어져 나왔다. 요원의 몸이 검게 변하더니 천천히 흐물흐물 대면서 녹아내리고 있었다.

그 광경을 본 주위의 동료들이 아프로디테를 향해 분노에 차서 총을 난사했다. 그러나 그녀는 믿을 수 없을 만큼 빠르게 움직이면서 총알을 피해내고 있었다. 일부 스치는 총알도 그녀의 움직임을 막지는 못했다.

그녀는 다시금 입을 벌렸다. '쉭' 하는 소리와 함께 엄청난 양의 액체가 하늘로 뿜어져 나왔다. 그리고 그 액체는 허공에서 사방으로 퍼지더니 그녀를 막으려 달려온 요원들의 주위로 마치 빗줄기처럼 쏟아져 내렸다. 검은 액체를 뒤집어쓴 요원들이 비명을 지르기 시작했다. 그들의 몸이 믿을 수 없을 만큼 빠른 속도로 녹아내리고 있었다. 순식간에 요원 세 명이 핏물로 녹아 버렸다. 독성이 얼마나 강한지 요원들이 들고 있던 총기류마저 천천히 녹아내리고 있었다. 실로 가공할 독이었다.

제임스는 동료들이 비참하게 죽어가는 것을 보고 이성을 잃었다. 그는 다가오는 괴물을 향해 기관총을 난사했다. 그러나 여자 괴물은 빠르게 그에게 다가서고 있었다. 그는 자신의 죽음을 직감했다.

그때 그의 옆에서 '위잉' 하는 소리와 함께 섬광이 번쩍였다. 도쿠마가 어느새 다가와서 SMW Gun을 발사한 것이다. 아지랑이 같은 빔이 뻗어 나가 아프로디테에게 명중했다. 몸에서 스파크가 튀면서 그녀는 걸음을 멈추었다. 그녀의 몸 이곳저곳에서 연기가 피어오르면서 피부가 갈라지기 시작했다. 그리고 그곳에서 정체불명의 검은색 액체가 스며 나왔다. 그녀는 허공에 괴성을 질렀다. 그러자 뒤에 있던 헤라클레스들이 달려오기 시작했다.

"빨리 달아나요!"

도쿠마가 제임스의 팔을 붙잡고 뒤로 당기며 급히 말했다. 그들은 다시 몸을 돌려 출구 방향으로 뛰기 시작했다.

그들은 정신없이 달렸다. 그리고 마침내 절벽 밑에 뚫려있던 작은 문 앞에 도착했다. 그곳에는 먼저 와 있던 최민 등이 그들을 기다리고 있었다. 입구에 막 다다랐을 때 몸통이 개처럼 생긴 괴물

세 마리가 어느새 그들을 따라잡고 덤벼들고 있었다. 바로 케르베로스라고 이름 붙은 괴물들이었다. 살아남은 요원 한 명이 괴물들에게 총을 쏘았으나 괴물들의 동작이 워낙 재빨라 한 발도 명중시키지는 못했다.

괴물들이 일행에게 막 덤벼들려고 할 때였다. 다시금 '위잉' 하는 소리와 함께 SMW Gun이 발사되었다. 이번에는 한 방향으로 빔이 발사된 것이 아니라 좌우로 넓게 퍼져나가고 있었다. 괴물들은 빔을 피하지 못했다. 빔에 명중된 괴물들이 땅으로 나뒹굴었다. 괴물들의 몸에서 연기가 피어오르면서 더 이상 움직이지 못하고 바닥에 쓰러져 버렸다.

일행은 마침내 출구를 통과했다. 절벽에 나 있는 문은 좁다랗고 길게 뻗은 동굴과 연결되어 있었다. 천연 동굴을 약간 인공적으로 다듬은 통로였다. 이토는 부상당한 상태에서 무리해서 뛰느라 많이 지쳤는지 숨을 헐떡이고 있었다. 제임스가 최민에게 다가와 물었다.

"이토 씨는 어떤가요?"

최민도 가쁘게 숨을 몰아쉬고 있었다. 이토를 부축하면서 뛰느라 그도 체력이 많이 고갈된 상태였다.

"아직은 괜찮습니다."

"그럼 계속 가도록 합시다."

제임스가 짧게 말했다.

일행은 말없이 걸었다. 잠시 후에 동굴이 넓어지면서 약간 넓은 지하공간이 나타났다. 동굴 내부의 공기가 무척 차가웠다. 최민의 귀에 마침내 물이 흐르는 소리가 들렸다.

"강이 근처에 있는 것 같습니다."

요원 한 명이 제임스에게 말했다. 제임스는 고개를 끄덕이고 물소리가 나는 방향으로 빠르게 걸었다. 걸을수록 물소리가 점점 커져 갔다.

마침내 그들 앞에 바닥에서 솟구친 종유석들이 사라지고 모래사장이 나타났다.

"이런 동굴 안에 모래사장이라니…… 정말 불가사의하군요."

비비안이 말했다.

그들이 모래사장에 도착하자 마침내 작은 강이 보이기 시작했다. 적외선 고글을 통해서 보이는 강은 짙은 암갈색을 띠고 있었다. 강폭은 약 10여 미터 정도 되어 보였는데 잔잔한 물이 천천히 흐르고 있었다.

그리고 놀랍게도 강가 모래톱에 작은 선착장이 만들어져 있었다. 나무로 만들어진 선착장은 만들어진 지 매우 오래된 듯, 나무 표면이 여기저기 벗겨져 있고 일행이 그 위에 올라서자 삐거덕대는 소리가 났다. 하지만 일행의 표정은 밝아졌는데 그것은 그들이 선착장에 묶여 있는 소형 보트를 발견했기 때문이었다. 보트는 밧줄에 묶여 있었는데, 무척 오래된 모델처럼 보였고 군데군데 녹이 슬어 페인팅이 벗겨져 있었다.

"운이 좋군요. 보트가 있다니. 모터가 작동할지 모르겠네요."

제니퍼가 제임스에게 나지막이 말했다.

"일단 전부 보트 위에 타도록 합시다."

제임스는 일행을 한 명씩 차례로 보트 위에 태웠다. 지금 살아남은 사람은 전부 9명이었다. 최민, 비비안, 제니퍼, 월터, 이토, 도쿠마, 제임스, 그리고 요원 두 명이었다. 보트는 비록 작았지만 9명이 모두 탈 정도의 크기는 되었다. 제임스는 이제 두 명밖에 남지 않은 알파팀 요원들을 쳐다보면서 속으로 이를 갈았다. 하지만 그는 곧 냉정함을 찾고 요원들에게 명령했다.

"모터에 시동을 걸어!"

그의 말에 요원들이 총을 보트 위에 내려놓고 모터에 시동을 걸었다. 하지만 시동은 쉽게 걸리지 않았다. 그들이 시동을 걸려고 애를 쓰는 사이, 그들이 막 지나쳐 온 좁은 동굴 쪽에서 불빛이 흘러나왔다. 그와 동시에 어지럽게 울리는 발자국 소리가 들려왔다.

"제길, 모두 노를 저어요!"

그의 말에 일행은 보트 바닥에 떨어져 있던 노를 집어 들고 노를 젓기 시작했다. 보트는 선착장에서 떨어져 강물을 따라 움직이기 시작했다. 모두가 마음이 급해져서 있는 힘껏 노를 저었지만 체계적으로 노를 젓는 것이 아니라서 보트가 빨리 움직이지는 않았다.

배가 선착장에서 이십여 미터 정도 벗어났을 때 마침내 선착장에 적들이 도착했다. 강력한 전등 빛이 강물을 여기저기 비추더니 마침내 보트를 발견했는지 환한 빛이 보트를 비추었다. 그와 동시에 동굴 안에 엄청난 소음이 울려 퍼지면서 보트로 총알이 날아오기 시작했다.

248

"모두 머리를 숙여요!"

제임스의 말에 일행이 머리를 숙였고 제임스와 제니퍼, 그리고 요원 한 명이 가지고 있던 총기로 선착장을 향해 대응사격을 했다. 비비안은 고막을 찢을 듯이 울리는 총소리에 겁을 먹은 듯이 보트 바닥에 고개를 파묻었고, 그런 그녀의 등 위를 최민이 몸으로 덮으며 그녀를 보호하려고 했다.

이때 갑자기 '부응' 하는 소리와 함께 모터에 시동이 걸렸다. 그때까지도 모터와 씨름하고 있던 요원이 기쁨에 자신도 모르게 환호성을 지르며 제임스를 돌아보았다. 그러나 그 순간 그의 얼굴에 밝은 빛이 비추는가 싶더니 선착장에서 날아온 총알이 그의 가슴과 팔에 명중했다. 가슴에 입은 방탄조끼로 가슴이 관통되는 화는 면했지만 총알에 명중된 손목이 날아가면서 그는 자리에 쓰러졌다.

보트가 빨리 움직이면서 선착장은 천천히 멀어지기 시작했다. 아직도 총알이 날아오고 있었지만 적들도 어둠 속에서 사격을 하는 것이라 그리 정확하게 보트를 맞추지는 못하는 듯했다. 보트가 강물을 따라 동굴 안을 달렸다. 동굴이 크게 꺾이는 지점을 지나자 마침내 선착장이 시야에서 사라지고 더 이상 총알도 날아오지 않았다.

최민은 안도의 한숨을 내쉬고 방금 쓰러진 요원을 쳐다보았다. 그는 손목에서 엄청나게 많은 피를 흘리고 있었는데, 그곳 이외에도 목에 또 다른 총알 자국이 나 있었고 그곳에서 피가 뿜어져 나오고 있었다. 제니퍼와 제임스가 다가가서 그를 부축하고 지혈을 하려 안간힘을 썼지만 이미 그의 눈에는 생명의 빛이 꺼져가고 있었다. 그는 제임스를 쳐다보며 무엇인가 말하려 했지만 입에서는 피거품만 흘러나왔다. 그리고 잠시 후에 몸이 축 늘어졌다.

제임스는 죽은 요원의 눈을 감겨주었다. 그리고 무거운 표정으로 요원이 가지고 있던 총을 그의 손에서 떼어냈다. 그리고 그 총을 월터에게 주었다. 월터는 굳은 얼굴로 그 총을 받아 들고 어깨에 멨다. 일행은 아무런 말도 하지 않고 침묵을 지켰다.

제임스는 갑자기 자리에서 벌떡 일어서더니 도쿠마의 멱살을 잡았다.

"왜 그 무기를 더 빨리 사용하지 않은 거요? 당신이 그 무기를 아까 광장에서 빨리 사용했으면 내 부하들이 그렇게 죽지는 않았을 것 아니요!"

도쿠마는 제임스에게 멱살을 잡혔지만 침착함을 잃지 않았다. 그녀는 냉정한 눈으로 제임스를 쏘아보고만 있었다. 이때 보트에 기대어 있던 이토가 그녀를 대신해서 입을 열었다.

"무식한 소리 하지 말게. 그 무기가 무슨 기관총처럼 아무 때나 총알을 장전해서 발사할 수 있는 것인 줄 아나? 저건 위력이 강력한 만큼 엄청난 에너지를 사용하네. 한 번 발사하면 한동안 충전할 시간이 필요하고 그리고 연달아 발사하면 그만큼 더 오래 충전을 해야 하는 거네. 그리고 휴대용으로 제작된 만큼 총의 배터리 용량이 크지 않아서 그리 많이 사용할 수도 없어!"

그리고 그는 도쿠마를 향해 질문했다.

"몇 번이나 더 사용할 수 있겠나?"

그녀는 오른손으로 자신의 멱살을 잡고 있는 제임스의 손을 뿌리치면서 말했다.

"앞으로 약 세 번 정도밖에 사용할 수 없을 것 같습니다."

그리고 그녀는 제임스의 눈을 보면서 말했다.

"아까는 충전이 완료되는 대로 발포를 한 것인데도 늦었어요. 그들이 죽어서 참으로 안타깝게 생각합니다. 하지만 이 무기가 없었다면 여기 있는 사람들 중 단 한 명도 살아있지 못했을 거예요."

제임스는 그녀의 말에 멍청하게 잠시 서 있다가 몸을 획 돌렸다. 그리고 보트 맨 앞으로 가서 그곳에 홀로 떨어져 앉았다.

월터는 보트 뒤에서 배의 방향을 조정하고 있었다. 한동안 운전에 집중하던 그의 귀에 무슨 소리가 들리기 시작했다.

'이게 무슨 소리지?'

그는 점점 크게 들려오는 소리에 귀를 기울였다. 그리고 마침내 그 소리가 무엇인지 알아냈다. 그는 급히 고개를 돌려서 사람들에게 말했다.

"모두 조심하세요. 우리 뒤쪽으로 배가 따라오고 있어요!"

그의 말에 일행이 배 뒤쪽 방향으로 귀를 기울였다. 과연 월터의 말대로 뒤에서 은은하게 모터 소리가 들려오고 있었다. 일행은 다시 무기를 손에 잡았다. 제임스도 보트 뒤쪽으로 다시 다가와서 어둠에 잠긴 뒤쪽을 노려보았다.

"조금만 더 가면 쓰레기 소각장에 도착합니다."

월터가 나직하게 제임스에게 말했다. 제임스는 고개를 끄덕였다.

숨 막힐 듯한 시간이 흐르고 그들 뒤쪽의 강물에 마침내 환한 빛이 보였다. 그리고 곧바로 그들을 뒤따라오고 있는 배를 발견할 수 있었다. 그 배는 지금 일행이 타고 있는 배보다 조금 더 큰 편이었는데 뱃머리에 헤드라이트를 달고 있었다. 멀리 뱃머리에서 총을 들고 있는 사람들의 모습이 보였다.

추격해오고 있는 배의 속도가 더 빨라서 그들의 간격은 조금씩 좁혀지고 있었다. 그 배에서 나오는 강한 헤드라이트가 최민 일행이 탄 배를 비추었다. 하지만 최민 일행을 발견했을 텐데도 총알은 날아오지 않았다. 제임스는 예상했던 총격전이 벌어지지 않자 의아함에 추격자들을 자세히 살피다가 자신도 모르게 한숨을 내쉬었다.

그들을 추격해 오는 뱃머리에는 한 사람이 우뚝 서 있었다. 마치 총알 따위는 두렵지 않다는 식으로 전신을 모두 드러내 놓고 서 있는 사람은 다름 아닌 아프로디테라 불린 여자 괴물이었다. 그녀는 환하게 빛나는 금발을 휘날리며 제임스 쪽을 바라보고 있었다.

그녀가 얼마나 무서운지 이미 체험한 일행은 공포에 질렸다. 그들이 가진 총기로는 그녀를 전혀 상하게 할 수 없을 것이고, 도쿠마가 가지고 있는 SMW Gun은 일반 괴물들은 해치울 수 있으나 그녀에게는 충격을 줄 뿐 완전히 제거할 수는 없다는 것이 드러났기 때문이다. 아마도 추격자들도 그것을 알고 있는지 굳이 무의미하게 총알을 낭비하려 하지 않았다. 그들은 그저 배의 속도를 높여 거리를 좁히려 할 뿐이었다.

다행히 동굴은 직선이 아니라 이리저리 굽어 있어서 추격자들이 금방 그들을 따라잡지는 못했다. 최민 일행이 배에 올라탄 지 얼마 지나지 않았으나 그들은 그 시간이 마치 몇 시간처럼 길게 느껴졌다.

이때 배가 갑자기 좁은 동굴에서 벗어나서 광대한 공간에 진입했다. 월터가 일행에게 소리쳤다.

"거의 다 왔어요. 모두 내릴 준비를 하세요!"

그의 말에 일행이 고개를 돌려 전방을 쳐다보았다. 강은 그들이 나온 동굴에서 커다란 공간에 접어들면서 폭이 좁아졌다. 그들이 다다른 공간은 비밀 연구소의 입구가 있던 바로 그 공간이었다. 제임스가 고개를 돌려 배의 우측을 살펴보니 멀리 연구소의 거대한 철제 건물 벽이 어렴풋이 보이고 있었다.

강폭이 좁아지면서 물살이 조금씩 빨라지고 있었다. 그들이 전진하는 방향에서 물소리가 매우 강하게 들려오고 있었다. 조금씩 그곳으로 가까이 감에 따라 그들은 폭포 소리를 들을 수가 있었다. 월터가 일전에 말한 대로 강물이 끝나는 곳에 작은 폭포가 있는 것이 정면 멀리서 보이고 있었다. 그 폭포 옆에는 검은색 철제 건물이 하나 서 있는 것이 보였다. 아직 그 폭포까지는 거리가 꽤 남아 있었지만 일행은 더 이상 배를 전진시킬 수가 없었다. 정면의 강물에는 중간중간에 커다란 종유석들이 솟아 있었는데 워낙 강 여기저기에 많이 솟아나 있어 보트를 그리로 몰다가는 종유석에 충돌할 것이 분명했다.

그 때문인지는 몰라도 전방 수십 미터 앞에 작은 선착장이 만들어져 있었다. 아마도 예전에 이곳을 건설한 사람들이 내부 연구소에서 나온 쓰레기들을 이 배들을 이용해서 이곳 선착장까지 운반한 후, 육로로 소각장까지 운반한 것 같았다.

이미 그들을 추격해 오고 있는 배는 배에 탄 사람들의 얼굴을 알아볼 수 있을 정도로 가까이 접근해 있었다. 아프로디테 뒤에는 펄슨과 메이슨이 얼굴에 비웃음을 띠고 최민 일행을 쳐다보고 있었다. 하지만 그들은 최민 일행을 공격하지 않았다. 그 대신 펄슨이 마이크를 잡고 입을 열었다. 그의 목소리가 배의 스피커를 통해 울려 퍼졌다.

"데이비드, 어디로 도망가려고 그러나. 그냥 포기하게. 이미 자네들이 가려고 하는 입구 쪽은 우리가 장악하고 있다네. 자네들은 결코 이곳을 빠져나갈 수 없어. 순순히 항복하면 살려줄지 말지 한 번쯤은 고려해 보도록 하지. 하하하."

그리고 그는 배에 탄 월터를 쳐다보았다.

"월터, 네가 나를 배신할 줄은 몰랐군. 생각보다 순진하거나 아니면 멍청한 것이겠지. 하지만 적어도 너를 그냥 곱게 죽이지는 않을 것이니 기대해도 좋아!"

그의 말에 월터의 얼굴이 창백해졌다. 그는 정신없이 보트를 몰았다. 이미 선착장이 가까워졌는데도 그는 속도를 줄이려 하지 않았다.

"배를 멈춰요. 충돌하겠어요!"

제니퍼가 외쳤다. 그와 동시에 제임스가 월터를 밀어내고 모터의 시동을 껐다. 하지만 이미 가속이 붙은 배는 속도를 완전히 줄이지 못하고 그대로 선착장과 충돌하고 말았다.

우당탕 하는 요란한 굉음과 함께 배가 선착장의 낡은 나무판자들을 부수며 전진했다. 다행히도 선착장의 나무가 워낙 오래되어 쉽게 부서진 덕분에 배는 크게 부서지지 않은 상태로 선착장을 통과해서 모래밭에 멈춰 섰다.

최민은 충돌 직전에 몸을 숙여 비비안을 보호했다. 배가 멈춘후에 그는 재빨리 자리에서 일어났다. 주위를 둘러보니 크게 다친 사람은 없어 보였다.

"빨리 나와요. 입구로 가야 해요!"

월터의 독촉에 일행은 배에서 빠져나왔다. 그리고 쉴 새 없이 앞으로 달렸다. 그러나 부상을 당한 이토를 부축하는 바람에 그리 빨리 움직이지는 못하고 있었다.

제임스는 달리면서 뒤를 돌아보았다. 그들을 추격해 온 배가 선착장 옆 모래사장에 멈추는 것이 보였다. 그리고 아프로디테를 비롯하여 펄슨과 메이슨, 그리고 유니폼을 입은 남자들 일곱 명 정도가 배에서 내리는 것이 보였다.

그는 다시 고개를 돌려 앞으로 달리면서 먼저 달려가던, 마지막으로 살아남은 그의 부하 요원에게 말했다.

"브라이언, 지금 수류탄을 몇 개나 가지고 있지?"

그의 말에 아직 앳되어 보이는 얼굴의 요원이 의아한 듯 그를 보면서 대답했다.

"두 개 가지고 있습니다."

"지금 당장 나에게 다 줘."

그의 명령에 브라이언 요원은 자신의 수류탄을 꺼내어 제임스에게 넘겨주었다. 제임스는 수류탄을 품 안에 넣은 후 제니퍼를 돌아보면서 말했다.

"추우 요원, 저 대신 일행을 이끌어 주세요. 전 여기에 남겠습니다."

제니퍼가 깜짝 놀라 그를 돌아보았다.

"무슨 말이에요? 여기에 남겠다니?"

제임스는 차분한 표정으로 말했다.

"이대로 가면 우리 모두 적들에게 잡히고 말 것이 분명합니다. 제가 남아서 적들을 저지할 테니 그 사이에 일행을 이끌고 탈출하세요."

"하지만……"

그녀가 뭐라 말하려는 것을 제임스가 막았다.

"죽은 요원들의 복수를 할 수 있도록 저를 막지 마세요. 그럼 이만 안녕히!"

말을 마친 그는 달리던 일행에게서 빠져나와 재빨리 근처의 종유석 뒤에 숨었다. 마침 커다란 바위를 빙 돌아서 달리는 순간이라서 뒤에서 따라오던 추격자들은 제임스가 일행에서 빠져 숨은 것을 발견하지 못했을 것이다.

제니퍼는 한숨을 내쉬었으나 걸음을 멈추지는 않았다. 그녀가 말한다고 마음을 바꿀 제임스가 아니라는 것을 알고 있었고, 또한 지금 멈춰 서서 제임스를 설득할 시간도 없었다. 이미 적들은 그들을 바싹 따라오고 있을 것이었다.

제니퍼 일행이 종유석 뒤로 사라지는 것을 바라보던 제임스는 바위 그림자 뒤로 숨으면서 싱긋 웃었다. 그는 이미 죽을 각오를 한 상태였다. 그를 충실히 따르던 알파팀 요원들을 거의 전부 잃고 홀로 살아 돌아갈 생각은 없었다. 그들은 그의 명령에 따라 이곳에 들어와서 그의 명령을 수행하다가 전부 죽었다. 그들의 복수를 자신의 손으로 하지 못한다면 이곳에서 빠져나간다고 해도 평생 죄책감과 후회에서 벗어나지 못할 것이다. 그렇게 사느니 이곳에서 그의 팀원들과 같이 뼈를 묻는 것이 마음을 편하게 만드는 선택이었다.

제임스는 종유석 그림자에 숨은 상태로 조심스럽게 수류탄을 꺼내 들었다. 브라이언이 준 것들과 자신이 가지고 있던 것들을 합하니 네 개의 수류탄이 있었다. 그는 재빨리 주위를 살펴보았다. 그가 숨어 있는 곳은 크고 작은 바위들이 사방에 늘어서 있었고, 수많은 종유석들이 삐죽 삐죽 솟아나 있는 곳이었다. 주위를 살피고 난 그는 원하는 것을 발견했는지 고개를 끄덕이고 몸을 바위 뒤편의 그림자 속으로 숨겼다.

그가 몸을 숨기자마자 추격자들이 나타났다. 선두에는 펄슨과 메이슨이 달리고 있었고 그 옆에 아프로디테라 불리는 괴물이 같이 달리고 있었다. 그리고 그들의 뒤를 따라서 일곱 명의 제복을 입은 남자들이 무기를 들고 뒤따르고 있었다. 그들은 제임스가 숨어 있는 것을 눈치 채지 못한 듯 그가 숨어 있던 바위를 막 지나치고 있었다.

제임스는 손에 들고 있던 수류탄의 안전핀을 뽑고 앞으로 겨냥한 후에 던졌다. 그리고 그 다음 수류탄, 그리고 그 다음 것, 이렇게 수류탄 4개의 안전핀을 뽑고 자신이 보아 두었던 위치로 투척했다.

뒤에 따라오던 남자들 중에 한 명이 발밑에 뒹구는 수류탄을 발견했으나 이미 때는 늦었다. '꽝' 하는 커다란 폭음과 함께 수류탄이 폭발했다. 그와 동시에 파편에 명중된 남자들이 사방으로 날아갔다.

연이어서 다른 수류탄들이 굉음과 함께 폭발했다. 제임스는 바위에서 튀어나와 적들을 향해 총알을 퍼부었다. 적들은 당황했는지 아직 제임스의 위치를 파악하지 못하고 있었다.

'타타당, 타타당' 요란한 총소리와 함께 유니폼을 입은 남자 몇 명이 총알에 맞아 쓰러졌다. 그가 득의에 찬 미소를 지으며 총을 난사하고 있을 때 가득한 수류탄 연기 사이로 기다란 형체가 나타났다. 그것은 수류탄 폭발에도 전혀 영향을 받지 않은 징그러운 괴물, 바로 아프로디테였다. 그녀는 아름다운 눈썹을 찌푸리며 제임스를 향해 달려오고 있었다. 달려오는 그녀를 보면서 제임스가 총을 겨누고 방아쇠를 당겼다.

총알이 그녀의 몸에 명중했으나 달려오는 속도를 조금 늦추었을 뿐 큰 영향은 미치지 못했다. 이때 제임스가 갑자기 앞으로 달려 나가기 시작했다. 그는 몸을 피하기는커녕 아프로디테에게 총을 쏘며 마주 달려가고 있었다.

제임스의 행동이 아프로디테의 예상을 벗어난 듯 그녀는 약간 놀란 표정을 지었으나 곧 비웃음을 지으며 입을 열었다. '쉬익' 하는 소리와 함께 검은 물줄기가 마치 물대포처럼 제임스에게 날아갔다. 그는 몸을 피하려 했으나 날아오는 액체를 전부 피할 수는 없었다. 그의 왼쪽 팔에 검은 액체가 명중했다. '치이익' 하는 소리와 함께 그의 팔과 옷이 녹아내리기 시작했다.

그러나 제임스는 질주를 멈추지 않았다. 그는 이를 악물고 왼팔이 녹아내리는 고통을 참았다. 그리고 속도를 전혀 줄이지 않고 더 빨리 아프로디테에게 달려들었다. 그것을 보고 있던 아프로디테가 다시금 비웃음을 흘렸다. 그녀의 목 부분이 벌어지더니 털이 부숭부숭하게 돋아나 있는 빨대 같은 것이 튀어나왔다. 그 빨대가 곧바로 이미 가까이 다가온 제임스에게 뻗어나갔다. 그리고 그것은 제임스의 이마를 '퍽' 소리와 함께 관통했다. 달려오던 속도가 워낙 빨랐던 탓에 제임스의 머리에 커다란 구멍이 뚫려 버렸다. 그러나 그의 몸은 달려오던 속도를 늦추지 않고 그대로 아프로디테에게 충돌했다.

일반 남자보다 건장한 체구인 제임스의 몸이 충돌하자 아프로디테의 몸이 뒤로 밀려났다. 제임스의 몸이 아프로디테의 가슴에 안긴 꼴이 되어 둘은 같이 바닥에 나뒹굴었다. 이미 제임스는 숨이 끊어진 상태였다. 아프로디테는 귀찮은 듯이 바닥에 쓰러져 자신의 몸을 덮치고 있는 제임스의 몸을 치우려 팔을 들었다. 그러다가 그녀의 눈은 놀라움으로 크게 떠졌다.

바닥에 넘어져 있는 그녀의 눈에 엄청나게 거대한 바위가 그녀를 향해 떨어지고 있는 것이 보였다. 그제야 그녀는 제임스가 왜 자신에게 달려왔는지를 알아챘다.

제임스는 이곳에 몸을 숨기기 전에 주위를 정탐하다가 탑같이 생긴 거대한 종유석을 발견했다. 그 종유석은 아래는 비교적 가늘었지만 위로 올라갈수록 폭이 넓어졌는데, 꼭대기에는 거대한 바윗덩이가 놓여 있었다. 그는 수류탄 몇 개를 밑동이 가느다란 종유석 아래에 투척하여 종유석에 충격을 가하자, 그 위에 간신히 놓여 있던 바위의 엄청난 무게를 감당하지 못하고 종유석이 부서지면서 바위가 그대로 땅으로 떨어지고 있었던 것이다.

아프로디테는 몸을 움직여 피하려 했지만 거머리처럼 달라붙은 제임스의 몸 때문에 쉽게 움직이지 못했다. 그녀가 놀라움에 눈을 뜨는 사이 바위는 그대로 그녀와 제임스의 몸을 덮쳤다. '꽝' 하는 엄청난 폭음과 함께 돌조각과 먼지가 사방에 날렸다. 거대한 바윗덩이는 바닥의 종유석을 부수면서 땅에 틀어박혔다. 그리고 아프로디테의 몸은 바위에 깔려 더 이상 보이지 않았다.

최민은 뒤에서 폭음과 비명이 들려오자 고개를 들어 뒤를 돌아보았다. 그리고 제임스의 최후를 멀리서 바라볼 수 있었다. 같은 광경을 보면서 펄슨과 메이슨이 천천히 걸음을 멈추는 것이 보였다. 그들은 운이 좋게도 수류탄의 폭발에서 무사한 듯이 보였다. 하지만 그들은 더 이상 최민 일행을 향해 뛰지 않고 그 자리에 멈춰 섰다. 제임스가 스스로를 희생한 덕분에 추격자들의 추격 의지가 꺾인 것 같았다.

일행은 마침내 쓰레기 소각장에 다다랐다. 소각장 옆에서 강물이 폭포 아래 지하로 떨어지는 소리가 크게 들려오고 있었다. 이

260

때 앞장서 달려가던 제니퍼가 일행에게 소리쳤다.

"멈춰요!"

그들은 그 자리에 멈춰 섰다. 최민이 그녀에게 다가섰다.

"무슨 일인가요?"

그녀는 말없이 손가락으로 정면을 가리켰다. 그곳은 원래 그들이 스튜디오4에서 진입한 입구가 있는 방향이었다. 최민은 고글을 통해서 전방을 살펴보았다. 그리고 그는 나직하게 한숨을 내쉬었다.

그들이 가려고 했던 방향에 검은 인영들이 움직이고 있는 것을 발견했기 때문이다. 멀리서도 그들이 입은 제복을 알아볼 수 있었다. 펄슨을 따라서 그들을 추격해온 사람들이 입은 것과 같은 제복이었다. 이미 이곳 공간에서 스튜디오4로 빠져나가는 출구는 적들에게 장악된 것처럼 보였다.

이때, 멀리서 '웅웅' 하는 소리가 들려왔다. 그리고 잠시 후에 갑자기 주위가 환해졌다. 대낮처럼 환하지는 않았지만 초저녁 해가 지기 직전처럼 흐릿한 불빛이었다. 최민은 필요 없어진 고글을 벗어 던지고 불빛이 나오는 곳을 쳐다보았다. 그리고 그는 절망의 탄식을 내뱉었다.

그들이 막 탈출한 연구소에서 환한 빛이 뿜어져 나오고 있었다. 마침내 적들이 전력을 복구하고 연구소의 외부 조명을 켠 것이 분명했다. 하지만 최민이 절망한 것은 불이 다시 들어와서 그들의 위치가 확실하게 탄로난 것 때문이 아니었다. 어렴풋이 빛나는 연구소의 검은 철제 벽 밑의 문이 열려 있고, 그 문을 통해 엄청난 숫자의 괴물들이 쏟아져 나오는 것이 보였기 때문이다. 최민이 연구소 뒤편의 광장에서 보았던 괴물들과 연구소 어딘가에 보관되어 있던 괴물들이 전부 나오는 것처럼 보였다. 수백, 아니 수천은 되어 보이는 엄청난 숫자였다.

그리고 그 괴물들의 선두에는 금발의 절세 미남, 오메가가 걸어 나오고 있었다. 최민이 바라보는 사이, 오메가가 갑자기 허리를 굽혔다. 그리고 땅에 무릎을 꿇는 것처럼 보였다. 최민은 의아해 하면서 오메가를 바라보다가 경악에 눈을 크게 떴다.

땅에 무릎을 꿇고 있던 오메가의 등 뒤편으로 어둠의 장막 같은 것이 그의 주위로 퍼져나가고 있었다. 그리고 그것은 좌우로 무려 십 미터 가까이 넓게 펼쳐졌다. 그와 동시에 오메가가 천천히 몸을 일으켰다. 그의 등 뒤에서 장막처럼 펼쳐져 있던 그것이 크게 움직이자 오메가의 몸이 갑자기 허공으로 솟구쳤다. 오메가의 등 뒤에서 나온 그 검은색 장막 같은 것은 바로 거대한 날개였던 것이다. 그는 날개를 움직여 허공 수십 미터까지 높게 날아오른 후에 천천히 최민 쪽을 바라보았다.

연구소에서 뿜어져 나오는 흐릿한 불빛을 뒤로 받으며, 거대한 암흑색 날개를 펄럭이며 허공에 멈춰 있는 오메가의 모습은 그야 말로 지옥에서 튀어나온 악마의 모습 그대로였다. 최민은 할 말을 잊은 채 그대로 그 자리에 얼어붙었다.

일행 사이에 암울한 침묵이 흘렀다. 이미 탈출은 불가능해졌기 때문이다. 이때 제니퍼가 일행에게 말했다.

"퇴로가 막혔으니 이곳에서 적들을 막을 수밖에 없겠어요. 모두 몸을 숨길 곳을 찾아요!"

어차피 괴물들에게 잡혀 죽을 것이라면 그나마 최후의 반항이라도 하는 것이 좋을지도 몰랐다. 모두가 비슷한 생각을 했는지 제니퍼의 말에 주위의 바위나 종유석 뒤로 숨었다. 최민도 비비안의 손을 잡고 근처 종유석 뒤로 숨었다. 그리고 가지고 있는 무기를 점검했다.

브라이언 요원은 제니퍼의 말에 따라 가까이 있던 쓰레기 처리장 건물 안으로 문을 열고 들어갔다. 다행히 문은 잠겨 있지 않아서 쉽게 열고 안으로 들어갈 수 있었다. 건물 안은 그리 크지 않았고 한쪽 편에는 쓰레기를 부수는 분쇄기와 커다란 소각로가 있었다. 반대편 쪽은 작은 창문이 뚫려 있었는데, 그는 재빨리 창문 쪽으로 움직였다. 그리고 창문 옆에 몸을 숨기고 밖을 쳐다보았다.

이때 그는 이상한 점을 발견했다. 누군가 은밀하게 그가 숨어 있던 건물 앞을 지나가고 있었던 것이다. 자세히 살펴보니 그는 바로 월터였다. 그는 다른 사람들이 오메가에게 눈을 떼지 못하고 있는 사이에 몰래 일행에서 떨어져 나와 소리를 내지 않으려 주의하면서 허리를 굽히고 재빨리 건물의 그림자 아래에서 움직이고 있었다.

월터는 건물 안에 브라이언이 숨어 있는 것을 눈치 채지 못한 듯 보였다. 그는 재빨리 건물을 빙 돌았다. 그리고 건물 뒤편으로 움직였다. 그곳에는 바닥에 작은 레일이 깔려 있었는데 그 레일은 소각장 뒤편에 있던 폭포까지 연결되어 있었다. 그리고 그 레일 위에는 뭔가가 두껍고 더러운 천으로 덮여 있었다. 월터는 재빨리 천을 걷어냈다. 그러자 그 아래에서 원통형으로 생긴 철제 물체가 드러났다.

그것은 커다란 드럼통처럼 생긴 물체였는데 한쪽에 작은 문이 달려 있었고 아래에는 바퀴들이 달려 있었다. 그 원통형 물체 옆에는 높이 1m 정도 되어 보이는 금속 막대가 땅에 박혀 있었는데 그 막대와 원통형 물체는 쇠사슬로 같이 묶여 있었다. 그 쇠사슬을 끊으면 원통형 물체는 레일을 통해 움직이다가 폭포 아래의 강물로 떨어지게 되어 있었다.

그 물체야말로 월터가 지금까지 아무에게도 이야기하지 않은 그만의 비밀이었다. 수십 년 전에 이곳에서 노역하던 사람들 중 몇 명은 공사가 완공되면 비밀 유지를 위해 그들이 살아남기 어렵다는 것을 예측했던 것이었다. 그래서 그들은 감시자들이 눈치채지 못하게 비밀리에 이곳을 탈출할 방법을 마련했다. 지금 월터가 보고 있는 원통형 물체가 바로 그것이었는데, 그 물체는 충격에도 견딜 수 있도록 강철로 두 겹에 걸쳐 만들어져 있었고 내부에 두꺼운 쿠션과 안전벨트가 달려 있어 웬만한 충격에는 내부에 있는 사람이 크게 다치지 않게 만들어져 있었다.

폭포 밑의 강물은 지하 동굴을 통해 외부로 흘러나가고 있었다. 그래서 이곳에 쓰레기 처리장을 만든 것이기도 했다. 소각한 쓰레기를 폭포 아래로 버리면 깔끔하게 쓰레기를 처리할 수 있었기 때문이다. 물론 그 당시에 강물 오염 같은 것은 아무도 신경 쓰지 않았다.

이 원통을 만든 사람들은 아마도 실제로 사용하기 전에 살해당한 것 같았다. 월터가 이 물건을 발견했을 때는 전혀 사용하지 않은 상태로 녹이 슬어가고 있었다.

월터는 이것을 발견했지만 펄슨에게 보고하지 않았다. 여기서 일했던 사람들이 결국 모두 살해당한 것과 같이, 너무나 많은 비밀을 알고 있는 자신도 언젠가는 펄슨에게 살해당할 것이라는 생각을 그는 언제나 하고 있었다. 그는 한 번도 펄슨을 진심으로 믿고 따른 적이 없었다. 펄슨은 그의 재무적인 약점을 잡고 그에게 수많은 불법을 자행하도록 지시했다. 언젠가는 그의 마음이 흔들린다고 생각했는지 펄슨은 그의 가족을 인질 삼아 협박한 일도 있었다. 비록 그때는 그의 가족들에게 아무런 위해를 가하지는 않았지만 지금도 월터의 가족들은 펄슨이 고용한 사람들에 의해 24시간 감시되고 있었다.

그러나 펄슨이 한 가지 모르는 것이 있었다. 월터는 펄슨이 생각한 것보다 훨씬 더 교활했고 훨씬 더 사악했다. 가족을 인질로 삼은 이후에 펄슨은 월터가 절대 배신하지 못할 것이라 생각했는지 많은 비밀스러운 일에 월터를 사용했다. 자연스럽게 월터는 펄슨의 비밀스러운 계획에 대해 세상의 누구보다도 더 잘 알게 되었다.

펄슨이 자신을 믿는다고 생각하자 월터는 그때부터 몰래 자금을 빼돌리기 시작했다. 펄슨이 지시한 일들은 불법적인 일이 많았다. 불법적이란 말은 공개적으로 추적할 수 없다는 말이었다. 펄슨이 이곳 비밀 연구소를 재가동시키기 위해 투입한 엄청난 자금을 집행하는 과정에서 그는 눈에 띄지 않도록 조금씩 돈을 뒤로 빼돌렸다. 지금까지 빼돌린 돈은 합쳐서 모두 3천만 달러에 달하는 거액이었다. 그 돈은 지금 수많은 차명 구좌들에 분산되어 입금되어 있었다.

그는 이제 기회만 되면 이곳을 빠져나가서 그를 알아보지 못하는 다른 나라로 가서 여생을 보낼 생각이었다. 물론 펄슨은 아직도 그의 가족을 인질로 잡고 있었다. 그러나 월터는 뚱뚱하고 못생긴 그의 아내와 그에게 돈만 바라는 아들을 위해 자신의 인생을 희생할 생각은 없었다. 그가 빼돌린 돈이면 남미나 동남아시아 어딘가로 도망가서 신분을 바꾼 후에 그보다 삼십 살은 연하인 여자들과 평생 즐기면서 살 수 있었다.

그러나 그의 장밋빛 계획에 방해가 되는 것은 역시 펄슨과 뉴로 엔터테인먼트의 중역들이었다. 그들은 월터에 대하여 너무나 잘 알고 있었고, 그가 잠적해 버린다면 그에 대하여 조사하여 그가 돈을 빼돌린 것을 금방 발견할 것이었다. 그리고 펄슨이 그 사실을 먼저 알아챈다면 그는 아마도 세상사람 누구도 알지 못하는 사이에 살해당하여 시체는 땅속 깊은 어딘가에 묻혀 버릴 것이 분명했다.

그래서 그는 오랫동안 생각한 끝에 가장 좋은 방법을 생각해 내었다. 그것은 매우 간단했다. 그의 비리를 알 만한 사람들 모두가 죽어주면 되는 것이었다. 그리고 뉴로 엔터테인먼트 사 자체가 완전히 망해서 세상에서 사라져 버리면 더 좋을 것이었다.

이토에게 이곳 연구소에 대한 자료를 알려준 것은 바로 월터였다. 그는 이토가 이곳 동굴에 관심이 많은 것을 눈치 채고 의도적으로 그에게 펄슨의 비밀 연구소에 대한 정보를 흘렸다. 아니나 다를까, 이토는 월터에게 더 많은 정보를 요구했다. 물론 이토도 꽤 많은 돈을 그에게 제시했다. 그는 이토가 자신의 부하들을 이끌고 스튜디오3과 4를 장악하는 것을 몰래 도와주었다.

그가 예측한 대로 펄슨과 이토는 각자의 부하들을 이끌고 서로 피 튀기는 전쟁을 벌였다. 그가 예측하지 못한 것은 최민 박사 일행이 스튜디오3으로 들어온 것이었다. 하지만 그것이 대세를 바꿀 수는 없었다. 스튜디오3의 출입구를 폭파한 것은 월터 자신이었다. 그는 누구의 지시도 받지 않고 그 스스로의 판단으로 동굴 출입구를 폭파했다.

펄슨은 누가 출입구를 폭파했는지 묻지 않았다. 그는 당연히 이토의 부하들이 폭파한 것이라 생각했다. 이토에게 괴물들을 이 동굴에서 빠져나가지 못하게 하려는 의도가 있을 것이 분명했으므로 스튜디오3 입구를 막을 분명한 이유가 있었다.

반면 이토는 펄슨이 출입구를 폭파했다고 생각했다. 그는 펄슨이 비밀리에 만들고 있던 괴물들이 완전히 준비되지 않아 아직 세상의 눈에 띄면 안 되므로, 펄슨이 입구를 폭파해서 외부에서 이곳 동굴을 수색하는 것을 막으려 했다고 믿었다.

펄슨과 이토 모두 이곳을 외부와 격리해야 할 동기가 있었다. 따라서 누구도 월터를 의심하지 않았다. 스튜디오4에서 제임스나 제니퍼를 만났을 때 그는 자신이 그때까지 돈을 빼돌린 증거들을 인멸하고 있었다. 그는 아무도 오지 않을 것이라 생각하다가 제니퍼를 만나서 깜짝 놀랐다. 하지만 곧바로 자신이 펄슨의 강요와 협박에 의해서 폭파했다고 거짓말을 했다. 눈물까지 흘리는 월터의 연기에 그들은 감쪽같이 속아 넘어갔다.

이제 그의 계획은 마지막 단계에 와 있었다. 이제 이토와 펄슨은 서로가 가진 무기로 상대편을 죽이고 죽임당했다. 그는 이토과 토쿠마가 연구소 어딘가에 중성자 폭탄을 설치해 놓은 것까지 알고 있었다. 그 폭탄이 터지면 아마도 이 동굴은 완전히 붕괴되고 말 것이었다. 그렇다면 뉴로 엔터테인먼트 사의 모든 관계자들과 비밀들은 이곳에 묻혀버리게 될 것이고, 그 자신도 사망 처리되어 아무도 그가 지금까지 한 일을 알아낼 수 없을 것이었다. 자신은 직접 손에 피를 묻히지 않으면서 다른 사람들끼리 싸우게 만들어 모두를 제거하려는 생각을 해낸 것을 보면 그는 확실히 악한 쪽으로의 두뇌가 비상했다.

이곳을 빠져나간 다음 월터 챙이란 사람은 더 이상 세상에 존재하지 않을 것이었다. 그는 저 멀리 중남미의 어느 섬나라로 가서 이름과 신분을 바꿀 준비를 마친 상태였다. 자신의 장밋빛 미래를 생각하면서 그의 가슴이 부풀어 오르고 있었다.

고맙게도 과거 이곳을 만들었던 인부들이 그의 계획을 마무리해 줄 도구를 그에게 선물했다. 그가 몰래 봐 왔던 이 탈출 도구를 사용하면 이 동굴을 빠져나갈 수 있었다. 이 원통형 물체는 마치 소형 잠수정과도 같았다. 내부에는 소형 산소 공급기까지 있었고, 뒤에는 작은 프로펠러가 달려 있어 강물에 빠진 후에도 물속에 잠수한 상태로 방향을 조절하여 지하 강줄기를 따라 외부로 나갈 수 있었다.

그러나 한 가지 문제가 있었다. 이 소형 사제 잠수정에는 많은 사람이 탈 수 없었다. 최대 탑승 인원은 4명이었다. 물론 탑승 가능 인원이 더 많았더라도 그는 다른 사람을 잠수정에 태워줄 생각은 눈곱만큼도 없었다. 그래서 월터는 다른 사람들이 오메가의 등장에 정신이 팔린 틈을 노려 몰래 도망치고 있었다.

월터는 재빨리 품속에서 작은 열쇠를 꺼냈다. 잠수정의 문을 여는 열쇠였다. 그는 서둘지 않으려 주의하면서 신중하게 열쇠를 문에 나 있는 구멍에 끼우고 돌렸다. '덜컥' 하는 기계음과 함께 문이 열렸다. 그는 기쁨에 가슴이 두근대었다. 이제 잠수정을 묶은 쇠사슬만 풀면 되었다. 그가 막 쇠사슬이 감겨 있는 막대로 몸을 돌렸을 때였다.

"쳉 씨, 이곳에서 뭐하는 겁니까? 이게 뭐죠?"

바로 브라이언이었다. 그는 월터를 쫓아와서 월터와 잠수정을 의아한 눈으로 번갈아 쳐다보고 있었다. 그리고 그는 잠수정 밑에 깔려 있는 레일을 보고, 그 레일이 폭포까지 뻗어있는 것을 보았다. 그는 그제야 그 잠수정의 역할을 알아냈다.

"이제 보니 탈출용 잠수정이군. 여러분, 이곳으로 와 보세요! 이곳에 탈……"

그러나 그는 말을 마칠 수가 없었다. 입을 열려고 했지만 이상하게 말소리가 입 밖으로 나오지 않았다. 그는 앞을 바라보았다. 눈앞이 조금 흐릿해졌다. 그의 눈에 월터가 총을 들고 있는 것이 보였다. 그리고 그 총구는 바로 자신을 향해 겨눠져 있었다. 총구의 끝에서는 하얀 연기가 조금씩 흘러나오고 있었다. 그리고 그 총구에서 다시 불꽃이 뿜어져 나왔다. 브라이언은 그 순간 아무 것도 듣고 볼 수 없었다. 눈앞이 어두워졌고 귀에서도 아무런 소리도 들리지 않았다. 이상하게 고통은 없었다. 몸이 바닥에 쓰러지는 순간에도 그는 아무런 고통도, 감각도 느낄 수 없었다. 머리가 바닥에 닿기 전에 그는 숨이 끊어졌다.

월터는 조금의 주저함도 없이 브라이언에게 총을 쏘았다. 목과 머리에 총알을 맞은 브라이언은 나무토막처럼 바닥에 나뒹굴고 있었다. 고개를 살짝 돌려보니 소각장 건물 모퉁이를 돌아서 달려오는 최민과 제니퍼가 보였다. 그들은 바닥에 쓰러져 죽은 브라이언과 자신을 보고 깜짝 놀란 것 같았다. 순간적인 판단을 하지 못하고 둘은 멍하게 자신을 쳐다만 보고 있었다.

월터는 이미 문이 열린 잠수정에 한쪽 발을 넣었다. 그리고 총을 들어 잠수정을 묶고 있는 쇠사슬을 겨냥했다. 이제 쇠사슬을 끊으면 잠수정은 레일을 따라 폭포 아래로 떨어질 것이었다. 그러면 이 지옥 같은 곳에서, 아니 자신의 지옥 같은 인생에서 탈출할 수 있을 것이었다.

그가 막 총을 발사하려 할 때였다. 갑자기 가슴에 통증을 느꼈다. 마치 뜨거운 인두로 지지는 듯한 고통이었다. 그는 자신의 가슴을 내려다보았다. 가슴에 뭔가가 박혀 있었다. 그것은 채찍 같은 것이었는데 표면이 검은색으로 반들대고 있었다. 월터는 채찍을 따라서 고개를 천천히 들었다. 채찍은 무척 길었다. 그것은 자신의 가슴에서 길게 뻗어 나가고 있었다. 고개를 들수록 채찍 줄이 허공으로 이어져 있는 것이 보였다. 그리고 그 채찍의 끝을 멀리 허공에 떠 있는 한 남자가 잡고 있었다.

오메가는 자신의 오른 팔목과 연결되어 있는 채찍으로 월터의 가슴을 관통한 후에 얼굴에 미소를 지었다. 그는 몸에 수많은 무기를 숨기고 있었는데 이 채찍도 그중 하나였다. 특수한 생체조직으로 만들어진 채찍은 그의 몸과 신경조직이 연결되어 있어, 수축하면 매우 짧아져서 몸에 숨길 수 있었고 늘어나면 엄청나게 긴 길이로 늘어날 수 있었다. 필요할 때에 자신의 몸 일부처럼 사용할 수가 있었다. 따라서 일반 채찍으로는 엄두도 낼 수 없는 먼 거리의 적도 지금처럼 정확히 공격할 수 있었다.

그는 오른팔을 뒤로 잡아당겼다. 채찍은 마치 늘어난 고무줄이 갑자기 줄어드는 것처럼 급격하게 길이가 줄어들었다. 그리고 그 끝에 가슴이 꿰인 월터의 몸도 같이 허공으로 딸려 올라왔다.

"으악!"

그제야 월터는 비명을 질렀다. 그러나 그의 몸은 이미 허공을 날고 있었다. 그의 몸을 잡아당기고 있는 오메가의 공포스러운 모습을 본 월터는 양손으로 자신의 가슴을 관통하고 있는 채찍의 끝을 빼려고 했다. 그러나 엄청난 고통이 찾아오자 자신도 모르게 양손을 다시 늘어뜨렸다. 그는 사지를 휘저으며 반항했으나 몸은 그의 의지와 상관없이 오메가의 앞까지 날아갔다.

오메가는 월터의 몸이 가까이 오자 귀찮은 듯이 왼손을 허공에 몇 번 휘저었다. 허공에 뭔가가 번쩍이며 월터의 몸을 훑고 지나갔다. 월터는 더 이상 발버둥 치지 못했다. 그의 얼굴은 이상한 표정을 짓고 있었다. 그러나 아무 말도 하지 못했다. 눈이 천천히 뒤집혔고 입가에서 핏물이 흘러나왔다. 그는 고개를 떨어뜨리고 그대로 절명하고 말았다.

오메가는 허리 부분이 잘려져서 상반신만 남은 월터의 몸을 아직도 꿰뚫고 있는 채찍을 휙 뿌리쳤다. 월터의 시체에서 채찍이 뽑혀져 나왔다. 반토막이 난 시체는 허공에 점점이 핏물을 뿌리며 하늘을 날아 바닥에 수북이 솟아 있는 종유석 사이로 사라졌다. 그토록 오랫동안 자신을 숨겨가며 음모를 꾸미던 월터는 자신이 숨겨놓은 돈을 써보지도 못한 채, 그렇게 몸이 토막 나서 비참하게 죽었다.

오메가는 즐거운 듯이 다시 미소를 지었다. 이곳에 숨어들어온 쥐새끼들은 한 놈도 도망가서는 안 되었다. 자신이 수십 년 만에 다시 세상에 나가려는 지금, 이들은 자신의 앞날을 축하하는 제물이 되어야만 했다. 그는 허공에서 멀리 자신을 올려다보고 있는 최민 일행을 향해 웃어 보였다.

제니퍼는 비참하게 죽어간 월터의 시체가 바닥에 떨어지기 전에 정신을 차렸다. 그녀는 총을 들고 오메가를 겨냥하고 발포를 시작했다. 그녀의 옆에서 최민과 비비안도 각자의 무기를 들고 오메가를 향해 총을 쏘았다.

총소리가 거대한 동굴 안에 커다랗게 울려 퍼졌다. 그러나 오메가는 총알을 무서워하지 않았다. 거대한 날개가 펄럭이더니 그의 몸이 동굴 천장에 닿을 만큼 높이 올라갔다. 최민 일행이 아무리 총을 쏘아도 허공에서 빠르게 움직이는 오메가를 맞출 수 없었다. 맞춘다고 해도 별 타격을 주지도 못하겠지만 그들은 사격을 멈추지 않았다. 허공에 머물렀던 오메가의 몸이 갑자기 아래로 날아 내려왔다. 마치 먹잇감을 본 독수리와도 같은 모습이었다.

거대한 날개를 펄럭이며 오메가가 그들에게 날아오는 것을 보면서 최민 일행이 정신없이 뛰었다. 그들은 소각장 방향으로 뛰었는데, 소각장 문에 도착하려면 건물을 돌아서 더 뛰어야만 했다. 그들이 문에 도착하기 전에 오메가가 먼저 그들을 덮칠 것 같았다. 그러나 최민 등은 뒤를 돌아보지도 않고 앞으로 뛰었다.

오메가는 비웃음을 흘리며 그들에게 날아갔다. 이제 소각장 건물이 지척에 보였고 몇 초 후면 최민 일행이 소각장 안으로 숨기 전에 잡을 수 있을 것 같았다. 오메가는 이번에는 어떤 무기로 저 벌레 같은 자들을 더 잔인하게 죽일 수 있을까를 상상하면서 즐겁게 웃었다. 오메가가 되기 전 인간일 때의 시간까지 포함해서, 인간의 죽음은 언제나 그의 친구와도 같았다. 그는 죽어가는 인간들에게 일말의 동정심이나 연민을 느낀 적이 한 번도 없었다. 그들은 개미와도 같이 그의 처분만 기다리는 미천한 동물, 아니 감정이 없는 고깃덩이와 다를 것이 없었다.

그가 막 최민 일행을 덮치려는 찰나였다. 온통 시커먼 색으로 칠해져 있는 소각장 건물의 창문에서 무엇인가 아지랑이 같은 것이 피어올랐다. 그리고 '위잉' 하는 소리가 울려 퍼졌다. 그리고 눈에 잘 보이지 않는 빔이 허공을 향해 발사되었다.

오메가의 몸이 더 이상 최민에게 다가오지 못하고 허공에 멈칫했다. 그의 목에 차고 있던 목걸이 같은 장비에서 스파크가 튀었다. 그리고 백옥 같던 그의 몸도 붉게 달아올랐다. 오메가는 날개를 펄럭여서 뒤로 물러나려 했다.

그러나 이때 소각장 창문에서 다시 아지랑이가 피어올랐다. 아지랑이 같은 빔이 다시 오메가의 몸에 명중하자 날개의 움직임이 둔해졌다. 오메가는 더 이상 견디지 못하고 땅으로 추락하고 말았다. 그의 육중한 몸이 종유석이 듬성듬성 솟아난 바닥에 충돌하면서 돌가루가 사방으로 튀었다. 바닥에 쓰러진 오메가의 몸에서 수증기와 같은 연기가 피어올랐다. 그의 피부는 여기 저기 갈라져 있었다.

도쿠마는 소각장 건물 안에서 SMW Gun을 창가에서 떼어냈다. 그리고 총의 배터리를 확인했다. 이미 배터리는 바닥에 와 있었다. 한 발이라도 더 쏠 수 있을지 알 수 없었다. 최민 일행은 충분히 자기들의 역할을 다했다. 그들은 스스로 미끼가 되어 오메가를 그녀 근처로 유인해 왔다. SMW Gun이 강력하기는 하지만 먼 거리의 적에게 큰 타격을 주기는 힘들었다. 아무리 빔을 집중하는 기술을 개발했다고는 하지만 전자기파 특성상 거리가 멀어질수록 전자기파가 분산되어 그 위력이 반감되기 때문이었다. 그래서 그녀는 최민과 제니퍼에게 오메가를 가능하면 그녀의 근처에 가까이 올 수 있도록 유인하기를 부탁했고 그들은 자신들의 몸을 이용해서 훌륭하게 미션을 수행했다.

"빨리 나와요. 저 괴물이 다시 힘을 찾기 전에 이곳을 빠져나가야 해요!"

제니퍼가 건물 밖에서 도쿠마에게 소리쳤다.

도쿠마는 건물 입구 문가에 기대고 앉아 있던 이토를 부축했다.

이토는 부상당한 데다가 제대로 치료를 받지 못해 심각한 상태였다. 하지만 정신만은 또렷한지 도쿠마를 똑바로 쳐다보았다.

"나를 부축해줘. 이곳에서 나가야 해."

도쿠마는 총을 등 뒤로 메고 이토의 팔을 자신의 어깨에 걸고 그의 몸을 일으켰다. 이때 문을 열고 최민이 건물 안으로 들어왔다. 그리고 이토의 다른 팔을 자신의 어깨에 걸었다. 최민과 도쿠마의 부축을 받아 이토는 건물 밖으로 나올 수 있었다.

이때 오메가가 떨어진 지점으로 펄슨과 메이슨이 뛰어가고 있었다. 그들은 부하들이 제임스 때문에 죽거나 다쳐서 쓸모가 없어지자 더 이상 최민 일행을 추격하지 않고 오메가가 오기를 기다리고 있었다. 오메가가 마침내 나타나 월터를 제거하자 펄슨은 이제야 그에게 두통을 안겨주던 이토와 제니퍼 등을 제거할 수 있다 생각하고 기뻐했다. 그러나 예상외로 섣불리 달려들던 오메가가 도쿠마가 쏜 SMW Gun에 맞아 땅에 떨어지자 조금 당황하고 있었다.

펄슨에게 오메가는 아버지이자 신과도 같은 존재였다. 젊을 때의 그는 별 볼 일 없고 세상에 불평불만이 많은 흔한 인간 중의 하나였다. 그러나 우연한 기회에 그 당시의 오메가, 아니 그때는 인간의 이름을 지니고 있었던 그를 만난 것은 펄슨의 인생을 완전히 바꾸어 놓았다. 요세프 멩겔레란 이름의 그 노인은 펄슨이 만난 사람들 중 가장 뛰어난 과학자이자 혁명가였다. 멩겔레는 나치 시절 빼돌린 엄청난 보물을 숨겨놓고 있었다. 그는 그 보물들을 아낌없이 펄슨에게 투자했다. 멩겔레는 펄슨을 교육시키고,

성장시키고, 성공할 수 있도록 도와주었다.

그리고 마침내 멩겔레가 펄슨에게 자신의 필생의 목적 즉, 생체 실험을 통한 초인의 완성을 말해 주었을 때 펄슨 또한 그것이 자신이 이 세상에 태어난 목적임을 깨달았다. 그는 멩겔레에게 그가 초인으로 새롭게 태어날 수 있도록 준비하라는 사명을 받았다. 그리고 그 대가는 자신 또한 초인이 되어 영원히 살면서 세상을 지배하는 것이었다.

초인은 세상의 평범한 규범이나 관습, 법 따위에서 자유로워야 했다. 살인, 폭행, 강도, 사기와 같은 행위는 인간 세상에서는 범죄일지 모르지만 초인에게는 해당되지 않는 말이었다. 초인은 세상 그 무엇보다도 위에 존재해야만 했다. 어떤 법이나 관습도 초인을 제약할 수는 없었다. 그래서 그는 세상에서 사업가로 행세할 동안 뒤에서 서슴지 않고 불법적인 행위를 자행했다. 그중에는 사기, 협박 같은 것부터 폭행, 살인 같은 이른바 중범죄도 있었다. 그러나 이상하게도 그러한 범법 행위를 눈 하나 깜짝하지 않고 저지르면 저지를수록 그에게는 더더욱 막강한 힘이 생겼다.

그의 모든 행동은 이제 인간의 탈을 벗은 오메가가 지시했다. 오메가의 계획은 언제나 한 치의 착오도 없었고 실수도 없었다. 오메가는 머리만 살아있는 상태에서도 전 세계의 인터넷망과 연결되어 세상에서 가장 현명한 존재가 되었다. 그리고 그러한 오메가를 펄슨은 두려움을 가지고 따르고 있었다.

오메가는 모종의 비밀 조직을 이끌고 있었다. 오래전에 나치에서 같이 활동하던 수많은 사람들이 그의 조직에 참여했다. 일부는 나치독일의 재건을 위해, 다른 일부는 세상에 대한 복수심에, 또 다른 일부는 개인적인 이익을 위해 기꺼이 조직에 가입했다. 펄슨은 외부 활동을 할 수 없는 오메가를 대신해서 오메가가 만들어 놓았던 조직을 지휘했다. 그는 조직을 운영하고 배신자를 처단했다. 일부 조직원은 정체가 탄로 나서 법정에 서는 경우도 있었다. 펄슨은 그들이 조직에 대하여 입을 열지 않도록 감시했다. 그가 마지막으로 주시했던 존 뎀얀유크는 다행히 죽는 순간까지도 끝까지 조직의 비밀에 대해서 입을 열지 않았다.

이 모든 것은 오로지 오메가의 능력에 힘입은 바였다. 그런 오메가가 힘을 잃고 땅에 추락하자 펄슨은 그 자신이 상처를 입은 것처럼 울부짖으며 오메가에게 달려갔다. 그 뒤를 메이슨이 같이 뛰어갔다.

그들이 오메가가 추락한 곳에 이르렀을 때 부서진 종유석 더미에서 오메가가 천천히 몸을 일으켰다. 아름답게 금빛으로 반짝이던 머리카락은 얼룩지고 먼지를 뒤집어써서 더러워져 있었다. 피부 여기저기는 갈라져 있었고 몸에서는 아직도 조금씩 스파크가 튀고 있었다.

오메가는 날개를 몇 번 펄럭여 보았으나 아직 날개에 힘이 들어가지 않는지 몸이 공중에 뜨지 않았다. 그는 고개를 돌려 뒤를 돌아보았다. 그의 지시를 따르는 엄청난 숫자의 초인 군단이 몰려오고 있었다. 그들이 이곳에 오면 굳이 자신이 나서지 않아도 하찮은 인간들 몇 명쯤은 순식간에 다 해치울 수 있었다. 그러나 그들이 이곳까지 도착하려면 약간의 시간이 필요했고, 그 사이에 가증스런 적들은 탈출할 가능성이 있었다.

이때 그는 그에게로 달려오고 있는 펄슨과 메이슨을 보았다. 갑자기 무슨 생각이 떠올랐는지 오메가가 얼굴에 미소를 띠었다.

"오메가님 괜찮으십니까?"

마침내 그곳에 도착한 펄슨이 오메가에게 물었다. 오메가는 아무런 말도 하지 않고 고개를 끄덕였다. 그의 얼굴에서는 미소가 가시지 않았다.

그는 자신의 실수를 인정했다. 자신이 오랫동안 개발해 왔던 최고의 생체병기인 자신의 육체를 너무 과신했다. 오래전 늙고 병든 몸을 버리고 뇌만 살아남아 수십 년을 존재해 온 그였다. 이렇게 새로 강력한 육체를 보유하게 되자 자신답지 않게 흥분해서 지나치게 상대를 경시했던 것이었다. 세상의 어떤 무기도 자신에게 결정적인 타격을 주지 못할 것이라고 믿었고 그래서 SMW Gun 앞에서도 그리 크게 조심하지 않았다. 그러나 그 무기가 자신을 죽일 수는 없었지만 자신에게 타격을 줄 수는 있다는 것이 분명해졌다.

그는 몸을 스스로 점검해 보았다. 엄청난 재생 능력을 지닌 그의 몸도 연달아 가해진 타격에 쉽게 회복되지 못하고 있었다. 그리고 그가 움직이지 않으면 저 쥐새끼 같은 놈들은 이곳을 무사히 빠져나갈지도 몰랐다. 스스로를 신과도 같은 존재라 자부하던 그에게는 치욕적인 일이었다.

그는 다가오는 펄슨과 메이슨을 향해 웃어 보였다. 펄슨은 오메가를 향해 다가서다가 그의 차가운 눈과 입가의 냉혹한 웃음을 보고 문득 섬뜩한 느낌이 들었다. 본능적으로 위험을 느꼈다. 그리고 자신도 모르게 걸음을 멈추고 손에 들고 있던 총을 들어 총구를 오메가에게 겨누었다.

"아이야. 무엇을 두려워하느냐? 이리 더 가까이 오라."

오메가가 자상한 목소리로 말했다. 바로 펄슨이 아주 어렸을 때부터 그가 힘들 때마다 용기를 북돋아 주었던 그 목소리였다.

펄슨은 경계심을 풀었다. 그를 오늘날의 마이크 펄슨이 되도록 이끌어 준 사람이 저기 서 있었다. 비록 수많은 사람들을 죽이고, 고통 받게 만들고, 누군가에게는 지옥의 악마보다도 더 두려운 사람이었지만, 자신에게는 아버지와 다름없는 사람이었다. 그는 스스로를 자책하며 들었던 총을 내리고 오메가에게 몇 걸음 더 다가섰다.

이때 그의 곁을 따르던 메이슨이 펄슨의 어깨를 잡았다. 그도 역시 본능적인 두려움을 느낀 듯했다. 펄슨은 메이슨을 돌아보면서 안심하라는 표정으로 웃어주었다. 그리고 몸을 돌려 다시 오메가에게 다가갔다.

그가 오메가에게 웃음을 보였을 때였다. 오메가가 자신이 입고 있던 옷을 거추장스럽다는 듯이 벗어 던졌다. 이미 몇 번의 충격으로 인하여 옷은 걸레처럼 여기저기 찢어져 있는 상태였기에 그가 팔로 가볍게 스치자 옷은 잠자리 날개처럼 그의 몸에서 떨어져 나가 버렸다. 그러자 오메가의 아름다운 조각 같은 몸이 드러났다. 그러나 그 몸은 지금 여기저기 갈라져서 붉은색의 액체가 그 갈라진 틈에서 조금씩 새어 나오고 있었다. 그리고 몸 전체에서 아직도 수증기가 피어오르고 있었다.

이때 그의 아름다운 가슴에 세로로 검은 줄이 생겼다. 그 줄은 점점 굵어지더니 갑자기 좌우로 쩍 벌어졌다. 오메가의 가슴이 커다랗게 좌우로 갈라지면서 그 안에서 뱀의 촉수 같은 것들이 꿈틀거리는 것이 보였다.

그 촉수들이 번개 같은 속도로 뻗어 나왔다. 그리고 펄슨과 메이슨의 몸을 휘감았다. 펄슨은 촉수가 자신의 몸을 조여오자 본능적으로 몸을 뒤틀어 벗어나려고 했다. 그러나 촉수는 엄청난 힘으로 그를 조여 꼼짝 못하게 만들었다. 그리고 그것은 천천히 오메가의 몸으로 펄슨을 끌어당기고 있었다.

펄슨과 메이슨의 몸이 점차 가까이 오면서 오메가의 커다랗게 벌어진 가슴이 벌렁대었다. 그 가슴 안쪽에는 날카로운 이빨들이 세로 방향으로 길게 돋아나 있는 것이 보였다. 그 톱니 같은 이빨은 세 겹으로 되어 있었는데 끝이 안쪽으로 날카롭게 휘어 있었다. 마치 상어의 이빨 같은 모습이었다. 이빨들은 다가오는 펄슨과 메이슨을 마치 환영이라도 하듯이 꿈틀대고 있었다.

펄슨은 공포와 놀라움에 몸을 미친 듯이 뒤틀었다. 그러나 촉수의 무서운 힘에 전혀 움직이지 못했다. 마침내 그의 몸이 오메가에게 끌려오자 촉수는 펄슨의 몸을 번쩍 허공으로 치켜든 후 오메가의 가슴 안쪽으로 끌어당겼다. 펄슨의 하반신이 오메가의 가슴 안으로 빨려 들어갔다. 그리고 가슴 안쪽의 날카로운 세 겹의 이빨들이 펄슨의 하반신을 물어뜯었다. 펄슨은 엄청난 고통에 '으악' 비명을 질렀다.

오메가는 가슴을 벌린 채로 펄슨을 천천히 먹고 있었다. 그의 벌어진 가슴에 달린 이빨들은 마치 믹서가 과일을 갈아버리듯이 펄슨의 몸을 조각조각 갈아서 오메가가 더 쉽게 섭취할 수 있도록 도와주고 있었다. 펄슨의 다리, 허리, 가슴이 차례로 오메가의 몸속으로 조각이 되어 사라졌다. 그리고 마지막으로 펄슨의 머리가 오메가의 몸속으로 빨려 들어갔다. 들어가기 직전, 마지막으로 세상에 보인 그의 얼굴은 놀라움과 공포, 그리고 후회 같은 감정이 섞인 복잡한 표정이었다.

펄슨이 잔인하게 잡아먹히는 것을 본 메이슨은 공포에 질려 비명을 지르며 몸부림을 쳤다. 그러나 그도 촉수의 힘을 이길 수는 없었다. 메이슨은 최후까지 발악을 했으나 결국 펄슨과 같은 운명에 처했다. 마치 뱀이 먹이를 잡아먹듯이, 오메가의 엄청나게 크게 벌어진 가슴은 메이슨의 커다란 덩치를 순식간에 잡아삼켰다.

오메가는 두 명을 잡아먹은 후 천천히 자신의 몸을 점검했다. 그의 신체는 첨단 기계공학과 생체공학의 총 결정체나 다름없었다. 비록 타격을 받긴 했으나 그의 신체는 빠른 속도로 회복되고 있었다. 그의 생체조직을 가장 빨리 회복시키는 방법은 외부에서 생체 에너지를 공급받는 방법이었다. 그중에서도 가장 단순하지만 또한 가장 효율적인 방법 즉, 인간의 몸을 그대로 흡수하여 그 생체조직과 잠재되어 있는 에너지를 바로 섭취하는 방법을 통해 오메가의 신체는 불가사의한 속도로 회복되어 갔다.

펄슨과 메이슨 두 명 모두 건강한 신체를 가지고 있었기에 그만큼 오메가가 섭취한 생체 에너지의 양도 많았다. 그의 몸은 순식 간에 정상을 찾았다. 갈라졌던 피부가 금방 아물었고 몸 이곳저 곳에 나있던 상처 자국도 사라졌다. 그의 피부는 다시금 맑은 빛 으로 아름답게 빛나기 시작했다.

오메가는 만족한 표정으로 고개를 들었다. 그리고 날개를 펴고 다시 힘차게 허공으로 솟아올랐다. 부상당하기 전보다도 더 강한 힘이 느껴졌다.

'왜 진작 인간들을 섭취하지 않았는지 모르겠군.'

그는 속으로 생각했다. 그리고 앞으로는 지속적으로 인간의 생 체 에너지를 섭취하여 자신의 파워를 늘려야겠다고 생각했다. 물 론 사람들이 과식하면 탈이 나듯이 오메가도 지나치게 급히 생체 에너지를 섭취하면 부작용이 생길 것임을 알고 있었다. 그러나 적절한 타이밍에서 적당한 양의 생체 에너지는 그가 한 단계 더 진화할 수 있도록 도와줄 것이었다.

허공에 날아오른 그의 눈에 탈출 잠수정에 다가가고 있는 사람 들이 눈에 띄었다. 도쿠마와 제니퍼가 이토를 부축하고 잠수정 쪽으로 빠르게 걷고 있었다. 오메가는 날개를 움직여 빠르게 이 토에게로 다가섰다. 그는 도쿠마가 가지고 있는 무기를 조심해야 한다는 것을 알고 있었다. 그래서 그녀의 움직임을 유심히 살피 고 있었다.

제니퍼는 이토를 부축하고 달리다가 고개를 돌려 뒤를 돌아보 았다. 그리고 다시금 흐릿한 어둠 속에서 허공으로 거대한 날개 를 펄럭이며 솟구치고 있는 오메가를 발견했다. 그녀의 얼굴이 공포로 창백해졌다. 그녀는 최대한 빨리 이동하려 애를 썼지만 이토의 부상이 점점 심각해져 스스로의 힘으로 걷지 못하고 있기에 생각만큼 빨리 움직이지 못하고 있었다.

갑자기 제니퍼가 이토와 도쿠마의 몸을 강하게 밀었다. 그들 세 명은 동시에 바닥에 나뒹굴고 말았다. 그와 동시에 검고 윤기로 반들대는 채찍이 그들이 서 있던 곳을 후려쳤다. 바닥의 종유석들이 채찍에 맞아 부서지면서 파편이 사방에 튀었다. 도쿠마가 고양이처럼 재빠르게 몸을 움직여 자리에서 일어났다. 그러나 어느새 채찍은 살아있는 생물처럼 다시 그들을 공격하고 있었다. 채찍은 특히 도쿠마를 집중적으로 공격하고 있었다. 아마도 오메가가 몇 번이나 그녀의 무기 때문에 낭패를 본 분풀이를 하려는 것 같았다.

도쿠마는 첫 번째 공격으로 무기를 바닥에 떨어뜨렸으나 놀라운 운동 신경으로 몇 번이나 채찍을 피해냈다. 그러나 치명상은 피했으나 채찍이 스치고 간 상처로 인해 그녀의 몸은 피투성이가 되어가고 있었다. 제니퍼는 그런 그녀를 구하기 위해 총을 들고 오메가에게 쏘았으나 자신도 그것이 아무런 효과를 내지 못할 것을 알고 있었다.

오메가는 마치 고양이가 쥐를 가지고 장난치듯이 손에 연결된 채찍을 이리저리 휘둘러 도쿠마를 공격하고 있었다. 이미 상처를 입은 그녀는 점점 그의 채찍을 피해내지 못하고 있었다. 도쿠마의 움직임이 점차 느려졌다. 오메가는 그녀를 단숨에 죽일 수도 있었으나 그를 귀찮게 한 그녀를 쉽게 죽일 생각이 없었다. 천천히 가지고 놀다가 최대한 잔인하게 죽일 생각이었다. 그가 이렇게 멀쩡한 이상 저들이 도망칠 수 있는 가능성은 전혀 없었다. 누구든지 잠수정에 접근하면 곧바로 그가 순식간에 해치울 수 있었다.

오메가는 다시 채찍을 휘둘렀다. 이번에는 도쿠마의 팔 하나 정도 잘라버릴 생각이었다. 그녀는 더 이상 피할 힘이 없는지 바닥에 쓰러져 한쪽 팔로 간신히 상반신을 지탱하고 그를 쳐다보고 있었다. 그의 채찍이 막 도쿠마를 치려 할 때, 옆에서 힘없이 주저앉아 있던 이토가 갑자기 벌떡 일어나 도쿠마의 몸을 가로막았다. '퍽' 하는 소름 끼치는 소리와 함께 채찍은 그대로 이토의 가슴에 박혀 버렸다. 이토는 고통에 얼굴을 찡그렸지만 두 손으로 자신의 가슴에 박힌 채찍을 꽉 잡았다.

오메가는 이토를 보며 잔인하게 웃었다. 어차피 벌레 한 마리만도 못한 그가 자신을 막아보겠다고 나서는 것이 가소롭게 느껴졌기 때문이다. 이때 그의 귀에 조그맣게 '위잉' 하는 소리가 들렸다. 오메가는 잠시 고개를 갸웃했다. 그를 귀찮게 했던 무기는 이미 도쿠마가 떨어뜨려 땅바닥에 뒹굴고 있지 않았던가. 그렇다면 이 소리는 무엇이란 말인가?

그 순간 갑자기 오메가의 몸이 큰 충격으로 허공에서 흔들렸다. 어느새 발사된 SMW Gun의 강력한 빔이 그의 몸을 휩쓸었던 것이다.

최민은 손에 들고 있던 SMW Gun을 바닥에 집어던졌다. 이미 모든 에너지를 소비한 무기는 더 이상 쓸모가 없었다. 그들의 작은 계획이 성공해서 다시금 오메가에게 충격을 줄 수 있었다. 그러나 그 계획에는 누군가의 희생이 필요했다.

이들은 오메가가 이미 몇 차례나 당한 SMW Gun에 무척 주의를 기울일 것임을 알고 있었다. 그래서 도쿠마는 그 무기를 최민에게 주었었다. 오메가가 최민에게는 그리 관심을 가지지 않을 것이라 예측했기 때문이었다. 그리고 그녀는 원래 브라이언이 가지고 있던 반자동 소총을 들었다. 그 총은 총구가 커서 멀리서 보면 SMW Gun과 외양이 비슷해 보였다. 그리고 그들 자신이 다시금 미끼가 되어 오메가를 유인했다.

그러나 막상 최민이 오메가를 저격하려고 할 때 오메가가 하늘을 자유자재로 날고 있었기 때문에 정확한 조준을 하기 힘들었다. 그것을 눈치 챈 이토는 스스로 오메가의 채찍을 자신의 몸으로 잡으면서 오메가를 허공에 고정시킬 수 있었다. 그리고 최민은 무기에 남은 에너지를 모두 모아 마지막 한 방을 오메가에게 발사한 것이었다.

오메가는 허공에 머물지 못하고 다시 땅으로 추락했다. 그러나 아까보다 강해진 생체 에너지 덕분에 좀 전처럼 바닥에 나뒹구는 것은 면할 수 있었다. 그는 땅에 떨어진 후에 날개를 움직여 보았으나 충격에서 몸이 아직 완전히 회복되지 못한 것 같았다.

하지만 오메가는 전혀 당황하지 않았다. 손상된 자신의 신경과 세포조직을 어떻게 하면 다시 빨리 회복시킬 수 있는지 알고 있었기 때문이다. 그는 비웃음을 흘리며 손에 연결된 채찍을 잡아당겼다. 가슴에 채찍이 박힌 이토의 몸이 그대로 오메가에게 허공을 날아 끌려왔다.

"안 돼!"

도쿠마가 비명을 질렀다. 그러나 허공을 날고 있는 이토는 전혀 당황한 표정이 아니었다. 그는 도쿠마를 바라보았다. 그녀는 바닥에 무릎을 꿇고 이토를 슬픈 얼굴로 바라보고 있었다. 그는 그녀를 향해 미소를 지어 보였다. 그리고 손짓으로 빨리 떠나라는 신호를 보냈다.

이토의 몸이 가까이 오자 다시금 오메가의 가슴이 좌우로 활짝 열렸다. 그리고 그 안에서 무시무시한 촉수가 튀어나와 이토의 몸을 휘감았다. 이토의 몸은 천천히 오메가의 가슴 속으로 빨려 들어갔다. 날카로운 이빨에 몸이 산산조각 나는 그 순간에도 이토는 웃고 있었다. 그것은 비참하게 죽어가는 자의 자포자기한 얼굴처럼 보이기도 했고, 자신의 임무를 완수하고 죽음을 맞이하는 자가 가질 수 있는 평안한 웃음처럼 보이기도 했다.

마침내 이토의 깡마른 몸이 완전히 오메가의 가슴 속으로 사라졌다. 이토가 가졌던 생체 에너지와 영양분은 빠르게 오메가의 몸 안에 퍼져나갔다. 새로운 생체 에너지를 이용해 그의 신체는 상처 받은 세포를 빠르게 재생시켜 나갔다.

오메가는 죽는 순간에도 자신을 보고 웃고 있던 이토의 얼굴이 조금 마음에 걸렸으나 다시금 자신의 몸에 충만해진 생체 에너지를 느끼고 그 생각을 날려버렸다. 그의 몸은 어느 때보다도 강력하고 완전했다. 그는 입을 벌려 허공에 포효했다.

"우-"

음산한 괴성이 지하 세계를 가득 채우며 울려 퍼졌다. 그는 다시금 날개를 활짝 펴고 허공으로 날아올랐다.

최민, 비비안, 제니퍼, 그리고 도쿠마 등 살아남은 네 명은 도망 갈 생각도 하지 못하고 공포에 질린 얼굴로 그를 쳐다보고 있었다. 오메가란 저 괴물은 죽지도, 상처 입지도 않는다는 말인가? 검은 날개를 활짝 펴고 그들에게 천천히 날아오고 있는 그의 모습은 그가 인간일 때 불렸던 별명인 '죽음의 천사'가 세상에 정말로 나타난 것처럼 보이게 만들었다. 그들 모두를 죽음으로 몰고 갈 뿐만 아니라, 세상에 나가면 인류에게 죽음의 공포를 보여줄 무서운 존재를 눈앞에 두고 일행은 이제 더 이상 반항할 생각을 가지지 못했다.

오메가는 희망을 잃고 무너져가는 최민 일행을 보면서 웃었다. 그는 저런 눈동자를 수없이 보았었다. 처음엔 분노, 그 다음엔 공포, 그리고 마지막은 체념으로 바뀌는 그런 눈동자는 그를 언제나 즐겁게 만들었다. 셀 수도 없는 수많은 인간들이 저런 눈을 하고서 그의 손에 죽어갔다. 그는 그때마다 자신이 마치 신과도 같은 존재라는 생각을 했다. 무력한 인간의 삶과 죽음을 결정하는 자신이야말로 인간들이 숭배하는 신과 무엇이 다르단 말인가? 오래전부터 자신에게는 그러한 신, 혹은 악마와도 같은 잔인한 성품과 차가운 의지가 있었으나 그의 육체는 신처럼 강하지 못했었다. 그러나 이제 그는 이 지구상 누구보다도 강한, 그야말로 지옥에서 나타난 악마와도 같은 육체를 가지고 있었다. 자신이야말로 인간을 공포로 지배하고 어지러운 세상에 새로운 질서를 줄 새로운 창조주임에 틀림없었다. 그리고 온 세계는 곧 그 사실을 알게 될 것이었다.

허공으로 떠오른 오메가가 서서히 날개를 펄럭이며 최민 일행에게로 다가섰다. 얼어붙은 듯이 꼼짝도 못하고 있는 그들에게 그는 어떠한 죽음을 내릴까 고민했다.

그때였다. 그의 몸이 갑자기 허공에서 흔들리기 시작했다. 오메가는 의아해 하면서 날개를 움직이려고 했으나 의지대로 날개가 움직이지 않았다. 어리둥절한 표정을 지으면서 그의 몸이 추락했다. 다시금 땅바닥에 굉음을 울리며 처박혔다. 오메가는 아직도 자신이 왜 추락했는지 알지 못했다. 그는 분노에 차서 자리에서 일어나려 했으나 몸이 말을 듣지 않았다. 무슨 이유에서인지 그의 뇌에서 나오는 신호가 육체로 전달되지 못하고 있었다.

그리고 그는 갑자기 극심한 고통을 느꼈다. 한 번도 상상해본 적이 없는 엄청난 고통이 그의 척추 신경망을 타고 뇌에 전달되었다. 그 고통은 몸의 모든 세포에서 나오고 있었다. 그의 몸이 마구 뒤틀리기 시작했다.

"으아악!!"

엄청난 비명이 그의 입에서 터져 나왔다. 그리고 그의 몸은 이상한 모양으로 뒤틀려지면서 점차 쪼그라들기 시작했다. 그와 함께 오메가는 울컥 피를 토했다. 엄청난 양의 피가 봇물 터지듯이 입에서 터져 나왔다.

'이게 뭐지? 뭐가 잘못된 거지?'

오메가는 고통 속에서 생각했으나 이유를 알 수 없었다.

바닥에 쓰러진 오메가의 몸이 이상하게 뒤틀려갔다. 보이지 않는 누군가가 강제로 오메가의 몸을 이리저리 꺾는 것처럼, 그의 팔다리와 허리가 기이한 각도로 구부러졌다. 그의 피부가 갈색으로 변하더니 마치 가뭄에 물이 말라붙은 강바닥처럼 갈라지기 시작했다. 갈라진 피부 사이로 근육과 부러진 뼈가 튀어나왔다. 자신이 토한 피바다 속에서 오메가는 온몸이 뒤틀린 채로 비참하게 쓰러져 상상도 할 수 없는 고통을 맛보고 있었다.

이토의 몸은 이미 오메가의 몸속에서 산산이 분해되었다. 그러나 그가 죽기 전에 준비한 마지막 안배는 결국 오메가를 파멸로 몰아가고 있었다.

이토는 가공할 생체병기의 진실을 알아낸 이후, 그 병기에 대항할 방법을 찾기 위해 자신의 모든 노력을 쏟아부었다. SMW Gun이나 중성자 폭탄이 그 예였다.

그러나 그가 또 한 가지 준비한 비장의 무기가 있었는데, 그것은 바로 '반 생체 신경망 분해물(Anti-bionic neural system breaker)'이었다. 서구의 여러 제약 회사들이 노화방지 등을 위한 약물을 제조하기 위해 실험을 거듭하다가 우연히 발견한 이 물질은 매우 특이한 성능을 가지고 있었다.

이것은 특별한 바이러스와 화학제품을 결합한 것으로 새로이 생성된 신경조직을 급속히 파괴하는 효과를 가지고 있었다. 물론 성인 인간의 경우 매일 매일 생성되었다가 파괴되는 일부분의 세포조직이 있으나 그것은 극히 일부일 뿐이었다. 그러한 세포를 제외하고 대부분의 세포 및 신경조직은 오래전에 완성되어 있는 상태로 큰 변화가 없다. 그러므로 이 물질이 인간의 몸에 들어가면 매일 새로이 생성된 일부 세포가 파괴되므로 인간은 고통과 함께 순간적으로 몸이 약해짐을 느끼게 된다. 그러나 그 정도로 사람이 죽지는 않으므로 일반 생화학 무기 등에 비하면 그리 살상력이 높다고 할 수는 없었다. 더구나 이 물질은 전염성도 없으므로 생화학 무기로는 전혀 효율적이지 않아 이 물질을 개발한 연구진은 이 기술을 그저 대학교 연구실 한구석에 처박아두고 있었다.

그러나 이토는 이 기술에 대한 정보를 받고 곧바로 그 가치를 알아차렸다. 다른 곳에서는 별 쓸모없는 이 물질은 그러나 오메가와 펄슨 일당이 만들고 있는 생체 무기들에게는 치명적으로 작용할 수 있는 것이었다. 이들 괴물 군단은 인간과 여러 동물의 신경조직과 세포를 결합하고 유전공학적으로 변형시킨 후에 첨단 로봇공학을 이용하여 기계와 연결시킨 복잡한 창조물이었다. 따라서 이 괴물들의 신체는 엄청난 파괴력과 재생력을 가진 대신, 내부 구조는 매우 불안정한 상태를 유지하고 있었다. 괴물들의 몸속에서는 매일 엄청난 세포 및 신경조직이 급속히 생성되고 소멸되는 과정을 겪고 있었다. 따라서 이 '반 생체 신경망 분해물'이 불안정한 괴물의 신체에 들어가게 되면 급속히 신체의 세포와 신경망 조직을 파괴하는 효과를 내게 된다.

하지만 한 가지 문제점이 있었다. 이 물질을 어떻게 괴물의 몸속으로 집어넣느냐는 것이었다. 총알 등에 넣는 방법이 있지만 이 물질은 총탄이 발사될 때의 열을 견디지 못하고 소멸되고 말았다. 그래서 이토는 그 물질을 작은 캡슐 타입으로 제조한 다음

적정 온도가 유지되는 특별히 제작된 작은 박스에 보관해 왔다.

　이토는 조금 전, 오메가가 채찍으로 그를 공격하기 직전에 그 박스를 부수고 안의 캡슐을 삼켰다. 캡슐 안의 물질이 그의 생체 조직으로 침투하면서 엄청난 고통이 몰려 왔지만 그는 그것을 웃으며 참았다. 그리고 마침내 오메가가 그의 몸을 자신의 몸으로 흡수할 때 이토는 오메가가 자신이 받고 있는 고통의 몇 배를 받으며 죽어갈 것을 생각하면서 기쁘게 죽음을 맞이할 수 있었다.

　이미 이토의 몸 전체에 퍼진 반 생체 신경망 분해물은 오메가가 이토의 몸을 섭취하면서 곧바로 오메가의 몸 전체로 퍼져 나갔다. 이토에게는 고통을 주는 정도로 끝난 그 물질은 오메가의 몸에 들어와서는 제 세상을 만난 것처럼 오메가의 불안정한 세포와 생체조직을 야금야금 공격하고 파괴했다. 세포가 조금씩 파괴되는 과정은 척추 신경망과 최민이 개발한 애니를 통해 오메가의 두뇌에 그대로 전달되었다. 그리고 그것은 오메가에게 상상할 수 없는 고통을 안겨다 주었다. 그것은 마치 거대한 거인이 그의 몸을 땅바닥에 눕혀놓고 조금씩 발로 밟아 살이 뭉개지고 뼈가 부서지는 것과 같은 느낌이었다.

　그리고 고통과 더불어 그의 시야가 점차 어두워졌다. 눈앞이 점차 어두워지자 오메가는 본능적인 공포에 사로잡혔다. 거의 백 년이 넘는 지난 세월 동안 수십만 명의 사람들을 죽음으로 몰고 간 그였지만 한 번도 양심의 가책을 느껴본 일이 없었다. 그런 면에서 보면 그는 진정 인간을 초월한 존재였을지도 몰랐다. 그러나 그런 그도 공포의 감정은 피해갈 수 없었다. 그는 처음으로 자신의 죽음을 감지하고 공포에 떨고 있었다.

인간을 초월한 그의 뛰어난 두뇌는 평범한 사람들이 감지하지 못하는 초자연적인 현상까지 때때로 감지할 수 있었다. 이미 흐릿해진 그의 시야에 수많은 검은 그림자들이 그에게 몰려오고 있는 것이 보였다. 그것들은 어떻게 보면 그의 손에 죽어간 수많은 사람들의 원혼처럼 보이기도 했고, 또 어떻게 보면 그를 인도하려 지옥에서 올라온 진짜 '죽음의 천사'들처럼 보이기도 했다. 검은 그림자들은 그의 주위를 둘러싸고 그를 내려다보고 있었다.

언제나 차갑고 잔인하고 냉철했던 그도 이제 처절한 고통 속에서 죽음에 대한 공포로 미쳐가고 있었다. 고통에 울부짖던 그의 부르짖음은 점차 공포에 떠는 비명으로 바뀌어 가고 있었다. 그리고 그 소리도 점차 잦아들고 있었다.

최민은 바닥에 쓰러져 비참하게 최후를 맞이하고 있는 오메가를 쳐다보았다. 불사신처럼 보였던 오메가가 어떤 이유로 저렇게 쓰러져 버렸는지 그는 알지 못했다. 그러나 그것이 이토와 연관 있다는 것은 어렴풋이 느끼고 있었다. 비록 악인인지 선인인지 알 수 없었던 이토였으나 적어도 이곳에서 그 덕분에 아직도 살아있다는 것에 최민은 고마움을 느끼고 있었다. 그는 잠시 마음속으로 이토의 명복을 빌었다.

"빨리 이곳을 빠져나갑시다!"

최민은 아직도 정신을 차리지 못하고 오메가 쪽을 쳐다보고 있던 비비안과 제니퍼에게 말을 걸었다. 그리고 비비안의 손을 잡고 잠수정으로 뛰었다. 그가 고개를 돌려 뒤돌아보니 연구소에서 뛰쳐나온 괴물 군단들은 이미 백여 미터 밖까지 몰려온 상태였다. 잠시 후 저들이 이곳에 다다른다면 그들 모두는 살아남을 생각을 버려야 할 것이었다.

"빨리 움직여요!"

최민은 아직도 우두커니 다가오는 괴물들을 쳐다보고만 있는 도쿠마에게 소리쳤다. 그러나 그녀는 움직일 생각을 하지 않았다. 비비안과 제니퍼를 잠수정 안에 태운 뒤에 그는 마지막으로 다시 한 번 도쿠마에게 소리쳤다.

"뭣 하는 겁니까? 지금 빠져나가야 해요!"

그러나 그녀는 움직이지 않았다. 그 대신 그녀는 최민에게 고개를 돌렸다. 돌려진 그녀의 왼손에 최민이 아직까지 보지 못했던 어떤 장치가 들려 있었다. 그것은 스마트폰처럼 생긴 직사각형의 물체였는데 옛날 초창기 휴대전화처럼 안테나가 길쭉하게 튀어나와 있었다.

"저 끔찍한 괴물들을 놔두고 갈수는 없어요. 가세요. 저는 여기 남겠어요!"

그리고 최민이 무엇이라 말도 하기 전에 오른손에 들고 있던 총으로 잠수정을 묶고 있던 쇠사슬을 쏘았다. 쇠사슬이 끊어지면서 탈출정이 천천히 레일을 따라 움직이기 시작했다. 최민은 마지막으로 도쿠마를 바라보고 한숨을 쉬었다. 그리고 몸을 돌려 재빨리 이미 움직이고 있는 잠수정 안으로 뛰어 들어갔다.

탈출정의 내부 공간은 밖에서 보기보다는 넓었다. 네 명이 앉을 수 있는 좌석이 있었고 안전띠가 달려 있었다. 이미 비비안과 제니퍼는 자리에 앉아 안전벨트를 매고 있었다. 최민은 비어있는 자리에 앉은 후에 신속하게 안전벨트를 맸다.

탈출정은 조금씩 흔들리더니 점차로 더 크게 흔들렸다. 그리고 잠시 후에 그들은 몸이 마치 허공에 뜬 것 같은 느낌을 받았다. 그들이 타고 있는 탈출정이 레일의 끝에서 폭포 아래로 떨어지고 있는 것이 분명했다. 그들은 좌석에 몸을 웅크리고 다가올 충격에 대비했다. 마침내 '꽝' 하는 엄청난 소음과 함께 몸이 앞으로 확 쏠렸다. 안전벨트를 매고 있었으나 가속도로 인하여 최민의 몸은 벨트가 늘어나면서 앞의 벽에 부딪쳤다. 다행히도 잠수정의 내부는 부드러운 쿠션이 두껍게 깔려 있어 큰 부상은 입지 않았다. 그는 정신이 없는 와중에도 옆 좌석의 비비안을 쳐다보았다. 그녀 역시 큰 부상은 입지 않은 듯했다. 그는 안도의 한숨을 내쉬었다. 하지만 곧바로 그들의 몸은 상하좌우로 정신없이 흔들리기 시작했다.

도쿠마는 레일을 지나 폭포 아래로 떨어지는 잠수정을 지켜보았다. 그리고 다시금 고개를 돌려 정면을 쳐다보았다. 이미 수십 미터 앞까지 달려온 괴물들의 무시무시한 모습이 보였다.

그녀는 괴물들을 보면서 싱긋 웃었다. 젊은 나이에 최후를 맞이하게 되었지만 후회는 없었다. 고아였던 그녀를 거두어 키워준 이토의 은혜를 갚는다는 생각 따위는 버린 지 오래되었다. 자신의 어머니를 낳은 후에 만주 731부대로 끌려가서 인간 마루타로 비참하게 죽은 중국인이었던 그녀의 할머니에 대한 복수를 한다는 생각도 한때였을 뿐이었다. 어차피 인간은 죽기 마련이었고 그것이 그 자신에게는 조금 빠른 것뿐이었다. 그리고 남들보다 짧은 인생을 적어도 후회 없이 살아왔다. 누군가는 남아서 중성자 폭탄의 기폭장치를 작동시켜야 했고 그녀는 그것을 스스로 선택했다.

도쿠마는 오른손에 든 총으로 다가오는 괴물들을 향해 난사했다. 겨냥 따위는 아무렇게나 되어도 상관없었다. 그녀는 자신의 마지막을 축하하는 불꽃놀이를 벌이듯이 탄창에 남아있던 마지막 총알까지 괴물들에게 퍼부었다. 그리고 마침내 괴물이 그녀의 지척으로 다가와서 거대한 팔을 치켜들었을 때 눈을 감고 왼손에 들었던 기폭장치의 스위치를 눌렀다.

'쿠르릉—'

지축을 울리는 소리와 함께 사방이 대낮처럼 환해졌다. 도쿠마가 이곳 어딘가에 숨겨놓았던 중성자 폭탄이 마침내 터진 것이었다. 폭발의 화염이 거대한 동굴 내부를 뒤덮었다. 엄청난 숫자의 괴물 군단도 화염에 휩싸여 버렸다. 도쿠마도, 그리고 그녀를 둘러싸고 있던 괴물들도 모두 화염 속에서 사라져 버렸다. 폭발 중심부에서 떨어져 있던 괴물들 중 일부는 개조된 강력한 그들의 신체 덕분에 빌딩의 철근도 녹여버릴 만한 화염 속에서도 살아남았다. 그러나 곧이어 그들을 덮친 것은 강력한 중성자 방사능이었다. 이 방사능은 괴물들의 조직을 오염시키고 파괴했다. 괴물들은 통제력을 잃고 미쳐서 날뛰었다.

중성자 방사능 입자는 동굴의 벽과 연구소의 두꺼운 철벽 구조물을 쉽게 투과하여 연구소 내부 깊숙한 곳에 있던 괴물들에게도 타격을 주었다. 지옥의 화염 속에서 괴물들이 차례로 쓰러져 가고 있었다. 그러한 그들 위로 동굴의 벽과 천장이 무너져 내리고 있었다.

숲 속 상공

　설리반은 밀림 숲 상공에 떠있었다. 시끄럽게 울리는 헬리콥터의 프로펠러 소리는 아랑곳하지 않고 그는 초조하게 시계를 들여다보고 있었다. 창밖 멀리 아래로 울창한 밀림 가운데에 우뚝 솟아오른 산이 보였다. 그리고 그 중턱에는 그가 몇 시간 전에 떠나온 뉴로 엔터테인먼트 사의 건물들이 조그맣게 보였다.

　이제 잠시 후면 베트남 당국의 양해 속에 미국 전폭기들이 이곳에 도달할 것이었다. 중국과 대만 간의 갈등으로 인해 미국 제7함대 소속의 항공모함 USS 로널드 레이건호가 마침 인근 해역에서 작전 중이었다. FBI의 요청에 의해 이번 작전은 이미 미 국방부 승인이 난 상태였으므로 항공모함에서 발진한 FA-18E 슈퍼호넷 전폭기를 동원하는 것은 어렵지 않았다.

　그가 착용하고 있는 이어폰에서 계속해서 보고가 올라오고 있었다.

"약 3분 후에 타깃에 도착한다."

FA-18E 전폭기 편대장의 목소리가 그의 귀에 들려왔다.

이미 뉴로 엔터테인먼트 사 건물에 남아있던 사람들은 모두 대피한 상태였다. 아니, 몇 명은 탈출이 아니라 도리어 동굴 내부로 들어가는 것을 선택했다. 제니퍼와 제임스가 생각나자 설리반은 눈살을 찌푸렸다. 그들은 그가 아끼던 최고의 요원들이었다. 그들이 자신의 명령을 무시하고 알파팀 전체를 데리고 동굴 내부로 진입할 줄은 그도 예상치 못했다.

그러나 공과 사는 구분해야만 했다. 생체실험 비디오의 분석 결과는 충격적이었다. 비디오 속의 괴물이 세상에 뛰쳐나온다면 재앙적인 결과를 초래할 것이었다. 그것들이 저 동굴 안에 아직 있을 때 전부 제거해야 했다. 아니 제거할 수 없다면 영원히 세상과 격리시켜야 했다. 그래서 그는 이 지역에 대한 폭격을 요청했고, 사태의 심각성을 인식한 고위층은 그의 제안을 수락했다.

잠시 후면 전폭기 안에 탑재된 MOP(Massive Ordnance Penetrator)는 저 산 밑, 거대한 지하공간에 무엇이 있든, 산의 표면을 뚫고 들어가 동굴 내부에서 소형 핵무기와도 같은 폭발력으로 내부를 완전히 초토화시킬 것이다. 안에 들어가 있는 사람들을 희생하는 비정한 결정이었지만 괴물이 세상에 뛰쳐나올 때의 재난에 비하면 아무것도 아닐 것이었다. 그리고 이미 베트남 당국과는 의견 조율을 이룬 상태로, 세상은 이번 사건을 단순한 폭발 사고로 알게 될 것이다.

설리반은 망원경을 집어 들고 동쪽 하늘을 살폈다. 하늘은 맑았지만 동쪽 하늘에는 구름이 끼어 있었다. 잠시 후면 그가 기다리던 전폭기들이 구름 속에서 나타날 것이었다.

이때 갑자기 그의 눈에 섬광이 보였다. 그리고 저 멀리 보이던 뉴로 엔터테인먼트 사의 동굴이 위치해 있던 커다란 산의 정상부가 터져 나가면서 불꽃이 피어나왔다. 그리고 사방에 폭발에 의해 엄청난 양의 파편들이 튀어나오고 있었다. 그리고 잠시 후에 '우르릉' 소리가 허공에 떠있는 그의 귀에까지 들릴 정도로 큰 소리로 울려 퍼졌다. 폭발로 인해 산의 여기저기가 터져나가기도 하고 움푹 파여나가기도 했다. 뉴로 엔터테인먼트 사가 심혈을 기울여 만든 건물들도 폭발의 충격에 완전히 박살나고 있었다.

"무슨 일이 벌어진 거지? 보고하라!"

설리반이 마이크에 대고 명령했다.

"아직 잘 모르겠습니다. 곧 국방성에 연결해서 알아보겠습니다."

그의 부하 중 한 명이 대답했다. 설리반은 대답을 기다리며 망원경으로 폭발 지역을 다시 한 번 살펴보았다.

이제 산 정상은 마치 화산의 분화구처럼 함몰되어 있었다. 그리고 그곳에서 버섯구름이 피어오르고 있었다. 이때 기체 내부가 갑자기 붉은색 조명으로 바뀌며 '삐' 하는 경고음이 울려 퍼졌다.

"방사능 수치가 위험 수준입니다. 기체를 이동시키겠습니다."

헬기의 기장이 기수를 돌려 헬기를 이동시켰다. 헬기는 하늘로 높이 날아올라 폭발 지역에서 더 벗어났다.

이때 설리반의 귀에 다시 말소리가 들렸다.

"인공위성의 열 추적 장치로 확인한 결과 타깃의 지하에서 매우 커다란 폭발이 일어난 것으로 파악됩니다. 그 규모는 약 50kt(킬로톤) 정도인 것으로 파악됩니다."

50킬로톤이라면 거의 원자폭탄의 폭발력에 맞먹는 규모였다. 설리반은 주먹을 불끈 쥐었다. 도대체 무슨 일이 일어난 것인가. 그는 머리에 손을 대고 잠시 고민에 잠겼다.

"이글 스트라이크 캡틴이다. 타깃 타격까지 30초이다. 육안으로 타깃은 이미 파괴된 것으로 보인다. 미션 진행에 대한 컨펌을 바란다."

설리반의 귀에 전폭기 편대장의 요청 사항이 들려왔다.

"부국장님, 방사능 수치를 보면 동굴 내부에서 핵무기가 폭발한 것이 분명합니다. 이미 파괴된 이곳을 다시 고성능 무기로 파괴할 필요는 없을 것 같습니다. 베트남 당국과 환경단체의 비난도 고려하셔야 합니다."

그의 부하 요원이 건의했다.

설리반은 고개를 들었다. 그의 얼굴은 차갑게 굳어 있었다.

"이글 스트라이크 캡틴, 미션을 예정대로 진행하라. 다시 한 번 말한다. 미션을 허가한다."

"알았다. 오버."

편대장과의 교신을 끊고 설리반은 다시 한 번 망원경을 집어 들었다. 그의 눈에 동쪽 하늘에서 다가오는 전폭기 세 대가 보였다. 구름을 뚫고 나타난 비행기들은 허공을 커다랗게 선회했다. 그리고 천천히 고도를 낮춘 전폭기에서 폭탄이 투하되는 모습이 보였다. 폭탄 투척을 마친 전폭기들은 크게 원을 그리면서 설리반의 머리 위로 굉음과 함께 날아가 버렸다.

폭탄은 산의 정상 부위로 날아들었다. 산의 정상에서는 아직도 버섯구름이 천천히 피어오르고 있었다. 전폭기에서 투하된 폭탄이 버섯구름 속으로 사라졌다.

잠시 후에 다시금 엄청난 폭음이 울렸다. 그리고 이미 사방이 무너져 있던 산 여기저기에서 폭발음과 함께 불꽃이 터져 나왔다. 원래 벙커나 동굴 깊숙이 숨어 있는 적의 시설물들을 완전히 파괴하기 위해 만들어진 MOP는 거의 핵무기와 맞먹는 파괴력을 가지고 있었다. 이 폭탄이 표면을 뚫고 들어가 지하의 동굴 내부에서 폭발하면서 이미 중성자 폭탄에 의해 타격을 받은 동굴 내부 벽들과 천장은 완전히 무너져 내리고 말았다.

중성자 폭탄의 경우 방사능을 주로 이용하여 적을 살상하는데 반해 MOP는 순수 폭발력으로 적을 살상하는 목적으로 만들어졌으므로 파괴력만 따지면 MOP가 더 강력했다. MOP의 파괴력이 얼마나 컸는지 지면과의 두께가 비교적 얇은 부분은 지하에서 올라오는 압력을 견디지 못하고 터져나가고 있었다. 산 전체와 산 주위 넓은 지역의 땅거죽이 뒤집히면서 연기와 불꽃이 터져나왔다.

설리반은 차가운 미소를 지었다. 이번의 공격으로 아마도 저 지하 동굴은 지옥이 되어버렸을 것이다. 어떤 생명체도 살아남기는 불가능했다. 그는 어떠한 희생이 따르더라도 목표를 완전히 달성하는 것을 원했다. 지금 같은 경우도 베트남 정부나 환경단체의 비난은 나중의 일이었고, 또한 충분히 감당할 만한 일이었다. 중요한 것은 저 안에 있는, 세상에 나와서는 안 될 저주받은 존재들을 확실하게 말살시키는 것이었다.

마지막 생존자

　최민은 잠수정 안에서 안전벨트를 손으로 꼭 붙잡고 있었다. 잠수정은 폭포에서 떨어진 후에 급류에 휩싸여 떠내려가고 있었다. 동굴 속에 흐르던 강물은 지하로 흘러 내려갔다. 강물 여기저기에는 종유석이 솟아 있는 곳이 많아서 잠수정은 계속해서 종유석들과 충돌했다. 그때마다 잠수정 안은 상하좌우로 정신없이 흔들렸다. 다행히 잠수정이 튼튼하게 만들어져서 잠수정 외벽에 흠집은 났으나 내부에까지 물이 스며들지는 않았다. 최민은 심한 흔들림에 멀미 증상을 느끼고 있었다. 그는 식은땀을 흘리며 멀미를 참아내려고 노력했다.

　이때 '쿵' 하는 소리와 함께 잠수정이 어딘가에 세게 부딪쳤다. 최민의 몸은 안전벨트 덕분에 좌석에서 튕겨나가지는 않았지만 큰 충격에 목뼈가 부러질 뻔했다. 그는 잠시 심호흡을 하고 주위를 둘러보았다. 비비안과 제니퍼도 충격은 받았지만 무사한 것처럼 보였다. 잠수정은 더 이상 움직이지 않았다.

"어디 다친 곳은 없어?"

최민이 비비안에게 물었다. 비비안은 가볍게 고개를 좌우로 저었다.

"잠수정이 바위에 끼인 것 같아요. 움직임을 멈췄어요."

제니퍼의 말에 최민도 귀를 기울였다. 과연 주위에 물이 흐르는 소리가 들렸으나 잠수정은 더 이상 움직이지 않고 있었다. 최민이 앉은 좌석 정면에는 작은 원형 구멍이 뚫려 있었고 그곳은 두 꺼운 유리창으로 막혀 있었다. 그는 유리창을 통해 밖을 내다보았다. 과연 흐릿한 불빛 속에서 잠수정 앞을 가로막은 커다란 바위가 보였다. 잠수정은 바위 두 개가 겹쳐져 있는 사이에 끼어 있었다.

"이곳에 계속 있으면 산소가 떨어져서 죽을 거예요. 무슨 방법을 찾아봐야 할 것 같아요."

제니퍼가 말했다. 그러나 최민은 고개를 가로저였다. 그들은 지하 깊은 곳을 흐르는 지하 강물 속에 있었다. 이곳에서 그들이 할 수 있는 일은 아무것도 없었다. 잠수정 밖으로 나와 헤엄을 쳐서 빠져나가는 것을 시도해 볼 수도 있었다. 그러나 이렇게 빠른 물살에서 수많은 바위와 종유석이 깔려 있는 물속을 헤엄친다는 것은 자살 행위였다. 나가자마자 온몸이 찢겨서 죽을 것이 분명했다.

'간신히 탈출하는가 했는데, 여기까지인가······.'

최민은 자기도 모르게 눈을 감았다. 지난 며칠 동안 상상도 하지 못할 위험을 겪고 수많은 사람들이 죽어가는 동안에도 그는 운이 좋게도 아직 살아있었다. 그러나 그의 운도 이제는 다해가는 것 같았다. 그는 고개를 돌려 비비안의 얼굴을 살펴보았다. 그녀도 그를 같이 쳐다보고 있었다. 그녀의 안색은 매우 평온해 보였다.

"비비안, 우린 괜찮을 거야."

비비안은 살짝 웃으며 고개를 끄덕였다. 최민은 그녀의 웃음을 보자 마음이 차분해졌다. 그동안의 고난이 그의 의지력 또한 키워주었을까? 막상 죽음을 눈앞에 두고서도 크게 당황하지 않았다.

이때, 갑자기 엄청난 폭음이 멀리서 들려왔다. 그리고 잠수정이 미친 듯이 흔들리기 시작했다. 잠수정을 막고 있던 바위가 충격에 마구 흔들리고 있었다. 최민은 다시 구멍을 통해서 밖을 내다보았다. 눈앞의 바위에 금이 가고 있었다. 그리고 주위에 돌덩이들이 우박처럼 쏟아져 내리고 있었다.

'우르릉' 하고 고막을 찢을 듯한 소음이 울려 퍼지면서 잠수정에 돌덩이들이 부딪치는 소리가 귀청을 때렸다. 눈앞의 바위도 균열이 커지더니 마침내 천천히 부서져 내리기 시작했다. 그리고 잠수정 뒤편에서 엄청난 압력으로 물이 밀려왔다. 결국 강물의 압력과 느슨해진 바위 덕분에 잠수정은 끼여 있던 바위틈에서 벗어나 다시 물살에 휩쓸려 떠내려가기 시작했다.

엄청난 물살에 흔들리며 강물 속을 움직이는 잠수정에 크고 작은 돌덩이들이 마구 부딪쳤다. 잠수정 벽이 충격으로 여기저기 움푹 파이기 시작했다. 그리고 단단하던 외벽이 갈라지면서 그곳으로 물이 스며들고 있었다.

"꽉 잡아요!"

최민이 고함을 질렀다. 비비안과 제니퍼도 안전벨트를 손으로 꼭 잡고 몸을 숙이고 있었다.

한동안 잠수정은 깊은 지하 강물 속에서 여기저기 부딪치며 무서운 속도로 떠내려갔다. 최민은 생사를 하늘에 맡긴 채로 미친 듯이 흔들리는 잠수정 좌석에 몸을 기대고 있었다. 몇 번이나 거대한 바윗덩이들이 위에서 떨어져 내리다가 아슬아슬하게 잠수정 옆을 스치며 아래로 떨어지는 것이 보였다.

얼마나 시간이 흘렀을까? 점차 주위의 소음이 가라앉기 시작했다. 그리고 잠수정 주위의 물살도 점차 느려지는 것이 느껴졌다. 최민은 정면을 살펴보았다. 이제 잠수정 주위로 바위 파편들이 많이 사라져 있었고 잠수정은 천천히 물속에서 전진하고 있었다.

갑자기 눈앞이 환해졌다. 잠수정의 조그만 창문으로 햇빛이 쏟아져 들어온 것이었다. 최민은 창문을 통해 밖을 살펴보았다. 마침내 잠수정이 물 위에 떠올라 천천히 움직이고 있었다. 강물의 물살은 빠르지 않았다. 잠수정은 잔잔한 강물을 따라서 서서히 떠내려가고 있었다.

'쿵' 하는 소리와 함께 잠수정이 갑자기 멈췄다. 잠수정은 마침내 조약돌이 잔뜩 깔려있는 강가에 바닥이 걸리면서 멈춰 섰다. 목숨을 걸고 시작한 그들의 도박이 성공한 것이다. 그들은 무사히 지옥 같은 동굴에서 탈출할 수 있었다.

"우린 성공했어요! 이제 살았어요!"

제니퍼가 환호성을 질렀다.

"모두 어디 다친 곳은 없나요? 걸을 수 있겠어요?"

최민의 질문에 두 명의 아름다운 여성들이 '괜찮아요' 라고 동시에 대답했다.

최민은 안전띠를 풀고 좌석에서 일어났다. 그리고 잠수정의 문을 활짝 열었다. 문이 열리면서 환한 햇살이 그들을 비췄다. 지난 며칠 동안 햇빛을 보지 못했던 그들에게 햇살은 마치 천국에서 비춰주는 광휘와도 같았다.

최민이 먼저 밖으로 나가 주위를 둘러보았다. 잠수정은 강이 구부러지는 위치에 있는 강가에 멈춰 있었다. 좌우로 울창하게 우거진 숲이 보였다. 그는 고개를 돌려 그들이 떠내려왔던 방향을 돌아보았다. 뒤쪽에 높다랗게 솟은 산들이 멀리 보였다. 그런데 그 산의 모습은 그가 예전에 봤던 그 모습이 아니었다. 신의 정상부는 완전히 파괴되어 분화구와 같이 움푹 들어가 있었고, 그곳에서 엄청난 양의 연기가 뿜어져 나오고 있었다. 최민은 비비안과 제니퍼가 빠져나올 수 있도록 도와주었다. 그들은 잠수정에서 내려 강가의 바위 위에 앉았다. 그리고 말없이 그들이 탈출해온 산을 바라보고 있었다.

이때 그들의 머리 위에 요란한 프로펠러 소리가 들렸다. 그와 함께 커다란 헬리콥터가 한 대 나타나서 머리 위를 맴돌았다. 최민은 바위 위에서 뛰쳐나가 헬기를 향해서 양팔을 크게 흔들었다. 헬기는 주위를 맴돌다가 그들이 앉아있던 바위에서 조금 떨어진 강가의 공터에 착륙했다.

최민과 비비안, 그리고 제니퍼는 헬기로 달려갔다. 헬기의 문이 열리면서 몇 명의 사람들이 내려서 그들에게로 다가왔다. 제니퍼는 그중 한 사람을 보고 깜짝 놀라 말을 걸었다.

"설리반 부국장님!"

설리반은 제니퍼를 차가운 눈으로 쳐다보았다.

"자네들이 살아있을 줄은 몰랐군. 다른 사람들은 어떻게 되었나?"

제니퍼가 대답했다.

"저희 외에는 모두 죽었어요."

그녀는 짧게 대답하고 입을 다물었다.

"자네들이 살아있어 다행이야. 저 안에서 어떤 일이 벌어졌었는지 자네들만이 설명해 줄 수 있을 것 같으니까 말이야. 최 박사님과 심슨 박사님도 일단 저희와 같이 가셔야 하겠습니다. 조사할 것이 아주 많아요."

최민은 말없이 비비안의 손을 잡고 헬기에 올라탔다. 그들 모두가 탑승을 완료하자 헬기는 다시 한 번 공중으로 날아올랐다. 헬기는 석양을 받으며 천천히 밀림 속을 날았다.

설리반은 무척 궁금한 것이 많았던지 계속해서 그들에게 질문을 하고 있었다. 제니퍼가 간간이 대답했으나 최민과 비비안은 아무런 말도 하지 않았다. 그들의 지난 며칠 동안은 기억을 지워버리고 싶을 만큼 악몽의 연속이었다. 그들이 겪은 일들을 사실대로 말한다고 해도 과연 설리반이 믿어줄지도 의문이었다. 비비안은 최민의 어깨에 고개를 기대고 눈을 감고 있었다. 최민은 그녀의 손을 꼭 잡고 말없이 헬기의 창문을 통해 밖을 내려다보았다.

그들이 삶과 죽음을 넘나들었던 그 동굴이 위치해 있던 산은 완전히 파괴되어 있었다. 정상은 분화구처럼 파여 있었고 산 중턱도 여기저기가 갈라져 있었다. 그리고 그곳에서는 짙은 연기가 하늘로 솟아오르고 있었다. 산에 울창하게 우거져 있던 숲은 찾아볼 수 없었다. 나무들이 전부 불에 타버린 것처럼 푸르던 산의 빛깔이 붉은색으로 변해 있었다. 엄청난 방사능으로 인해 이 지역은 아마도 오랜 시간 동안 사람이 접근할 수 없는 지역으로 남을 것이 분명했다.

"같이 있어줘서 고마웠어."

비비안이 나직한 목소리로 최민에게 말했다. 그는 그녀에게 고개를 돌려 이마에 가볍게 키스를 해 주었다. 그리고 좌석에 고개를 젖히고 눈을 감았다. 그는 지난 며칠간의 모험을 영원히 잊지 못할 것이다. 그리고 저 산 밑의 어디엔가 묻혀있을 '죽음의 천사'도 기억 속에 영원한 악몽으로 남을 것이다.

해가 천천히 지평선으로 가라앉으려 하고 있었다. 마지막 남은 한 줄기 햇살이 이제는 폐허가 된 뉴로 엔터테인먼트 사가 있었던 곳을 비추고 있었다. 아름다웠던 숲은 모두 불타버렸고, 땅은 뒤집혀서 붉은 흙이 드러나 반경 수 킬로미터의 땅 전체가 붉은색으로 변해 있었다. 이곳에서 살던 수많은 동물들도 몰살당했을 것이 분명했다. 이 일대는 더 이상 생명체를 찾아볼 수 없는 죽음의 땅으로 변해 있었다.

붉은 땅과 붉은 석양은 세상을 온통 붉은색으로 물들였다. 이 마지막 햇살을 뚫고 수많은 비밀과 의문을 남긴 채, 최후의 생존자를 태운 헬리콥터가 서서히 석양 속으로 떠나가고 있었다.

참고자료

'터지면 끝장 미군 초대형 관통탄 설마', 아시아 경제, 2012년 7월 29일

Unit 731: Japan's biological force, BBC News world edition

The Angel of Death

죽음의 천사 2